Folgende Titel der Reihe »Königreich der Träume« sind bisher erschienen:

Erschienene E-Books
Sequenz 1: Die schlafende Prinzessin
Sequenz 2: Die gefangene Prinzessin
Sequenz 3: Die träumende Prinzessin

Über die Autorin:
Böse Autorin. Das sind die Worte, die viele Leser heute mit mir in Verbindung bringen. Doch so war es zum Glück nicht immer. 1984 habe ich in Kasachstan das Licht der Welt erblickt und durfte zwischen Fantasie und Kreativität aufwachsen, denn meine Eltern sind beide Künstler. Mit elf bin ich mit meiner Familie nach Deutschland gezogen und musste zu meinem »Ja«, »Nein« und »Ich verstehe nicht« ein paar wenige neue Wörter erlernen. Wer hätte da gedacht, dass aus mir einmal eine böse Autorin wird? Genau, niemand. Vor allem ich nicht, obwohl ich schon als Mini-Ireen Geschichten ausgedacht, sie aber stets für mich behalten habe. Gelernt habe ich Grafikdesign und studierte im Anschluss irgendetwas unsäglich technisches, was ich abgebrochen habe. Während ich mich über meinen Studiengang aufregte, schrieb ich bereits meinen ersten Nebelring-Roman, an dem ich insgesamt sieben Jahre lang gearbeitet und ihn 2014 endlich rausgebracht habe. Und ab da begann die Odyssee. Von überzeugten Selfpublisherin zur abgeworbenen Verlagsautorin und dann wieder zurück. Heute sehe ich mich als eine euphorische Hybridautorin.
Ich schreibe am liebsten eine Mischung aus verschiedenen Genres. Wenn es nicht gemixt ist, ist es nicht von mir. Bevorzugt schreibe ich Buchserien und koppele dabei Fantasy, Science Fiction, Dystopie und Horror miteinander. Bei meinen Geschichten ist mir vor allem die Einfachheit des Textes wichtig, damit ich den Leser am besten in mein magisches Kopfkino ziehen und ihn #bowifizieren kann.

Schöne Träume
I. Reen Bow

Informationen zu der Autorin
www.ireenbow.de
www.facebook.com/ireenbow
www.instagram.com/i_reen_bow

Königreich der Träume

Der Goldene Käfig 1

Die Brücke der Schlafenden

von I. Reen Bow

Greenlight Press

1. Auflage September 2018

Autorin: I. Reen Bow
Cover: Irina Bolgert
Verwendete Stockfotos: bigstockphoto
Lektorat: Jenny Winterscheid
Satz: Jürgen Straub und Irina Bolgert

Bibliografische Information der Deutschen Nationalbibliothek Die Deutsche Nationalbibliothek verzeichnet diese Publikation in der Deutschen Nationalbibliografie; detaillierte bibliografische Daten sind im Internet über http://dnb.dnb.de abrufbar.

Herstellung und Verlag:
Greenlight Press
Gartenstr. 44b
76133 Karlsruhe
E-Mail-Kontakt: info@greenlight-press.de

ISBN: 978-3-95834-278-1

Web www.greenlight-press.de
Facebook www.facebook.com/GreenlightPressDE

Die schlafende Prinzessin

Die Stadt, in der Träume Realität werden.

Wer bin ich?

Ich halte meine Hand gegen die Sonnenstrahlen, die durch das Fenster einfallen und betrachte das Licht- und Schattenspiel, das meine Finger dabei erzeugen. Warum fühle ich mich, als wäre ich aus einem ewigen Schlaf erwacht und würde die Welt zum allerersten Mal erblicken?

Lange Zeit bleibe ich einfach im Bett liegen, während ich mich zu orientieren versuche. Mein Kopf ist leer, ist aber dazu bereit, sich mit Wissen vollzusaugen; mit logischen Bildern zu füllen, die mir erklären, was zum Teufel vor sich geht. Dieser Zustand bereitet mir seltsamerweise keine Angst, tief in mir spüre ich, dass ich damit sogar gerechnet habe.

Langsam schiebe ich meine Beine über die Bettkante und richte mich auf, betrachte meine Knie, meine Arme und mein rotbraunes Haar, das in schweren Locken auf meine Brust fällt. Ich fühle in meinen Körper hinein, ob mir neben der Orientierungslosigkeit noch etwas anderes fehlt. Scheint alles in Ordnung zu sein.

Erneut stelle ich mir die Frage: Wer bin ich? Doch dieses Mal bleibe ich nicht mehr so ruhig. Sofort stehe ich auf, drehe mich um meine eigene Achse und schaue mir den Raum an, in dem ich mich befinde. Es ist eine schäbige Absteige, ein altmodisches Motel, wie ich vermute. Hier riecht es nach abgestandener Luft, als hätte hier jemand schon des Öfteren Würstchen gebraten. Die Tapete ist olivgrün und hat weiße Längsstreifen, passend dazu hängen ausgeblichene

Vorhänge in einem großen Karomuster an dem einzigen Fenster hier, das die Aussicht auf einen Parkplatz zeigt. Außer dem Bett, einem kleinen Tisch mit Stuhl, über dem ein paar Anziehsachen hängen und auf dem ein khakigrüner Rucksack liegt, gibt es hier nichts weiter von Bedeutung.

In zwei Schritten bin ich beim Stuhl, werfe dabei aus Versehen die Kleidung von der Lehne und sehe in den Rucksack hinein. Darinnen sind noch mehr Klamotten, ein paar halbleere Wasserflaschen, eine Papiertüte, in der ein angebissenes Käsesandwich liegt, ein Täschchen mit Kosmetik und Make-Up, ein Musik-Player um den verknotete Kopfhörer gebunden sind und ein Portemonnaie, das ich sofort nach Papieren durchsuche. Bis auf etwas Kleingeld und einem Busticket finde ich nichts. Das Portemonnaie lasse ich wieder in den Rucksack fallen, behalte jedoch das Ticket in der Hand.

»Rückfahrt zum *Königreich der Träume*«, lese ich mit verschlafener Stimme und spüre, dass sich in meiner Brust ein seltsames Gefühl rührt.

Ich setze mich mit dem Ticket auf das Bett und starre das Stückchen Papier an. In der rechten Ecke ist ein Kreis mit einer feinen, silbernen Krone aus Folie geprägt. Darunter steht in schlichten Buchstaben: *Sean-Corporation*. Mein Finger fährt über die Krone, sie ist etwas erhaben und wirkt edel. Es sieht eher aus wie eine Eintrittskarte statt eine Buskarte. Vielleicht ist es sogar beides? Es steht weder ein Datum noch eine Uhrzeit darauf, nichts, was mir irgendwie helfen würde, mich zu erinnern. Mit dem Ticket laufe ich in das Badezimmer nebenan. Dieses ist so winzig, dass ich mich gerade mal um mich selbst drehen kann. Ich kann also auf der Toilette sitzen, während ich dusche – praktisch. Doch mir fällt eine Sache auf: Auf dem Spiegel steht etwas mit rotem Lippenstift geschrieben.

Jessica Blair – Sequenzwacht

Ich lese diese Worte mehrmals. Sie ergeben für mich keinen Sinn.

»Jessica«, versuche ich laut auszusprechen, doch da macht nichts *klick.* Wenn es mein Name wäre, würde ich mich nicht daran erinnern?

Ich betrachte mich im Spiegel. Sehe ich aus wie eine Jessica? Über meinen Mund ist ebenfalls Lippenstift verschmiert, sogar in der gleichen Farbe. Meine Locken stehen vom Schlafen in alle Richtungen ab und mein Mascara ist leicht verwischt. Warum bin ich geschminkt schlafengegangen? Oder hat man mich betäubt ins Bett gelegt? Was ist gestern geschehen?

Auf meiner Stirn steht eine Sorgenfalte.

Meiner Stirn.

Es ist seltsam, diese fremde Person im Spiegel als mich selbst zu bezeichnen. Andererseits scheint sie mir so vertraut zu sein, mit ihren tiefblauen Augen und dem schmalen Gesicht. An der hellblonden Farbe meiner Augenbrauen, stelle ich fest, dass mein Haar dunkler gefärbt ist. Ich schnuppere an einer Strähne, sie riecht nach Chemie, also muss das Haarefärben erst vor kurzem stattgefunden haben. Ich weiß nicht, ob mir dieser Hinweis hilft. Im Moment verspüre ich keine inneren Erkenntnisse.

Ich betrachte meine Augen, in ihnen erkenne ich violette Sprenkel. *Seltsam,* denke ich, verwerfe diesen Gedanken jedoch sofort.

Ich atme tief durch, schmeiße das Busticket aus dem Badezimmer zurück in das Motelzimmer und schließe die Tür, damit ich duschen und mein verschmiertes Gesicht abwaschen kann.

Zwanzig Minuten später laufe ich mit nassem Haar und mit dem Rucksack über den Motel-Parkplatz. Mein Ziel ist der Busbahnhof auf der gegenüberliegenden Straßenseite. Das blöde Busticket ist der einzige Hinweis auf meine Identität und es muss doch etwas bedeuten, dass ich genau neben einem Busbahnhof aufgewacht bin. Dass das Ticket und der Rucksack überhaupt mir gehören, entnehme ich der Kleidergröße der Anziehsachen, die darin lagen. Sie passen mir perfekt. Ich trage eine kurze gelbe Hose und ein weißes, ärmelloses, hochgeschlossenes Oberteil, das am Kragen mit einer schwarzen Schleife gebunden ist. Meine Füße stecken in ein paar bequemen

Sneakers, die sich anfühlen, als hätte ich darin schon sehr viele Meilen zurückgelegt.

Ich schaue kurz in die Sonne, es ist so warm, dass mein Haar schon halb trocken ist. Wie spät es jetzt wohl ist? Leider bin ich nicht so vertraut damit, die Uhrzeit am Sonnenstand abzulesen und im Motelzimmer gab es nur eine Uhr, deren Batterie lange keiner gewechselt hat. Aus der Entfernung sehe ich eine Uhr auf dem Busbahnhof, es ist zwölf Uhr und sobald ich die Zeiger erkenne, meldet sich mein Magen mit einem Knurren. Mir kommt das Käsesandwich in den Sinn und während ich auf die wartenden Busse zulaufe, hole ich es aus dem Rucksack und beiße hinein. Es schmeckt fad. Offensichtlich liegt es schon mehrere Tage in der Tasche. Ich spucke den Bissen auf die Straße und bekomme eine abfällige Bemerkung einer älteren Dame, deren kleiner Hund mit schwarzen Knopfaugen gierig zum ausgespuckten Sandwichstückchen zu gelangen versucht und piepsig bellt, als sein Frauchen ihn wegzieht. Sobald ich am Bahnhof am ersten Mülleimer vorbeikomme, neben dem eine Gruppe Uniformierter steht, will ich das Sandwich wegwerfen, bleibe jedoch skeptisch vor den Männern stehen. Sind das etwa Soldaten? Irgendetwas an deren Uniform finde ich seltsam. Sie ist lila, hat also keinerlei Tarnfunktion, vor allem, weil dieses Violett im Sonnenlicht sogar noch kräftig leuchtet. An der Naht erkenne ich goldene Streifen und an der Brust ist eine Nadel mit einer vergoldeten Sonne angepinnt.

»Hey«, sagt einer der Soldaten, an den ich herantrete, als ich mein Sandwich wegwerfe.

»Hi«, antworte ich und gehe wortlos weiter, wobei ich mein Ticket aus der Hosentasche hole und erneut das Reiseziel anschaue.

Rückfahrt zum Königreich der Träume.

Was ist das für ein Ort?

Daneben steht *Buslinie 777*. Sie ist schnell gefunden, denn ich stehe direkt davor. Der Bus ist von außen royalblau und ist mit vielen Krönchen beklebt. Das ist ganz bestimmt der richtige Bus.

Die Fahrerin trägt ihr feines, rotes Haar zu einem dünnen Zopf geflochten, der ihr wie ein Rattenschwanz auf ihren knochigen Rücken fällt. Sie kaut ausgiebig auf ihrem Kaugummi und sobald sie mich an der Tür erkennt, lächelt sie mir entgegen und zeigt ihre Zahnlücke, die der Frau ein sympathisches Aussehen verleiht.

»Königreich der Träume?«, fragt sie mit einem seltsamen Akzent, den ich nicht zuordnen kann.

Ich zeige ihr das Ticket und sie nickt freundlich, wobei sie eine Lochzange hervorholt, auf der ebenfalls ein Logo mit einer silbernen Krone klebt, das gleiche, wie auf dem Ticket und dem Bus. Sie entwertet das Busticket genau durch die silberne Krone. Diese Handlung wirkt altmodisch, hat aber auch ihren Reiz, vielleicht bin ich gerade dabei, eine Erlebnisreise anzutreten, und das gehört bereits dazu.

Hier drin ist es deutlich wärmer als draußen und es ist laut. Erstaunlich sitzen viele Jugendliche hier, die teilweise, wie die Soldaten vor dem Bus, seltsame Kleidung tragen. Ich laufe an den Passagieren vorbei und betrachte sie genauer. Die meisten haben Shirts an, auf denen ich weitere Kronen erkenne. Einige Mädchen tragen Prinzessinnenkleider und Diademe im Haar. Zwischen den Jugendlichen und Kindern sind auch viele Erwachsene anwesend. Einige von ihnen sehen aus wie Geschäftsleute mit Anzügen, Aktenkoffern und einem fehlenden Lächeln; andere tragen merkwürdigerweise aber Prinzessinnenkostüme und wirken äußerst ausgelassen. Ich erkenne noch ein paar von diesen violetten Soldaten und dann sind da auch noch Männer und Frauen, die sich mit ihrem großen Gepäck auf den Sitzen breitmachen und diese wie ihren Schatz beschützen. Die Taschen sehen aus, als beinhalten sie große Kameras und Objektive, zumindest vermute ich das, weil auf einem der Sitze ein zusammengeklapptes Stativ liegt.

Ich suche mir einen Doppelsitz und nehme Platz. Ich möchte nicht, dass sich einer der extrem gutgelaunten Teenager neben mich setzt, weswegen ich meine Schuhe ausziehe, und meine Beine auf dem zweiten Sitz ausbreite. Dabei lehne ich mit dem Rücken an das Fenster.

Der Bus füllt sich weiterhin mit aufgeregten Menschen, die ihre Euphorie verströmen. Erneut kommt mir der Gedanke, dass wir nicht in eine Stadt, sondern in einen Freizeitpark fahren. *Königreich der Träume* klingt zumindest danach.

Drei Jungs, rennen gerade vom Eingang zu den hintersten Plätzen und nehmen diese lautstark in Beschlag. Deren vorfreudige Schreie versprechen eine unvergessliche Fahrt.

Das erinnert mich daran, dass ich im Rucksack einen Musik-Player gesehen habe. Ich fische das kleine, silberne Gerät aus den Untiefen der Tasche, wobei ich feststelle, dass sich das Kopfhörerkabel abgewickelt hat und nun stärker verworren ist. Nachdem ich das Kabel entknotet habe und die Stecker in meine Ohren führe, schalte ich die Musik an. Ich warte darauf, dass mich ein Schwall voller Gefühle umfängt, wenn ich den ersten Track höre, doch die Musik sagt mir nichts, löst in mir weder Erinnerungen noch Gedanken oder Gefühle aus. Bevor ich länger darüber grüble, klicke ich ein anderes Lied an und versuche dem Text zu folgen, vielleicht verrät er mir ja ein bisschen etwas über mich. Zu meiner Überraschung kann ich im Kopf sogar mitsingen, was mir Gänsehaut bereitet. Schnell reiße ich die Kopfhörer an der Schnur aus meinen Ohren. Die lauten Teenager sind wohl im Moment ungefährlicher als ein Date mit meiner Vergangenheit.

»Wow, ich dachte, diese Dinger sind vor Jahren ausgestorben«, sagt ein junger Mann, der gerade seinen Rucksack in der Gepäckablage über meinem Doppelsitz verstaut und dann auf den Musik-Player in meiner Hand zeigt. »Lass mich raten, du bist einer von diesen Rebellen, die sich weigern, einen Mediachip implantieren zu lassen.«

Ich runzle die Stirn und fahre mit meinen Fingern prüfend hinter mein rechtes Ohr, an dieser Stelle werden Mediachips immer implantiert.

Warum weiß ich so etwas, aber nicht meinen eigenen Namen?

Ich erspüre nur eine kleine Narbe und keinerlei Erhebung, die so ein Mikrochip mit sich mitbringt.

»Hab's nicht vertragen«, lüge ich. »Willst du dich etwa zu mir setzen?«

»Wenn du mich so freundlich zu dir einlädst«, sagt er lächelnd.

Er trägt auch diese seltsame violette Uniform und etwas in meinem Kopf sagt mir, dass ich mich nicht mit ihm anlegen sollte. Also will ich bereits meine Füße vom zweiten Sitz runterschieben, doch der junge Mann schnappt sich meine Beine geschickt an den Kniekehlen, hebt sie leicht an und setzt sich. Dabei legt er meine Beine über seine und klopft freundschaftlich auf mein nacktes Schienbein.

»Mich stört das nicht«, sagt er und ich starre verwirrt und fasziniert seine Grübchen an. Ich glaube nicht, dass ich schon mal einen Mann gesehen habe, der so ein strahlendes Gesicht hatte.

»Ich kann mich auch normal hinsetzen«, sage ich, obwohl ich diese Position sogar bequem finde.

»Das ist alles, was du dazu sagst? Willst du mich nicht wegen sexueller Belästigung anzeigen?«, fragt er.

Ich betrachte meine Beine auf seinem Schoß. Eine Erinnerung zerrt an meinen Gedanken und ich lege meine Hand kurz auf meine Schläfe.

»Passiert dir so etwas oft?«, sagen meine Lippen kokett, doch ich beobachte mich nur dabei, als stünde ich neben mir.

»Es wäre das erste Mal, gebe ich zu.« Wieder diese Grübchen und ich spüre, dass meine Mundwinkel sich bei ihrem Anblick hochziehen.

»Wie heißt du?«, fragt er.

Ich beiße mir lächelnd auf die Lippe und richte meinen Blick in meine Gedanken. Auf dem Spiegel heute Morgen stand Jessica, und da vermute ich, dass das mein Name sein könnte.

»Jessi – Jessica«, hauche ich, noch immer in Gedanken verloren. Dann blinzle ich und lächle den Fremden an.

»Jessi. Schöner Name«, sagt er und nickt mehrmals, als würde er im Kopf abwägen, ob dieser Name wirklich schön ist. Oder prüft er, ob dieser Name überhaupt zu mir passt? Stellt er vermutlich gleich fest, dass ich nicht wie eine Jessica aussehe?

»Ja, kann sein«, sage ich, um ihn von solch möglichen Überlegungen abzulenken. Wieso habe ich das Gefühl, nicht auffliegen zu wollen? Bin ich nicht Jessica? Bevor ich jedoch ins Grübeln verfalle, frage ich ihn: »Wie ist dein Name?«

»Dave.« Seine Augen verengen sich, als er lächelt. Sein Gesicht sieht gutmütig aus. Ich finde, er strahlt eine Ruhe aus und diese bringt mich dazu, Dave zu mögen. Er ist der erste Mensch, der nicht in einer Wolke aus vergessener Vergangenheit gehüllt zu sein scheint und das fühlt sich gut an.

Ich lehne mich an das Fenster und mache es mir gemütlich, während Dave mich weiterhin anlächelt. Keine Ahnung, wie lange diese Busfahrt dauern wird, aber sie wird mir gefallen.

»Oh, die Busfahrten haben mir gefehlt«, sagt Dave. »Seit zwei Wochen habe ich keine Nerds mehr gesehen – na ja, außer meinen großen Bruder Steven, aber der ist auf eine andere Art ein Nerd.«

Ich schaue mir die Jungs an, die nicht einfach stillsitzen können und irgendwelche Szenen aus Filmen nachspielen, die ich mit Sicherheit nie angesehen habe. Ein Junge trägt eine Zahnspange und lispelt dabei, aber er spielt seine Rolle mit voller Inbrunst, was von den anderen mit Applaus gewürdigt wird. Diese Teenager sehen blass aus, kein Zeichen dafür, dass sie ihre Sommerferien mit Ballspielen draußen verbringen.

»Was zeichnet diese Nerds hier aus?«, frage ich.

»Sie folgen ihren Verschwörungstheorien, was die Träumerin angeht.«

»Nichts in diesem Satz hat für mich eine Erklärung.«

»Du bist ja auch kein Nerd«, sagt Dave und als ich ihn immer noch fragend ansehe, runzelt er die Stirn. »Du siehst aus, als hättest du auf dem Mond gelebt.«

Da ist wieder dieses Gefühl, erwischt worden zu sein. Doch wenn ich keine Fragen stelle, werde ich nicht weiterkommen, also sage ich: »Okay, ich muss zugeben, dass ich absolut keine Ahnung von dem Ort habe, an den wir fahren.«

Dave lacht leise. »Du veräppelst mich.«

»Hmmm, nein?«

»Du willst mir sagen, dass du noch nie vom *Königreich der Träume* gehört hast? Das ist ja nur eine weltbekannte Attraktion.«

»Ich komme ja auch vom Mond.«

Dave betrachtet mich lange Zeit und sieht dann aus zusammengekniffenen Augen. »Ich kann mir nicht helfen, aber du kommst mir bekannt vor.«

»Allerweltsgesicht«, sage ich und bemühe mich, ein echtes Lächeln auf die Lippen zu zaubern.

»Absolut nicht«, sagt er, was wohl ein Kompliment sein soll.

Ich räuspere mich und lehne meinen Kopf an die Glasscheibe. Das Vibrieren des Fensters an meinem Hinterkopf verrät mir, dass die Busfahrerin den Motor gestartet hat.

»Was denkst du, woher –« In diesem Moment fährt der Bus los und ich werfe einen Blick über die Schulter, wobei ich das Motel an mir vorbeiziehen sehe.

Bildfetzen einer regnerischen Nacht tauchen in meinen Gedanken auf. Ich schaue auf meine Füße, sie führen mich über den Parkplatz des Motels zum Haupthaus; meine Sneakers sind voller Matsch. An der Rezeption sitzt eine Frau mittleren Alters mit Lockenwicklern, ihre Augen sind auf ein Tablet gerichtet, auf dem irgendeine Serie läuft.

»Dieses trügerische Sommerwetter«, sagt sie voller Mitgefühl für meine durchnässte Aufmachung.

Sie schaltet ihre Serie auf Pause und kümmert sich um meine Anmeldung. Ich sehe meine Hand, die Daten in das Formularblatt einträgt.

Jessica Blair ist der Name.

»Sie müssen noch Ihre derzeitige Adresse angeben, Schätzchen.«

»Ich bleibe nur eine Nacht«, höre ich mich sagen. Ich klinge traurig.

Die Frau mit den Lockenwicklern macht ein mitleidiges Gesicht und sieht auf die Wanduhr. »Das sind alles Scheißkerle«, sagt sie und ich nicke heftig.

»Ja, das sind sie, Ma'am.« Ich weiß nicht, ob ich die Wahrheit sage oder nur ihre Vorlage dankend nutze.

»Was wolltest du fragen?«, holt Dave mich aus den Gedanken und die Motelfrau verschwindet.

Ich wende meinen Kopf und frage: »Was sagst du?«

»Du hast mich etwas gefragt.«

»Entschuldige, ich war in Gedanken. War wohl keine wichtige Frage. Ach, doch, ich wollte nur, dass du mir etwas mehr über diese tolle Attraktion im *Königreich der Träume* erzählst und warum du diese Uniform trägst.«

»Mädchen, du machst mich wahnsinnig«, sagt er leise lachend. »Normalerweise verlieben sich Frauen alle sofort in mich, weil ich *diese* Uniform trage.«

Ich mustere ihn abschätzig. »Das muss dir ja gerade Schmerzen bereiten.«

Er hält Daumen und Zeigefinger in einem kleinen Abstand zueinander und hält die Hand vor sein Gesicht. »Nur so ein kleines bisschen.« Dann deutet er auf seine Brust, auf dem die Nadel mit der goldenen Sonne gepinnt ist. »Ich gehöre der Sonnengarde an und beschütze das *Königreich der Träume* und ihre Träumerin.«

»Und ich dachte, Königreiche existieren nur noch in Geschichten und Computerspielen.«

»Das ist wahr. Und auch dieses ist nicht echt, zumindest ist es nichts Politisches, es sei denn, du zählst die Geldmaschinerie dazu.« Er macht eine abwägende Handbewegung. »Dieses Gespräch könnte jetzt richtig ausarten, deswegen kürze ich es ab. Das Königreich, in das wir fahren, ist nur ein Traum.«

Ich verschränke meine Arme vor der Brust und sehe Dave aufmerksam an. »Ich glaube, das solltest du besser erläutern.«

»Also langsam glaube ich wirklich, dass du keine Ahnung hast, wovon ich spreche.«

»Herzlichen Glückwunsch, du hast es kapiert. Also, wie kann ein Königreich ein Traum sein?«

»Es liegt an der Träumerin. Für sie wurde diese Stadt erbaut. Das *Königreich der Träume* ist allein ihretwegen da und wir sind ihre Zuschauer.«

»Wobei schauen wir ihr denn zu?«

»Beim Träumen.«

Ich seufze. »Klingt langweilig.«

Dave beugt sich mit gerunzelter Stirn etwas zu mir vor und schüttelt skeptisch den Kopf. »Aus dir werde ich nicht schlau. Wie kannst du so etwas langweilig finden?«

»In dem ich schlafende Menschen nicht sonderlich aufregend finde?«

»Nein«, sagt er und lehnt sich wieder zurück, wobei er seine Hände auf meine Knie legt, was sich sehr gut anfühlt, auch wenn mir durch die Wärme im Bus etwas heiß dabei wird. »Wir sehen ihr nicht beim Schlafen zu, sondern beim Träumen. Jey, ihre Träume werden Realität.«

»Was?«

»Die Träumerin ist ein kleines Mädchen, das rund um die Uhr träumt und ihre Träume real werden lässt. Das passiert wirklich. Durch einen genetischen Defekt des Mädchens ist das möglich.« Dave redet ruhig, er lächelt nicht einmal, sondern wirkt ernst, was seine Falte zwischen den Augenbrauen vertieft. »Es ist der Fluch des Mädchens, denn es bringt alle um sich herum in ständige Gefahr, wenn es Alpträume heraufbeschwört. Um das Risiko zu minimieren, wird es in einem Dauerschlaf gehalten, denn die Menschen fürchten sich davor, dass die Träumerin etwas in die Welt bringt, das alles vernichten könnte.«

Bilder von einem tosenden Wind schießen durch meinen Kopf. Ich sehe ein sandiges Ödland und schwarze, tiefe Wolken, die auf den Boden herabfallen und dort explodieren. Ich spüre, wie Hitze meine Haut streichelt und wie das Feuer sich schnell ausbreitet, sodass es die Bilder in mir verbrennt.

Ich schnappe nach Luft und blinzle das Gesehene weg.

»Die Träume der Träumerin werden kontrolliert und jedes Mal dann in die Welt gelassen, wenn sie als harmlos eingestuft werden. Und diese abgefahrenen Traumbilder ziehen die Menschen von überall in der Welt in die Traumstadt. Millionengeschäft. Und was so viel einnimmt, muss auch gut beschützt werden.« Er legt seine Hand auf das Sonnensymbol. »Die anderen Sonnengardisten und ich sorgen für Moral und Sicherheit.«

»Also bist du so etwas wie ein Polizist?«

»Mit militärischem Hintergrund.«

»Da fühle ich mich doch glatt doppelt abgesichert. Aber was hat das mit dem Königreich zu tun?«, will ich wissen.

Dave streichelt über meine Beine und sieht nachdenklich zum Sitz seines Vordermannes. Ich lege meine Hand auf seine, damit er mit dem Streicheln aufhört.

»Oh, entschuldige«, sagt er und legt seine Hände wieder auf meinen Knien ab. »Die Träumerin ist ein Kind, das sich oft ein Königreich erträumt hat und so einen pinken Prinzessinnenkram. Und die Marketingabteilung hat mit der Zeit schicke Schlösser in der Stadt entstehen lassen. Sieht schön aus, wenn man auf so etwas steht. Du bist eine Frau, könnte dir also auch gefallen.«

»Es ist also nur eine Marketingstrategie?«

»Eher eine Schutzmaßnahme, denn seit die Stadt ein bisschen mehr aussieht wie ein Mädchenkönigreich, sind die Träume der Träumerin harmloser geworden.«

»Hmmm«, sage ich. »Ich kann mir gar nicht vorstellen, dass ein kleines Mädchen die Apokalypse erträumen kann und man sie mit Schlössern und Einhörnern bei der Stange halten muss.«

Dave grinst mich an. »Oh, das wird dir alles so viel Spaß machen, Jey. Wobei – meine Kameraden und ich wurden aus dem Urlaub zurückgeholt, es gab in letzter Zeit wohl eine Menge Vorfälle. Wenn du Glück hast, wirst du ein paar Alpträume zu sehen bekommen. Dann sind die Einhörner etwas blutrünstiger, solltest sie nicht anfassen.«

»Ich weiß nicht, ob es mir bei dieser Reise um Alpträume geht«, sage ich leise. »Prinzessinnen sind doch cooler als tollwütige Einhörner.«

Nachdenklich sehe ich aus dem Fenster, das sich mir gegenüber befindet. Der Bus rast an grünen Landschaften vorbei und sie sehen aus, als wären sie nur hingezeichnet. Zu grün, zu strahlend, zu perfekt.

Mir kommt es vor, als würde ich eine Ewigkeit in diesem Bus sitzen und ich habe keine Ahnung, was ich hier tue. Immer und immer wieder setze ich mich in diesen Bus und fahre in das *Königreich der Träume*. Dabei ist es mein allererstes Mal. Und je länger ich darüber nachdenke, kommt mir die Situation ehrlich vor wie ein Traum.

Gefühlt dauert es eine Stunde, bis der Bus langsamer wird. Dave tippt mich am Bein an und deutet aus dem Fenster. Ich ziehe meine Beine auf meinen Sitz und wende mich zum Fenster. Am Ende der Straße erkenne ich einen weiten See, auf dem eine gigantische, glitzernde Stadt erbaut ist.

»Wow«, sage ich, höre es aber nicht, denn schon beginnt das aufgeregte Kreischen der Buspassagiere.

»Wir sind da, wir sind da!«, ruft der Junge, der hinter mir sitzt und klopft aufgeregt mit seinen Handflächen gegen meinen Sitz. »Wir sind da!«

»Das ist das Königreich! Mama, siehst du es? Da ist das Schloss der Glasträume! Ich flipp aus!«, ruft ein Mädchen und bekommt danach Schluckauf. »Flipp – aus!«

Jetzt verstehe ich, was Dave mit Attraktion meinte. Es handelt sich um eine Kreisstadt, die von Ring zu Ring immer höher wird, bis sie in einem wunderschönen gläsernen, hohen Schloss endet. Und der See um die Stadt muss künstlich angelegt sein, denn er bildet einen perfekten Ring um die Stadt. Eine einzige Brücke führt von der Straße bis in die Stadt.

Als der Bus anhält, stürmen die meisten einfach hinaus, während Dave und seine Kameraden abwarten und dann langsam rausgehen.

Die Jungs kann nichts mehr überraschen, denke ich.

»Warum bist du hier?«, fragt Dave mich, als er mich in den Gang zwischen den Sitzen vorbeigehen lässt.

Ich bleibe nah bei ihm stehen, sodass unsere Gesichter sich fast berühren. Ich betrachte seine grauen Augen und mein Blick fällt dann auf seine Grübchen, weshalb ich lächeln muss.

»Lad mich auf einen Krönchenkeks ein und ich werde es dir erzählen«, sage ich und laufe endlich weiter, wobei ich mich beeile und grinsend aus dem Bus springe.

Eine heftige Hitze ergreift mich und mir wird klar, dass der Bus trotz der hohen Temperatur eine verdammt gute Klimaanlage hat. Vor der Brücke treffe ich auf eine große Menge wartender Menschen.

Ungeduldiger Menschen.

Mit einem Schlag scheint die Euphorie von gerade eben verflogen zu sein. Die Leute wirken genervt und teilweise richtig verärgert. Es sind auch mehr Personen, als in unserem Bus mitgefahren sind. Da entdecke ich auf einem etwas fernergelegenen Parkplatz weitere Busse.

Was ist hier los?

Ich drängle mich an den anderen vorbei und erreiche eine kleine Holzhütte, auf der ein großes Schild mit der Bezeichnung *Tickets* hängt. Hinter einem breiten Verkaufsfenster sitzt ein junger Mann und stützt sich erschöpft, fast schon gelangweilt, mit den Ellenbogen an seinem Tresen ab.

»Nein, Ma›am, heute kann ich Ihnen keine Tickets verkaufen«, sagt er monoton. »Nein, Sir, es bringt Ihnen nichts, hier länger zu bleiben, die Sequenz wird jeden Moment erwartet. Ich kann Sie nicht durchlassen. Miss, passen Sie bitte auf, dass Ihre Kinder nicht in den See fallen. Dankeschön.«

»Was ist hier los?«, frage ich einen Mann rechts von mir.

»Erhöhte Stufenwarnung«, sagt er leicht genervt. »Das hätten sie doch eher wissen müssen. Auf der Informationsseite wurde nämlich keine Warnung ausgeschrieben.«

Ich habe keine Ahnung, was das bedeutet, dennoch bedanke ich mich und laufe noch weiter zur Tickethütte. Trotz der vielen wartenden Menschen habe ich nicht das Gefühl, als würde das Eintrittsverbot auch mich betreffen. Auf meinem Busticket steht *Rückfahrt zum Königreich der Träume*. Also gehöre ich hierher. Deswegen lege ich mein Ticket auf den Tresen und sorge damit dafür, dass der Verkäufer sein monotones Beantworten der Fragen unterbricht und seine müden Augen von meinem Ticket langsam zu mir wandern.

»Miss«, sagt er und seufzt schwer auf. »Ich wiederhole es zum *tausendsten* Mal: Heute darf ich *keinen* in die Stadt durchlassen, weil es eine erhöhte Stufenwarnung gibt. Zu Ihrer eigenen Sicherheit bitte ich Sie, in Ihren Bus zu steigen und nach Hause zu fahren.«

Sein Blick wirkt glasig. Ich glaube ihm, dass er diesen Satz heute nicht zum ersten Mal sagt, doch das Ticket ist alles, was ich habe, ich weiß absolut nicht, wohin ich sonst gehen soll. Diese Stadt ist ein Hinweis auf meine Vergangenheit.

»Ich muss über die Brücke«, sage ich drängend.

»Ich weiß, ich weiß, Sie haben Ihren Fans versprochen, einen Videobeitrag in Ihre Mediathek hochzuladen, aber ich kann Sie nicht durchlassen.«

»Mich interessiert kein Videobeitrag. Hören Sie, ich –« Mir fällt kein plausibeler Grund ein.

Doch der Mann hört mir nicht mehr zu, sondern winkt jemanden zu sich. Ich drehe mich um und sehe ein paar violette Gardisten auf mich zukommen. Unter ihnen auch Dave, der neben mir stehenbleibt und flüstert: »Den Krönchenkeks müssen wir wohl ein anderes Mal naschen, Jey.«

Ich halte ihn am Arm fest. »Kannst du mich irgendwie mit reinnehmen?«, frage ich.

»Das geht nicht, das wäre Gefährdung von Zivilisten, dafür könnte ich ins Gefängnis kommen.«

»Nicht Kerker?«, frage ich.

»Selbst für das Fehlverhalten in einer erfundenen Welt gibt es Strafen in der echten – also Gefängnis. War schön, dich kennenzulernen, Kleines. Ich hoffe, wir sehen uns bald wieder. Dave Warren.«

»Dave Warren?«, frage ich.

»Falls du es mal in das Königreich der Träume schaffst, such nach mir.«

Er löst sich von mir und geht zu seinen Kameraden.

»Na los, Jungs, ihr dürft die Stadt betreten«, sagt der Mann am Tickethäuschen. Er lehnt sich vor über seinen Tresen und deutet auf die Tür, die gleich neben dem Fenster ist. »Ihr kennt das Spielchen.«

Die Gardisten treten an das Häuschen und einer der Männer öffnet die Tür, wobei er jedem seiner Kameraden, darunter auch Dave, eine Waffe und ein Funkgerät reicht, das er aus dem Raum hinter der Tür herausholt.

Ein wenig ärgere ich mich darüber, dass ich keine Gardistenuniform trage, aber wer weiß, zu welchen Dingen das Tragen dieser Kleidung verpflichtet.

»Verdammt, die Werte spinnen total«, sagt der Verkäufer, der auf eine Anzeige an seiner Hüttenwand sieht. »Jungs, passt auf, es wurde noch nicht lokalisiert.«

Die Anzeige liegt im Schatten, sodass ich nicht genau erkenne, was er da abliest.

»Was wurde nicht lokalisiert?«, frage ich und bekomme einen abweisenden Blick vom Ticketmann.

»Gehen Sie endlich zurück zum Bus, Miss. Tut mir leid, die Stufe der Sequenz scheint extrem hoch zu werden. Die Stadt wird vermutlich evakuiert. Fahren Sie hier weg. Ich bitte Sie!«

Sobald Dave seine Ausrüstung erhält, wirft er mir einen Schulterblick zu und lächelt. In seinen Augen erkenne ich einen Hauch Bedauern. Ich glaube, er ist sich sicher, dass er mich nie wiedersieht. In mir spüre ich jedoch ein anderes Gefühl. Das ist nicht das letzte Mal, dass wir uns sehen.

»Beeilt euch am besten, kann sein, dass sie bald die Brücke zuziehen«, sagt der Ticketverkäufer locker, so als wäre diese Situation nicht neu. Dabei tritt er aus seinem Häuschen heraus und schlurft beinahe schon gelangweilt zu den wartenden und vor allem enttäuschten Besuchern. »Ja, ich weiß, es ist eine Tragödie.«

Seine Stimme klingt eher so, als würde er sich freuen, vermutlich, weil er heute eher nach Hause fahren darf. »Aber so ist das nun mal mit dem *Königreich der Träume*. Wenn Sie nicht in Ihren Hotels auf die Freigabe der Brücke warten wollen, wird Ihnen die *Sean-Corporation* das Geld für Ihre Reise erstatten.«

Der Ticketverkäufer kommt der Menge näher und ich sehe weiterhin Dave nach, der mit seinen Kameraden bereits die Brücke betreten hat und sich immer weiter von mir entfernt. Ich spüre ein unruhiges Gefühl, beinahe ein Drängeln und dieses bringt mich dazu, weiter an den Rand der Menge zu gehen, während der Ticketverkäufer seine Arme ausbreitet und in die Mitte der Wartenden geht, um sie zu den Bussen zurückzudrängen.

»Meine Herrschaften, ich bitte Sie, wieder in Ihre Busse und Ihre Fahrzeuge zu steigen und den Heimweg anzutreten. Genießen Sie den schönen Tag und besuchen Sie das große Lyri Eliot Museum, das wird Ihnen –«

Ich weiß nicht mehr, was der Mann sagt, denn der Name *Lyri Eliot* ruckelt schmerzlich an meinen Erinnerungen. Vor meinem inneren Auge taucht ein kleines Mädchen mit süßen blonden Seitenzöpfen auf. Ich höre Kinderlachen von zwei Mädchen und schon verschwinden die Bilder.

»Ich möchte dir ein Geheimnis verraten«, höre ich ein Mädchen flüstern und ich wende mich nach links, doch da steht kein Kind, sondern eine dickere Frau, die sich ebenfalls in ein Prinzessinnenkleid gequetscht hat und deren Schminke wegen der warmen Temperaturen bereits ihr Gesicht herunterläuft.

»Was für ein Reinfall«, sagt die Frau und verwischt ihre Prinzessinnenschminke mit der Hand über das ganze Gesicht. Ich sehe, wie sie im Sonnenlicht durch den Schweiß und dem vielen Glitter auf ihrer Haut leuchtet wie ein triefender Funkelstein.

»Und wer mich noch einmal versucht zu schmieren, bekommt lebenslänglich Hausverbot in der Traumstadt! Stecken Sie Ihr verdammtes Geld weg. Keiner darf durch. Nicht einmal ich!«

Ich laufe noch weiter zur Seite und gleichzeitig auf die Brücke zu. Der Ticketverkäufer sieht das nicht, weil er mit der Meute in der Mitte beschäftigt ist. Mehrmals schaue ich über die Schulter, dann renne ich einfach los.

Rufe von Besuchern warnen den Ticketverkäufer.

»Kommen Sie zurück!«, schreit er nun alles andere als gelangweilt. Ich höre Panik in seiner Stimme, vermutlich wird auch er für sein Versäumnis eine Strafe in der echten Welt erhalten.

Ich komme gut voran und bin bald bei der Brücke. So wie ich die Konstitution des Ticketverkäufers einschätze, wird er mich nicht rechtzeitig erreichen. Das einzige Problem, das ich sehe, werden die Gardisten auf der Brücke sein, die ihre Gewehre in meine Richtung richten könnten.

Nur noch ein paar Schritte, ich schaffe das!

Doch als ich kurz vor der Brücke bin, höre ich eine laute Sirene, die plötzlich erklingt, sodass ich leicht taumle, bevor ich meine Geschwindigkeit wieder aufnehmen kann. Ich vermute, dass der Ticketverkäufer einen Knopf in seinem Häuschen aktiviert hat. Die Gardisten rennen daraufhin schneller von der Brücke und verschwinden zwischen den Häusern. Diese Reaktion sollte mir zu denken geben, aber ich halte nicht an.

Und in diesem Augenblick beginnen Mauern aus der Erde hochzufahren. Um den See herum und auch auf der Höhe der Brücke. Sie fahren schnell hoch, sodass ich befürchte, die Brücke nicht rechtzeitig zu erreichen. Ich beschleunige und springe in letzter Sekunde, sodass ich die Kante der Mauer mit den Händen zu packen schaffe und mich hochziehe. Doch die Mauer fährt noch immer hoch und bald werde ich Schwierigkeiten bekommen, wieder herunterzukommen. Also schwinge ich meine Beine über die Mauer und springe auf der anderen Seite herunter, wobei ich einen heftigen Schwung habe, bei dem ich mich abrollen muss und kurz vor der Brückenkante zum Halten komme. Mein Herz rast! Schnell atmend starre ich das Seewasser unter mir an. Die Oberfläche des dunklen Wassers vibriert durch das Hochfahren der Mauer. Hastig richte ich mich auf und sehe hinauf zur Mauer. Mir wird bewusst, dass das keine Reaktion des Ticketverkäufers auf meinen Ungehorsam hin sein kann. Sie werden wohl nicht die gesamte Stadt verriegeln, nur weil eine Person sich durchgemogelt hat. Die Mauer ist noch immer in Bewegung und mir wird ganz bange dabei, wenn ich bedenke, wie hoch sie jetzt schon ist. Wovor schützt sie? Und vor allem, wen schützt sie? Die Touristen vor der Stadt oder die Stadt vor den Touristen? Ich befürchte, dass ich mich gerade in die Gefahrenzone begeben habe.

Die Mauer fährt um den gesamten See hoch und es bleibt nicht bei der einzigen Mauer, ich sehe, wie vor der ersten Wand eine zweite und dritte Schicht hochfährt, zur Verstärkung vermute ich. Die Grundmauer ist so extrem hoch, niemand, nicht einmal mit einer hohen Leiter könnte jetzt noch hochklettern. Dieser Schutz ist eindeutig nicht gegen die Außenwelt errichtet, sondern gegen diese Stadt. Ich bereue noch stärker, hier hereingelaufen zu sein. Vielleicht sollte ich auf dieser Brücke bleiben, bis die Gefahr vorüber ist.

Doch das geht nicht. Als ich diese seltsame Sicherheitsmaßnahme betrachte, beginnt unter mir die Brücke zu vibrieren und als ich ein mechanisches Geräusch in der Nähe wahrnehme, weiß ich, dass die Brücke gerade eingefahren wird.

Zunächst schaue ich nur zu, bis mir klar wird, dass wenn ich nicht sofort hier wegkomme, ich ins Wasser stürze. Ich setze mich in Bewegung und ziehe beim Rennen die Träger meines Rucksacks fest, denn der Inhalt schlägt mir beim Rennen schmerzhaft gegen mein Kreuz.

Ich bin längst über der Hälfte der Brücke, doch bis zur Stadt ist es noch verdammt weit und die Sirene lähmt meine Gedanken. Meine Beine brennen, weil ich so schnell renne, meine Lunge bekommt nicht genug Luft. Ich bin aus der Übung, denke ich, in meiner Vergangenheit muss ich wohl ausdauernder gewesen sein, doch wie lange ist das her?

Ich spüre, dass meine Muskeln aufgeben wollen, dass meine Füße schwach und verräterisch umzuknicken drohen, doch das Geräusch der eingezogenen Brücke wird lauter, also habe ich nicht mehr viel Zeit.

Nur noch ein wenig, motiviere ich mich und beiße die Zähne zusammen. Meine Kehle brennt, weil ich falsch atme, meine Seite sticht und mir wird schwummerig. Ich fühle mich, als hätte ich mich noch nie so körperlich betätigt, dass ich einfach alles falsch mache.

Als ich die Insel, auf der die Stadt erbaut ist, erreiche, werfe ich mich zu Boden, rolle mich auf den Rücken und ziehe meine Beine an. Ich hätte sogar noch ein paar Sekunden länger Zeit gehabt, aber als ich sehe, wie die Brücke unter dem Plateau, auf dem ich liege, gänzlich verschwindet, lasse ich ein erschöpftes Keuchen los, setze umständlich den Rucksack ab, zerre ihn unter mir hervor und entspanne mich.

Vor meinem Gesicht sehe ich Sterne aufblitzen und mir wird schwarz vor Augen. Mein Herz pocht gegen die Brust und ich habe das Gefühl, jeden Augenblick umzukippen, dabei liege ich bereits. Und obwohl sich dieser Zustand schrecklich anfühlt, muss ich unwillkürlich lächeln.

Ich lebe!

Tief in mir regt sich etwas und ich weiß, dass das ein Grund für überraschte Verwunderung ist. Ich lebe und das ist nicht selbstverständlich!

Die Stadt ist eine Ansammlung verschiedener Schlössern. Ich sehe Türme, deren Wände und Dächer aus purem Glas sind, andere Gebäudekomplexe sind schneeweiß und haben Gärten aus blühenden Bäumen, während andere Schlösser eher aussehen, als wären sie verflucht: Hohe Türme mit schwarzen, schmalen Dächern, die wie Hexenhüte mehrfach abknicken und so spitz zulaufen, dass sie wie Nadeln tiefe Wunden in die dunklen Wolken über ihnen ritzen.

Und die Häuser, die keine Schlösser sind, sehen modern aus und teilweise märchenhaft. Dieser Ort wirkt nicht geplant, sondern wahrhaftig erträumt. Ich betrete Straßen, die in einem Gebäude münden, überquere eine Brücke, die keinen Sinn ergibt, weil sie einfach über ein Stück normalen Rasen führt, und ich laufe an Häusern vorbei, deren Fenster in Wirklichkeit aus Türen bestehen und auch an Häusern, die gar keine Türen haben, sondern nur Fenster im obersten Stockwerk. Und doch gibt es hier Hochhäuser, die an Bürogebäude und Appartements erinnern. Und zwischen all diesen Gebäuden sehe ich Komplexe wie Theater, Stadion und sonst irgendwelche Hallen, die ich nicht deuten kann. Die Architektur dieser Einrichtungen ist modern und gleichzeitig enthält sie märchenhafte Elemente; gewaltige Tore mit einem Gitter, so wie man sie von Burgen her kennt. Und auf den Dachfirsten sitzen Fantasiewesen aus Marmor: Einhörner, Drachen, Pegasus und neuartige Wesen. Und zwischendurch erkenne ich auch Elemente, die aus einem Science-Fiction-Film stammen könnten, ein gewaltiges Raumschiffgebäude und abgespacte futuristische Bauwerke, die ihrer Zeit voraus sind.

Diese Stadt ist eine Kreation aus Moderne, Futuristik und Magie! Ansonsten sieht es hier aus wie in einer außergewöhnlichen Großstadt mit Hochhäusern, vielen Boutiquen, Imbissläden und überfüllten Straßen. Nur dass die Autos hier einfach nur rumstehen.

»Ich bin in einem Traum«, sage ich ergriffen, bin dann gleich wieder verhaltener, denn hier herrscht eine depressive, regnerische Stimmung, nur ohne Regen. Die dunklen Wolken kündigen diesen bereits an.

Warum gibt es diese Sirene? Ich sehe keinerlei Gefahr. Die Stadt ist ruhig, beinahe zu friedlich. Ich muss zugeben, dass mich die leeren Straßen in Unruhe versetzen. Bald vermute ich hinter jeder Ecke Gefahr und wünsche mir, ich wäre doch in den Bus gestiegen, um ein paar Tage später zurückzukehren. Doch irgendetwas in mir sagt, dass das der richtige Zeitpunkt ist und dass ich hier sein muss.

Bis auf die Fahrzeuge sind die Straßen leer. Mir begegnet zwischen den Hochhäusern keine Menschenseele und ich muss an die Filme denken, die ich in der Vergangenheit wohl gerne gesehen habe. Zuerst waren es nur leere Städte und wenn man in eine falsche Gasse eingebogen war, fiel eine Horde Zombies über einen her.

Das hier ist aber kein Film, eine andere Sache hat die Leute in ihre Häuser vertrieben. Genau wie in den Zombiefilmen sieht es auch nicht aus. Hier ist nichts zerstört, es gibt keinen Wildwuchs auf den Häusern und nirgends rieche ich Feuer oder Verwesung.

Ich schaue zu den Häusern hoch, niemand sieht aus den Fenstern. Die menschliche Neugier ist unersättlich, doch das gilt wohl nicht für diese Stadt.

Etwas am Himmel lenkt meine Aufmerksamkeit auf sich und ich sehe in die Weite. Die dunklen Wolken, die gerade noch über den gruselig aussehenden Schlössern hingen, haben sich inzwischen ausgebreitet. Sie sehen nicht aus wie normale Gewitterwolken, eher wie schwarzer, dichter Rauch, der vom Himmel nach unten schwappt und sich auf einige Häuser ergießt, bevor die Wolken sich wieder etwas stabilisieren und langsam in die Höhe steigen. Dieses Naturphänomen habe ich schon einmal erlebt, in einer meiner kurzen Erinnerungsfetzen. Nur damals sind diese Art Wolken explodiert.

Angst breitet sich in mir aus und ich weiche zurück. Als ich über eine niedrige Rasenabgrenzung stolpere und erschrecke, bemerke ich, dass ich mit dem Rücken an ein Hochhaus gelaufen bin. Ich muss dringend Schutz suchen, denn ich will nicht erfahren, ob dieses pechschwarze Zeug am Himmel ebenfalls explodiert und alles in Brand setzt.

Ich laufe also zum Eingang des Gebäudes, bleibe jedoch stehen, als ich aus dem Augenwinkel etwas anderes am Himmel erblicke. Aus den Wolken kommt kein Regen, sondern es stürzen in Sekundenschnelle seltsame Ranken zu Boden. Bei diesem Anblick kann ich mich nicht bewegen und starre diese Gebilde an. Sie wirken skelettähnlich, irgendwie aus Wirbeln bestehend. Und sie kommen nicht einfach nur aus den Wolken, sondern sie bewegen sich, wie knochige Tentakel, die herabhängen und nach etwas zu greifen versuchen.

Ob die Dinger gefährlich sind, kann ich nicht einschätzen, ich habe einfach nur Panik und stürze zum Eingang des Hauses. Ich befürchte, dass die Tür verschlossen ist, doch zu meinem Glück ist sie offen. Ich renne hinein, stürze mehrere Stockwerke hinauf und versuche meine Gänsehaut und die schrecklichen Bilder von den Ranken abzuhängen.

Wo verdammt noch einmal bin ich hier gelandet? Was ist das für eine Stadt? Dave hatte Recht, hier werden Alpträume wahr.

Ich bin gerade im zweiten Obergeschoss, als das Haus heftig zu beben beginnt und ich mich an dem Treppengeländer festhalten muss. Ich kralle mich regelrecht an die eisernen Gitterstangen.

Irgendwo über mir erklingen ohrenbetäubende Geräusche, so als würden Wände einreißen. Ich höre Glas splittern und irgendetwas in die Luft gehen, was das Haus noch stärker erzittern lässt.

»Was ist das?« Ich höre mich selbst schreien und als Schutt und Staub das Treppenhaus erfüllt, huste ich um mein Leben. Dann spüre ich, dass das Haus eine gefährliche Neigung bekommt. Ich verliere den Halt und werde gegen das gegenüberliegende Fenster geschleudert. Mein Körper durchschlägt es und ich falle hinaus. Ich rechne damit, auf dem Boden aufzuschlagen, doch ich spüre einen Ruck und hänge plötzlich nur noch in der Luft. Mein Bein steckt irgendwo fest und ich hänge mit dem Kopf nach unten über einer Straßenkreuzung, während das Haus sich immer weiter Richtung Boden neigt.

Ich versuche, mich hochzuziehen und mein Bein zu befreien, doch während der Erschütterung ist etwas an die Fensterwand gerückt, das jetzt mein Bein festklemmt. Es tut nicht weh, die einzigen Schmerzen, die ich habe, sind die Schnitte, die ich beim Sturz aus dem Fenster erlitten habe.

Ich will hier raus!

Der Rucksack stört mich, die Wasserflaschen darin ziehen mich nach unten und ich kann meinen Oberkörper dadurch nicht heben, also befreie ich mich von meiner Tasche und höre, wie sie auf die Straße landet. So hoch ist es gar nicht, ich könnte runterspringen, wenn ich nicht feststecken würde. Das Kopfüberhängen wird schlimmer, mein Blut staut sich und der immer näher kommende Boden sorgt dafür, dass ich mich orientierungslos herumwinde.

Glücklicherweise fängt ein anderes Hochhaus den Fall des Gebäudes ab. Nur wie lange hält diese Stabilisierung?

Ich bemühe mich, meinen Oberkörper hochzuziehen, als das Haus noch stärker zu beben beginnt und noch mehr Schutt aus dem zerbrochenen Fenster auf mich niederrasselt. Ich bedecke mein Gesicht, als ich meine Hände wieder wegnehme und meinen Befreiungsversuch erneut angehe, trifft mich etwas Schweres am Kopf. Ich bemerke nur noch, dass mein Oberkörper wieder schlaff nach unten saust und ich kopfüberhängend das Bewusstsein verliere.

Ein blendendes Licht holt mich wieder zurück.

Die Kopfschmerzen sind das erste, was ich bemerke. Dann meldet sich meine Lunge. Ich huste feinen Staub aus meinen Atemwegen und spucke sandigen Speichel aus.

Mein Horizont wackelt und etwas stimmt mit ihm nicht, die Welt steht Kopf. Als ich den Oberkörper leicht bewege, spüre ich, wie benommen ich bin. Ich hänge noch immer aus dem Fenster. Meine Augen versuchen zu sehen, was sich in der Ferne befindet, ich erkenne schwach den Seering, der von ein paar Laternen erleuchtet wird. Der See ist unruhig, das Wasser ist von größeren Wellen durchzogen.

Das Haus, in dem ich feststecke, bebt nicht mehr.

Ich weiß nicht, ob die Skelettranken noch immer vom Himmel herabhängen, bei der plötzlichen Dunkelheit ist es schwer, etwas zu erkennen. Möglich, dass die Nacht inzwischen hereingebrochen ist oder das Tageslicht wurde von den schwarzen Wolken geschluckt. Doch hat mich nicht ein Licht geweckt? Dieses scheint erneut in meine Augen, sodass ich blinzle.

Von irgendwo weiter weg dringt ein leises Geräusch an meine Ohren und genau in diesem Moment wird mir das drückende Klingeln im Kopf bewusst, das inzwischen abzuebben scheint und sich gleichzeitig mit einer langen nervenden Sirene vermischt.

Ich stöhne vor Schmerz auf und huste noch mehr Staub aus der Lunge.

»Jey!«, rauscht es in meinen Ohren. In der Nähe höre ich das leise Knistern eines Funkgeräts, dem eine nuschelnde Durchsage folgt.

»Verstanden«, antwortet eine bekannte Stimme.

Jetzt verstehe ich, dass der Mann derjenige sein muss, der mich mit dem Lichtkegel der Taschenlampe blendet.

»Sie lebt noch, ist aber im Haus eingeklemmt. Ich kann nicht sagen, wie sie hierher geraten ist«, sagt der Mann.

»Wie stark ist ihre Verletzung?«, fragt die Stimme aus dem Funkgerät.

»Das kann ich noch nicht sagen.« Er spricht leise und sachlich, dann lauscht er erneut dem Funkspruch und bestätigt diesen. In der Leitung erklingt ein leises Knacken, dann ist wieder nur die Sirene zu hören.

»Jey, kannst du mich hören? Ich bin's, Dave!«

Dave?

Ich schirme meine Augen mit der Hand vom Lichtkegel ab und spüre, dass ich Blut in meinem Gesicht verschmiere. Das muss aus einem Schnitt kommen, den ich mir beim Sturz aus dem Fenster zugezogen habe.

»Dave«, krächze ich leise.

»Nicht überanstrengen, ich versuche, dich rauszubekommen. Bist du schwer verletzt? Hast du starke Schmerzen? Nicke nur oder schüttele den Kopf. Beweg deinen kleinen Finger. Irgendetwas!«

Es ist nun an der Zeit, dass ich meine Lage neu bewerte. Ich sehe hoch zu meinem schlaffen Körper. Noch immer hänge ich mit einem Bein im Fenster fest. Mein Kopf fühlt sich an, als wäre mein komplettes Blut hineingeflossen. Es fällt mir schwer, meine Hände hoch zu halten, immer wieder fallen sie einfach entkräftet herunter und baumeln mit den Fingern zur Straße.

Plötzlich verschwindet das Licht und ich bin wieder allein.

»Dave?«, frage ich unsicher und habe das Gefühl, zurückgelassen worden zu sein.

»Wo bin ich?«, flüstere ich.

In der Nähe höre ich ein Haus einstürzen und irgendwo in der Ferne gibt es eine Explosion. Ich bin in einem verdammten Krieg! *Die Wolken!* Sie explodieren wie in meinem Erinnerungsfetzen.

Die wenige Kraft, die ich noch in meinen Muskeln anzapfen kann, mobilisiere ich dazu, meinen Oberkörper hochzuziehen und mich am Fensterrahmen festzuklammern. Doch was jetzt? Aus dieser Haltung kann ich nur noch wieder in meine Hängeposition fallen und meine Muskeln zittern bereits vor Anstrengung.

Es dauert eine Weile, dann spüre ich, dass jemand meine Arme packt. Es ist Dave! Er zieht mich an meiner Kleidung zu sich herauf, mein Oberteil leiert dabei aus, doch keiner von uns achtet darauf, dass es dabei unvorteilhaft verrutscht. Dave richtet sofort meine Kleidung, sobald er meinen Oberkörper in das Gebäude gezogen hat.

»Ich bin es«, sagt er. Wie hat er es geschafft, in dieses Gebäude hineinzugelangen?

Jetzt, da Dave mich in seine Arme nimmt und meinen Halt stabilisiert, spüre ich, wie ich wieder kurz davor bin, das Bewusstsein zu verlieren.

»Ist es schon Nacht?«, frage ich benommen.

»Nein, die Wolken haben die Stadt verdunkelt. Oder was auch immer für ein Wetterphänomen das ist.«

In meinen Gedanken breitet sich plötzlich weißgoldenes Licht aus, das mich von innen blendet. Ich sehe mich wieder in dem Badezimmer des Motels von heute Morgen und sehe die Lippenstiftbuchstaben auf dem Spiegel. Ich habe das dringende Bedürfnis, mich zu äußern. Meine eigene Stimme sagt energisch etwas zu mir und ich spüre, wie meine Lippen sich automatisch öffnen.

»Ich bin Jessica Blair, eine Sequenzwächterin!«

Daves Augen weiten sich. Schnell greift er zum Funkgerät und lässt es vor Aufregung beinahe aus dem Fenster fallen, doch er drückt es schnell an seine Brust und macht bewusst langsamere Bewegungen.

»Dave Warren – Sonnengarde 12-U5. Die Überlebende ist von der Sequenzwacht. Ich wiederhole: Die Überlebende ist von der Sequenzwacht. Ihr Name ihr Jessica Blair. Jessica Blair. Wir befinden uns noch immer in einer Sequenz, ich erbitte um weitere Anweisungen.«

»Jessica Blair?«, fragt eine junge Frauenstimme. »Das ist unmöglich. Dave Warren, bestätigen Sie den Namen der Sequenzwächterin.«

»Jessica Blair«, sagt Dave deutlich und sieht mich dabei mit besorgtem Gesicht an.

Lange meldet sich keiner am Funk, doch dann knackt es leise und die Frauenstimme sagt: »Verstanden. Warten Sie auf weitere Befehle.«

»Was stimmt nicht?«, frage ich.

»Du bist die Tochter des Chiefs der Sequenzwacht?«

Ich sehe ihn nur irritiert an.

»Deswegen kamst du mir so bekannt vor. Seit zwei Jahren suchen alle nach dir. Wo warst du?«

Dieses Wissen überrollt mich und sagt mir doch nichts Konkretes, ich weiß nicht einmal, was eine Sequenzwacht ist.

Doch Dave scheint im Moment auf keine Antwort zu bestehen. Nervös schaut er aus dem Fenster und sieht mehrfach über die Schulter in die Dunkelheit des Gebäudes, während er sich an meinem Bein zu schaffen macht, das in einem Gitter des herausgerissenen Treppengeländers feststeckt.

»Dein Fußknöchel ist geschwollen, aber ich bekomme dich da raus.«

»Kate Connor – Grenzwache. Dave, hören Sie mich?«

»Ja, Kate.«

»Sie und drei Ihrer Kameraden befinden sich in einer unautorisierten Traumsequenz. Setzen Sie eine Markierung und sehen Sie zu, dass sie auf der Stelle Schutz suchen. Ich wiederhole: nichtautorisierte Sequenz. Markierung setzen und Schutz suchen.«

»Was ist mit den Kameraden?«, fragt Dave.

»Sind bereits auf dem Weg in die Rettungseinheiten. Bringen Sie Jessica Blair in eine dieser Einheiten. Bitte bestätigen.«

Auf Daves Oberlippe sehe ich Schweißperlen und er atmet unregelmäßig.

»Das ist ernst«, flüstert er mir zu.

»Dave, haben Sie verstanden? Bitte bestätigen«, ertönt die Stimme aus dem Funkgerät.

Doch Daves Augen sind nur auf meinen erschöpften Körper gerichtet. Was denkt er wohl? Schätzt er die Chancen ein, mich in Sicherheit bringen zu können? Oder hadert er mit sich, weil er jetzt einen Befehl nicht missachten kann? Allein wäre er besser dran.

»Verstehst du, warum die Traumsequenz dich zu bekämpfen versucht?«, fragt er mich.

»Nein«, sage ich wahrheitsgemäß.

»Weil du eine Wächterin bist. Du jagst Träume und vernichtest sie. Aber dass so eine schwere Traumsequenz heute stattfindet, wenn du in die Stadt zurückkehrst, ist kein Zufall. Sie werden dir viele Fragen stellen.«

Er atmet viel Luft aus und schließt kurz die Augen.

»Bitte bestätigen«, drängt das Funkgerät. »Bringen Sie Jessica Blair in Sicherheit.«

»Ich will auch viele Fragen stellen«, sage ich und wir sehen uns lange in die Augen.

Dave nickt und spricht dann in das Funkgerät: »Ich setze die Markierung und bringe Jessica Blair in eine Rettungseinheit.«

Er schiebt das Funkgerät in seine Brusttasche und nimmt sein Gewehr vom Rücken. Bei der Energieaufladung erklingt ein leises, ziehendes Geräusch.

»Es kann richtig hässlich werden«, sagt er und holt aus einer anderen Tasche eine kleine Scheibe in der Größe einer Münze.

Dave presst mehrere Sekunden lang die Scheibe zwischen seinen Fingern und sobald ich sie aufglühen sehe, schnipst er sie aus dem

Fenster. Mein Blick folgt ihr, doch das Glühen verschwindet bald und ich sehe nicht, wo die Markierung landet.

»Wozu ist das gut?«, frage ich.

»Du bist doch von der Sequenzwacht.«

»Dave – ich kann mich an nichts erinnern.«

Ich bekomme einen skeptischen Blick. »Aber an deinen Namen und deine Position in der Stadt?«

»Lange Geschichte«, sage ich, obwohl das alles andere als lang ist.

»Die Markierung liefert direkte Werte der Traumsequenz in den *Goldenen Käfig*. Ähm, das ist das Schlaflabor.«

»In dem die Träumerin liegt?«

Er blinzelt bestätigend.

»Jey?«, fragt Dave besorgt. »Womit muss ich hier noch rechnen? Stürzen nur die Häuser ein oder hast du hier noch mehr gesehen?«

»Skelettranken, die vom Himmel hängen.«

»Ich glaube, die sind harmlos, wenn man ihnen nicht zu nahe kommt. Etwas anderes hast du nicht gesehen?«

»Nein. Wieso, könnte noch Schlimmeres kommen?«

Seine Augen weiten sich vor Überraschung, doch er antwortet nicht auf meine Frage, vielleicht kann ich mir aber bereits ausmalen, wohin das alles noch führen wird. Ich sehe auf Daves leicht grünlich leuchtende Gewehr und bekomme ein flaues Gefühl in der Magengegend.

»Deine Beine sind eiskalt. Beweg dich nicht zu viel, sonst kippst du um. Ich würde am liebsten eine Weile hierbleiben, aber ich weiß nicht, was sonst noch kommt«, sagt er.

Ein Donnern aus der Ferne lässt uns beide zusammenfahren und Dave wird unruhiger, zerrt beinahe an meinem Fuß. Dann atmet er tief durch und wird nun behutsamer.

»Das kommt aus der Richtung«, sagt er dabei leise und sieht aus dem Fenster dorthin, woher auch der Donner kam.

Ich kann mich nicht umdrehen, deswegen betrachte ich sein Gesicht. Seine Augen scannen achtsam die Umgebung hinter mir. Ich weiß nicht, ob er etwas sieht, aber auf seiner Stirn und seiner Oberlippe bilden sich kleine Schweißtropfen.

Sobald die Lautstärke der Sirene ansteigt und ein anderes Intervall annimmt, wird Dave wieder geschäftig und hilft mir, mich aufzurichten.

»Was tust du hier überhaupt?«, frage ich ihn.

»Die Jungs und ich haben den Befehl erhalten, uns in der Stadt umzusehen. Und dann fing die Sequenz an. Ich bin so froh, dass ich dich entdeckt habe. Wieso verdammt noch mal, hast du nicht vor der Stadt gewartet?«

»Ich musste hierher«, sage ich entschlossen, ohne dass ich eine gute Erklärung parat habe, diese ist auch nicht wichtig.

»Ich verstehe, dass du mir die Sache über dein Verschwinden nicht anvertrauen willst, ich frage auch nicht nach, aber es ist einfach kein guter Zeitpunkt, Jey.«

»Vermutlich ist das der allerbeste Zeitpunkt«, sage ich.

Dave sieht mir direkt in die Augen. »Ich werde dich jetzt erst einmal in Sicherheit bringen. Kannst du auftreten?«

»Es tut weh, aber ich werde damit laufen können«, antworte ich.

»Oh, das ist schlecht«, sagt er, meint jedoch nicht mein Bein, denn er sieht nun aus dem Fenster.

Auch ich schaue hinaus und sehe, dass am Horizont Häuser einstürzen – nein, sie stürzen nicht ein, sie werden in den Boden gezogen.

»Was geschieht hier?«, frage ich.

»Sie evakuieren die gesamte Stadt.«

Immer mehr Häuser verschwinden im Boden, nur die eingestürzten werden von der Evakuierung umgangen, so wie das Haus, in dem wir uns noch immer befinden.

»Hier spricht Dave Warren – Sonnengarde 12-U5, Grenzwache, bitte kommen«, spricht er wieder schnell in sein Funkgerät.

»Kate Connor – Grenzwache. Wir hören Sie. Die Markierung ist bei uns eingegangen. Befinden Sie sich bereits außerhalb der Sequenz? Bitte bestätigen.«

»Negativ. Warum wird die Stadt evakuiert? Geben Sie mir die Werte der Sequenz durch!«

»Intensität der Stufe zwölf. Finden Sie sich umgehend in einer Rettungseinheit ein und warten Sie auf Entwarnung.«

»Zwölf, verdammte Scheiße«, flüstert Dave und überprüft erneut die Ladung seiner Waffe. »Ich bestätige.«

»Was bedeutet das?«

»Komm mit!«, drängt Dave und geht voran, wobei er die Taschenlampe an sein Gewehr festbindet und die Trümmer des Hauses beleuchtet.

Zunächst sehe ich nur Chaos, doch Dave kennt den Weg und führt uns durch das teilweise eingestürzte Treppenhaus hinaus auf die Straße.

»Stufe zwölf war bis jetzt nur ein paar Mal vorgekommen. Über Stufe neun wird keine Verstärkung mehr geschickt«, erklärt Dave leise, während wir durch die Straße laufen, nur weg von dem kaputten Haus. »Sie sitzen jetzt alle in der unterirdischen Stadt und warten ab, bis der Alptraum verschwindet.«

Ich hinke ihm hinterher und bin froh, dass er so langsam läuft. Immer wieder leuchtet er erschrocken in Richtungen, aus denen seltsame Geräusche zu hören sind. Doch solange die Sirene noch klingt und die Häuser eingefahren werden, ist die Stadt extrem laut.

»Und wann wird entwarnt?«

»Das kann richtig lange dauern. Bleib dicht an mir dran.«

Was bedeutet lange? Ein paar Stunden? Tage? Wochen? Monate, Jahre?

»Wo sind die Rettungseinheiten?«, frage ich ihn.

»In dem Haus, aus dem wir kommen, war eine, aber der Einstieg zum Keller war eingestürzt, wir müssen etwas anderes finden.«

Die dunklen Wolken, aus denen noch immer die knochigen Tentakel bis zum Boden peitschen, bewegen sich wie eine schwarze Mauer auf uns zu. Diese wird gelegentlich von Gewitterleuchten erhellt und wirkt anschließend sogar noch schwärzer als zuvor.

Als es erneut donnert, erbebt der Boden und das Gebäude, in dem wir uns eben noch befanden, stürzt noch weiter in sich zusammen. Die Etage, in der ich festhing, verschwindet unter Schutt. Mein Herz fühlt sich erdrückt und lässt mich erstarren.

»Weiter!«, drängt Dave und in diesem Moment erbebt die Erde abermals. Ich sehe nur noch Geröll und Staub, der uns die Sicht nimmt.

Meine Haut kribbelt auf einmal, ich spüre den Blitz bereits kommen, noch bevor er in das Gebäude neben uns einschlägt. Meine Haare stellen sich auf, sowohl auf dem Kopf wie auch auf meinen Armen. Ich werde von der Traumsequenz wirklich gejagt!

Aus dem Haus herausgeschleuderte Brocken stürzen vor und hinter uns auf die Straße ein. Dabei bekomme ich ein paar kleinere Exemplare ab, einer trifft meine Schulter so heftig, dass ich in die Knie gehe und meinen Arm für einen Augenblick nicht spüre, dann jedoch umso stärker. Blut sickert bis zu meinen Fingern, ich hoffe, es handelt sich nur um eine Platzwunde.

Dave hat es auch erwischt, er windet sich auf dem Boden und hält sein Bein fest. Ich rappele mich schnell auf und laufe auf ihn zu.

»Dave? Dave?«

»Alles gut!«, sagt er und steht dann mit meiner Hilfe auf. »Mein Schienbein.«

Da er auftreten kann, scheint es nichts Gravierendes zu sein, also humpeln wir beide weiter und stützen uns beim Laufen gegenseitig. Das geht so weit gut, bis ein weiterer Blitzeinschlag in der unmittelbaren Nähe uns erneut von den Beinen schleudert. Beim Aufprall gegen eine Hauswand verliere ich Daves Hand, doch er ergreift meine auf der Stelle und zieht mich an sich, während wir uns an die Hauswand lehnen.

Wir würden uns jedoch nicht in einem wahrgewordenen Alptraum befinden, wenn die Wand sich nicht einfach so in Sand verwandeln würde, durch die wir ungehindert in das Gebäude sickern. Der Sand stürzt auf uns hinab und ich bekomme Schwierigkeiten mit der Atmung. Ich schnappe mehrmals nach Luft, als beim Aufprall auf dem Boden der Sand mich unter sich begräbt und ich panisch an die Oberfläche zu geraten versuche. Ich schlittere mehrfach weg und falle wieder hin. Mit Daves Hilfe schaffen wir es beide, auf die Beine zu kommen und einen halbwegs sicheren Stand zu stabilisieren.

»Wie schlimm wird es noch?«, frage ich.

»Das ist noch gar nichts. Wir haben Stufe zwölf, eine vorapokalyptische Katastrophe. Stufe zwölf ist die höchste, von der ich jemals gehört habe«, sagt Dave.

»Weißt du auch, was zu tun ist?«

»Bis jetzt war ich immer in Sicherheit, als so etwas passierte. Um ehrlich zu sein, war ich da noch in der Schule, weit weg von diesem Bundesstaat.«

»Verflucht«, sage ich.

Er treibt mich wieder hinaus auf die Straße. Ich weiß nicht, wo es momentan gefährlicher ist, vermutlich überall, wo wir sind. Der Alptraum konzentriert sich nur auf uns.

Vertraue mir, höre ich die Stimme einer jungen Frau in meinem Kopf, die sofort wieder unter erneutem Donnergrollen untergeht.

Daraufhin schlagen viele dünne Blitze in den Boden ein, nur dass sie keinen Schaden anrichten, sondern ein Lichtnetz bilden, wenige Zentimeter über dem Asphalt. Es breitet sich feinmaschig in alle Richtungen aus, sodass ich plötzlich keinen Ausweg mehr für uns sehe.

Wir werden hier sterben!

Plötzlich wird die Umgebung von einer unerklärlichen Stille erfasst und die Zeit scheint sich zu verlangsamen. Die Wolken ziehen nur noch träge über den Himmel, die Lichtfrequenz des Blitznetzes verringert sich, mein Haar weht nur noch in Zeitlupe mit dem Wind und meinen Bewegungen mit, obwohl ich meine normale Geschwindigkeit beibehalte. Am Horizont erkenne ich, dass auch die hohen Wellen im See an Schnelligkeit verlieren und fast zum Erfrieren kommen. Ich kann beinahe spüren, was als Nächstes passiert. Das wird nichts Gutes.

Und da höre ich es: Ein Geräusch, das aus der Hölle zu kommen scheint. Eine Mischung aus penetrantem Zischen, das in mein

Herz sticht und einem Quietschen vom schweren, rostigen Metall. Es ist eine Art Stimme und sie taucht nicht allein auf, mehrere dieser grässlichen Laute durchfluten die Straßen. Sie scheinen aus allen Richtungen zu kommen!

Dave behält Recht. Es wird tatsächlich noch schlimmer.

»Eine Idee?«, fragt er, als das Netz aus Blitzen näherkommt.

»Kellergeschoß«, sage ich. »Hier muss es doch klappen.«

Dave leuchtet mit der Taschenlampe in das Haus zurück. Die Treppe zum Keller liegt auch hier halb unter Trümmern begraben und dazu kommt noch der viele Sand.

»Haben wir eine Wahl?«, fragt Dave demotiviert.

Das scheußliche Geräusch verändert sich und ich begreife endlich, was das Erste überhaupt war: Es war eine Art Tor, das geöffnet wurde, um das freizulassen, was nun durch die Stadt umherirrt.

»Hörst du das?«, fragt Dave und hält inne.

Zuerst denke ich, ich habe mich verhört, doch das Geräusch wird immer deutlicher. Es ist wie das Lachen einer Hyäne, nur tiefer. Rasch fährt Daves Kopf in die Richtung, aus der dieses Lachen kommt. Auch ich folge seinem Blick.

Von der dunklen Wolke lösen sich feine, helle Nebelschwaden wie ein Fremdkörper ab. Diese bewegen sich trotz der Zeitverlangsamung schneller und manifestieren sich zu etwas, das unentwegt seine Form verändert: Es sind Kreaturen aus dichtem Nebel. Sie schweben und leuchten von innen heraus. Und sobald sie ihre Münder aufreißen, erklingt das Hyänengelächter, das vom langgezogenen Zischen untermalt wird. Dieses Geräusch ist markerschütternd.

»Dave. Das sind keine Einhörner. Und sie bewegen sich auf uns zu«, sage ich und dränge den Gardisten weiter in das Haus hinein. Entweder müssen wir hoch oder durch die Trümmer in den Keller, raus können wir nicht!

Dave drückt seine Taschenlampe in meine Hände.

»Bahn uns den Weg nach unten, Jey«, fordert er.

Meine Zähne klappern vor Angst, aber auch vor Kälte, denn die Temperatur ist rapide abgefallen. Ich wünsche mir, wieder in dem warmen Bus zu sitzen, am besten zurück zum Motel fahrend oder wohin auch immer. Hauptsache weg.

Warum bin ich in diese Stadt gekommen?

»Jey«, drängt Dave mich und ich laufe sofort zum Keller.

»Bitte, lass sie nicht komplett körperlos sein«, fleht Dave.

Ich drehe mich zu ihm um und sehe, dass er mit dem Gewehr auf diese nebulösen Wesen zielt. Er gibt den ersten Schuss ab. Grüner Strahl kommt aus dem Gewehr und als er eines dieser Wesen trifft, leuchtet es auf, bewegt sich allerdings ungehindert weiter – und das sogar noch schneller!

»Ist das Ding größer geworden?«, frage ich entsetzt und ziehe Dave auf einmal mit zum Keller. Ich habe fürchterliche Angst um ihn, um uns.

»Nicht durch den Schuss«, gibt Dave zurück. »Die Blitze. Die geben ihnen die Nahrung, siehst du?«

Ich erkenne, was er meint. Wenn diese Wesen das feinmaschige Blitzlicht über dem Boden berühren, leuchten sie noch mehr auf und wachsen. Das Netz gibt ihnen Energie!

Dave gibt noch einen Schuss ab und sobald das getroffene Wesen rasanter wächst, schultert er sein Gewehr. »Die fressen auch meine Energie. Schnell, schnell, weiter.«

Gemeinsam erreichen wir die Treppe, die zum Kellergeschoss führt. Ich leuchte auf die Trümmer. Entweder wir finden einen Weg oder wir sterben hier.

»Wir klettern«, sage ich.

»Großartig«, sagt Dave. »Vielleicht finden wir etwas, um das Loch in der Hauswand zu verdecken?«

»Was soll das bringen? Die Dinger gehen durch alle Hindernisse.«

»Du hast recht. Vergiss es.«

»Ich klettere vor«, sage ich.

Als ich die ersten Meter durch die Lücke zwischen den Trümmern gekrochen bin, spüre ich, dass Dave mich mit sanftem Schieben drängt, hält dann jedoch inne, als ich einen engen Spalt erreiche. Es gelingt mir nicht, mich zu ihm umzudrehen, aber ich kann mir denken, dass wir inzwischen außerhalb der Sicht der nebulösen Wesen sind und Dave nun meinen Rücken deckt, während ich den Weg weiter erkunde.

Als das Hyänenlachen hallend an den Wänden echot, verkrampfe ich und mein gesamter Körper wird von einer Gänsehaut erobert.

»Sie sind im Gebäude«, sagt Dave mit bebender Stimme.

Ich bin noch verängstigter als er, ich schluchze auf und spüre, dass meine Lippen beben.

Dave ist mir so nah, dass er sicherlich mein Zittern spüren kann. Als wir einen etwas breiteren Gang erreichen, verharren wir an einer Stelle und Dave richtet sein Gewehr in den Gang, durch den wir gerade gekrochen sind.

Als erneut das grässliche Lachen direkt über uns erklingt, schalte ich panisch die Taschenlampe aus und drücke sie zitternd an meine Brust. Plötzlich manifestiert sich ein diffuses Licht am Ende des Ganges. Es ist eines dieser Wesen! Daves Visierlicht fährt über den unförmigen Körper der Kreatur.

Ich spüre, dass mir Tränen über die Wangen kullern und ich versuche, so leise zu atmen, wie nur möglich. Dabei kann ich den Blick vor der Gefahr nicht abwenden.

Mir fällt auf, dass das Wesen kein Gesicht hat. Das, was in unsere Richtung schwebt, ist nur ein kleiner Teil der Kreatur, der ein wenig durch die Kellerdecke sickert.

Dave kriecht auf meine Höhe und drückt mich flach zu Boden. Er legt seine Hand auf meine Lippen und seinen Mund auf mein Ohr, dann haucht er ein *Scht*. Anschließend legt er seinen Kopf direkt vor meinen und berührt mit seinem Finger seine Lippen. Ich nicke, als ich verstehe, dass er mir damit bedeutet, leise zu sein.

Ein Knistern im Lautsprecher seines Funkgerätes und die ersten Worte einer Frau erklingen. Panisch sucht Dave nach dem Ausschalter, während ich beginne, zu hyperventilieren. Dabei stört mich seine Hand beim Luftholen und ich schiebe sie umständlich aus meinem Gesicht. Ich atme zu laut.

Dave schafft es, das Funkgerät auszustellen, vielleicht war es noch rechtzeitig?

Als jedoch das hyänenartige Gekreische über uns erklingt, kralle ich mich in Daves Uniform und beiße mir selbst in die Hand, um nicht loszuschreien. Dabei bemerke ich, dass darauf getrocknetes Blut klebt, was mich dazu bewegt, die Hand sofort wieder rauszunehmen.

Dave scheint das Blut zu irritieren und er fasst mich am Kopf an, wobei er mir die Finger mit noch mehr Blut vors Gesicht hält. Das muss passiert sein, als mir etwas auf den Kopf gefallen ist, kurz bevor ich das Bewusstsein verloren habe.

Nach einem weiteren Gekreische und dem Gezische wird es plötzlich dunkel. Das Licht über uns verschwindet, jedoch nicht die beängstigende Geräusche.

Die Dunkelheit macht diese Klänge noch unerträglicher. Ich drücke meinen Kopf an Daves Brust und spüre, wie er seinen Arm um mich legt. Auch er zittert und atmet flach.

Werden wir hier jemals rauskommen?

Eine halbe Stunde vergeht, eine Stunde, möglicherweise ja auch nur zehn Minuten – egal, es fühlt sich nach der längsten Zeit meines Lebens an und allein die Vorstellung ist makaber, da ich mich sonst an nichts erinnere.

Noch immer liegen wir engumschlungen auf dem Boden des eingestürzten Kellers. Wir wollen mit keinem verräterischen Geräusch weitere Monster anlocken. Ich glaube, die Kreaturen sind weitergezogen, zumindest sind ihre Rufe nur noch in der Ferne zu hören. Von draußen dringen allerdings auch andere Geräusche zu uns, schlimmere Klänge als das Hyänengelächter. Ich möchte nicht erfahren, zu welchen Alpträumen diese gehören. Was auch immer die schleifenden Geräusche macht oder mit den Ketten gegen Gitterstäbe schlägt, wird mich auch ohne eine Manifestation für immer traumatisieren.

Wie kann ein Kind solche Abartigkeiten erträumen?

Als Dave die Stille bricht, klingt er, als hätte er noch nie in seinem Leben gesprochen, seine Stimme ist rau, kratzig, belegt. »Weiter?«

Ich wage es, die Taschenlampe, die ich noch immer fest umklammere, einzuschalten. Da flackert sie auf und blendet mich, sodass ich sofort Kopfschmerzen bekomme und eine Weile brauche, bis ich mich an das grelle Licht gewöhne. Auch Dave blinzelt mit gequältem Gesichtsausdruck.

Ich halte die Taschenlampe zwischen uns, sodass unsere Gesichter erhellt werden. Aus diesem Winkel wirft das Licht befremdliche Schatten auf Daves Züge und für einen kurzen Moment denke ich, er sei tot. Es liegt daran, dass er mich anstarrt. Dave sieht mir genau in die Augen, als würde er dort etwas herauslesen wollen. So ähnlich hat er mich auch schon im Bus angesehen, nur etwas dezenter. Er betrachtet mich, als sei ich der einzige Mensch, den er jemals gesehen hat.

Ich mache ein fragendes Gesicht, dann krabbele ich endlich voraus. Meine Muskeln fühlen sich noch immer zittrig an und ich glaube, mich gleich übergeben müssen. Die Konzentration auf den Weg und ein paar tiefe Atemzüge bringen mich wieder ins Gleichgewicht.

Wir haben Glück, die Wesen kehren nicht zurück und wir begegnen auch keinen neuen. Bald erreichen wir eine Stelle, an der der Keller noch intakt ist und wir sogar aufgerichtet laufen können. Wir nutzen diesen Bereich, um uns zu dehnen.

Dave schultert jetzt sein Gewehr und nimmt die Taschenlampe wieder an sich, wobei er auf meine Kopfwunde leuchtet.

»Es blutet nicht mehr«, sagt er.

Ich berühre die Wunde und verspüre einen leichten Schmerz hinter der Stirn. »Ich glaube, es geht mir gut. Ist nur so ein leichtes Ziehen.«

»Du brauchst dennoch bald ärztliche Versorgung. Und im Moment benötigst du Wasser.«

Ich fahre mit meinen Fingern über die Lippen und will schon zum Rucksack greifen, als mir schmerzlich wieder einfällt, dass ich ihn losgeworden bin, als ich aus dem Haus über einer Straßenkreuzung hing.

»Warte«, sagt Dave und holt aus einer Hosentasche, die sich an der Uniform in der Höhe der linken Wade befindet, ein silbernes Kosmetiktütchen. Das ist so ein Ding, in dem Parfum in Magazinen beworben wird, nur ist dieses etwas größer. »Es sind nur hundert Milliliter, aber besser als nichts. Wir müssen bald die Rettungseinheiten erreichen.«

Dave holt noch ein weiteres Tütchen und öffnet eines davon, um es mir zu reichen. Wir wechseln nicht viele Worte, sondern trinken das wenige Wasser. Ich leere das Tütchen schnell und drücke die letzten Tropfen über meinen trockenen Lippen aus. Dave trinkt nur die Hälfte seines Wassers und reicht mir den Rest. Sobald ich auch damit fertig bin, giert meine Kehle nach mehr, aber ich vermute, Dave hat nicht noch mehr Wasservorräte.

»Weiter«, sagt er. Er steckt die verbrauchten Tütchen wieder in seine Tasche und geht voran.

Wir beschließen, das Funkgerät vorerst nicht einzuschalten, das wird uns hier sowieso nicht helfen, denn unsere Optionen kennen wir: Zurückgehen zu den Alpträumen oder nach vorne zu den Rettungsräumen.

Die kurze Rast hat mir gutgetan, jetzt laufen wir etwas schneller, wobei Dave und ich uns wieder gegenseitig stützen. Warum müssen wir auch beide am Bein verletzt sein?

Unser Weg führt tiefer in den Untergrund, über steile Treppen, die in verwinkelte Untergrundebenen führen.

»Wir sind bald da«, sagt Dave knapp.

Nach weiteren fünf Minuten erreichen wir endlich die Ebene mit den Notunterkünften. Hier befinden sich an die hundert Türen, über denen Leuchtsegmente angebracht sind, die entweder grün oder rot leuchten. Das grüne Licht überwiegt. Ich vermute, rot bedeutet, dass die Rettungseinheiten besetzt sind, denn Dave steuert eine Tür mit einem grünen Leuchtsegment an.

Sieben weitere Quartiere sind im Moment belegt. Sind das alles Gardisten, die im selben Bus angekommen sind, wie Dave und ich? Oder waren während der Evakuierung auch Stadtbewohner nicht am richtigen Ort? Und was ist mit den Häusern, die nicht in den Boden gezogen wurden? Ich habe nirgends andere Menschen gesehen, das heißt, dass sie sich ohne die Häuser irgendwo versammelt haben mussten.

»Mach die Tür auf, ich sichere uns ab«, sagt Dave, packt sein Gewehr erneut vor und hält es schussbereit.

Diese Ebene ist von allen Richtungen her offen, weil die Wege aus vielen Hauskellern in der Nähe hierher führen.

»Die Tür geht nicht auf!«, sage ich panisch.

Rückwärts bewegt sich Dave zur Kabine und drückt die Klinke herunter, auf der gerade noch meine Hände nichts bewirkt haben. Er stößt die Tür mit seiner Schulter auf.

»Drücken, nicht ziehen«, ist sein einziger Kommentar.

»Habe ich getan«, sage ich irritiert und laufe schnell hinein.

Wir betreten die Kabine, anders kann ich diesen Raum nicht bezeichnen. Er ist deutlich kleiner als das Motelzimmer, in dem ich heute aufgewacht bin.

Dave drückt das Gewehr in meine Hände, es fühlt sich schwer an und irgendwie vertraut.

»Leg es ab«, sagt er rasch.

Gut, ich muss damit nicht schießen. Ich lege die Waffe auf dem Tisch ab.

Als Dave die Tür hinter uns schließt, beginnt er irgendwelche Daten in den Touchscreen einzugeben, der direkt in die Tür integriert ist.

»Was machst du?«, frage ich, während ich mich umsehe. Hier stehen ein schmales Bett, ein Tisch mit zwei Stühlen und ein Vorratsschrank. Und es gibt eine winzige Kammer, in der eine Toilette, Dusche und Waschbecken noch enger installiert wurden als im Motelzimmer. Einen Spiegel gibt es nicht, dafür hängt über dem Bett ein großer Erste-Hilfe-Kasten, an dem jeder, der zu schnell vom Bett aufsteht, seinen Schädel einrammen wird. Das Licht hier drin ist weiß, alles ist weiß, es gibt kein Fenster – logisch.

»Türmechanismus«, antwortet Dave ruhig und tippt immer weiter. »Ich muss die Firewall gegen die Traumsequenz einrichten, das sollte uns fürs Erste schützen.«

»Fürs Erste?«

Dave antwortet erst, als er noch ein paar Daten einträgt und sich dann zu mir umdreht. In dem weißen Licht erkenne ich den vielen Staub auf seiner violetten Uniform, der Haut und dem Haar. Ich muss vermutlich noch schlimmer aussehen, mit den Platzwunden an der Schulter und dem Kopf.

»Es ist Stufe zwölf, Jey. Das passiert so gut wie nie. Diese Kabine hat vermutlich keine Firewall, die stark genug für unsere Lage ist.«

Das klingt nicht zuversichtlich.

»Gehst du dieses Protokoll bitte durch?« Er nimmt ein kleines Tablet, das unter dem größeren Bildschirm an der Tür hängt und reicht es mir. Darauf ist eine Checkliste mit Instanzen geöffnet, die ich überprüfen muss.

Ich schaue nach, ob alle Geräte wie Wasserkocher, Alarmanlage und Belüftungsfilter funktionieren, dabei muss ich das Tablet nur in die Nähe des jeweiligen Gerätes halten, erhalte daraufhin ein Bestätigungssignal und ein grünes Häkchen in der Checkliste. Bei den Vorräten muss ich selbst nachzählen und eintragen. Das beschäftigt mich etwa genauso lange wie die Firewall Dave. Der Schrank ist gefüllt mit Konservendosen, abgepackter Nahrung in silbernen Tüten, Nahrungsergänzungsmitteln und jede Menge Wasser. In einer Schublade finde ich das Nötigste an Besteck, Tellern und Bechern, alles aus Kunststoff. Auch finde ich hier Handtücher und schwarze Einheitskleidung.

»Warum ist die Firewall so kompliziert?«, frage ich. Wenn ein normaler Bewohner hier Schutz suchen müsste, wäre er überfordert.«

»Jeder, der in dieser Stadt lebt, muss einen einmonatigen Notfallkurs absolvieren. Und die Touristen erhalten einen Crashkurs, bevor sie ihre Eintrittskarte ausgehändigt bekommen.«

Er sieht über die Schulter zu mir. »Mir ist schier unbegreiflich, wie du einfach so an eine Karte rangekommen bist. Dein Gedächtnis musst du doch erst vor ein paar Tagen verloren haben.«

Ich lege das Tablett auf das Bett und lehne mich seitlich an die Wand. Bei genauer Betrachtung erkenne ich, dass auf der sonst strahlendweißen Wand viele kleine Krönchen kleben, aber sie fallen kaum auf, weil sie ebenfalls weiß sind. Nur bestehen sie aus einem anderen Material, als die Wandgrundierung, Mattfolie oder so etwas. Meine Finger fahren über eines dieser Krönchen, das Material ist rau.

Wer ist Jessica Blair?, will ich fragen, belasse es jedoch dabei. Gerade ist der Schutz das größere Problem. Wenn ich die Informationen aus dem Tablett richtig entnommen habe, haben wir Vorräte für einen ganzen Monat und falls die Traumsequenz wirklich so lange andauert, dann haben Dave und ich noch genug Zeit, uns kennenzulernen. Und ich meine tatsächlich uns! Ich würde sowohl ihn als auch mich kennenlernen.

»Fertig?«, frage ich, als Dave sich zu mir umdreht.

»Mit dem, was ich habe, schon. Wir werden mit der Grenzwache kommunizieren müssen. Sie wird uns aus der Ferne bei der Programmierung des stärkeren Schutzes helfen.«

»Programmieren?«, frage ich leicht panisch. »Ich kann das nicht.«

»Ich kenne die Grundlagen, aber jemand muss mir beim Skript helfen. Vermutlich kann die Grenzwache auch neue Updates liefern, das finden wir gleich heraus.«

»Die Grenzwache«, sage ich, um mich selbst zu beruhigen.

»Aha«, sagt Dave und wird geschäftig.

Er geht zum Bett und holt dort einen großen, ebenfalls weißen Kasten hervor, dessen Enden abgerundet sind. Er öffnet diesen, darin befinden sich verschiedene Ebenen, die Dave nun herausklappt. Auf der Ersten liegt ein großer, vermutlich irre teurer und leistungsfähiger Laptop, in der zweiten befinden sich irgendwelche Kabel und Hightech-Werkzeug, keines, mit dem man eine Wohnung renoviert.

Er holt den Laptop und ein paar Kabel heraus und stellt das Gerät auf dem Kasten ab, den er zuvor wieder verschließt.

»Wie gut sind deine Grundkenntnisse?«, will ich wissen und setze mich auf das Bett.

Dave öffnet den Laptop und startet ihn. Und während wir warten, zieht er seine Uniformjacke aus, wobei er mich besorgt ansieht.

»Es kommt extrem selten vor, dass die Bevölkerung komplett evakuiert werden muss.« Er legt die Jacke neben sich und mein Blick fällt auf seine durchtrainierten Arme, die meinen Atem kurz ins Stocken bringen und ich mich lieber auf Daves graue Augen konzentriere – nicht gerade besser. Ich darf mich jetzt nicht von oberflächlichen Dingen ablenken lassen, also sehe ich zum Laptop, der nun gestartet ist.

»Also kennst du dich nicht aus«, sage ich dann, als mir dämmert, was er mit dem Satz eigentlich gemeint hat. Er hat meine Frage überhaupt nicht beantwortet.

Ich stehe auf und laufe im Raum umher: Zwei Schritte nach vorn, dann zwei Schritte zurück zum Bett, lange Spaziergänge werden wir hier nicht machen können.

»Du solltest etwas trinken«, sagt er, als ich wieder neben ihm stehe. »Hol bitte etwas Wasser aus dem Vorratsschrank.«

Da ich praktisch neben allen Dingen im Raum gleichzeitig stehe, strecke ich meinen Arm aus und öffne den Schrank.

Ich nehme zwei kleine Wasserflaschen, setze mich dann direkt neben Dave auf den Boden hin und reiche ihm sein Wasser.

»Wie kann dieser Ort nur *Königreich der Träume* heißen? Das ist ein Alptraum«, sage ich, nachdem ich die Hälfte des Wassers ausgetrunken habe – das tut so gut.

»Mit mir in einer engen Kammer zu sitzen, ist doch dein wahrgewordenes Märchen«, sagt er ernst, während er irgendetwas in die Tastatur tippt, wobei sein Mundwinkel dann doch hochgeht und er mich kurz angrinst, bevor er weiterarbeitet. »Die Träumerin hat schon immer darauf bestanden, eine Prinzessin zu sein. Sie hat sich stets ein Königreich erträumt, habe ich dir doch schon im Bus erzählt.« Er hält inne und sieht mich wieder an, dieses Mal länger und ohne zu grinsen, er lächelt nicht einmal, sondern betrachtet meine Augen.

»Wie kann es sein, dass du dich an nichts erinnerst? Was muss geschehen sein, dass du nach dieser langen Zeit zurückkehrst und –«

Wieder fahren meine Finger über die Stelle, an der mein Mediachip sein sollte und an der ich die kleine Narbe spüre.

»Macht es dir keine Angst, ohne Erinnerung durch die Weltgeschichte zu gondeln?«

»Natürlich. Alles ist hier neu und auch vertraut. Weißt du, ich habe gelegentlich kleine Erinnerungsfetzen, aber sie ergeben keinen Sinn. *Königreich der Träume* – warum nur?«

»Das zieht Touristen an. Die Jungs dürfen Ritter spielen, die Mädchen aller Altersstufen fühlen sich wie Prinzessinnen oder Königinnen. Viele Hochzeiten finden hier statt – Traumhochzeiten. Ist eine große Stadt voller Attraktionen. Falls wir überleben, zeige ich dir ein paar.«

»Falls?«

»Im Moment kann ich die Lage nicht einschätzen. Vor allem, weil die Sequenzwacht sich nicht aus dem Versteck hinaustraut, ist es ernst.«

»Hat die Touristenbranche auch mit Alpträumen gerechnet?«

»Dieser Ort ist nur deshalb erbaut worden, weil die Forscher mit apokalyptischen Träumen gerechnet haben. Diese werden stark unterdrückt, aber gelegentlich brechen sie durch und natürlich lockt das viele Menschen an, vor allem Jugendliche, die auf Horror stehen. Doch was gerade da oben geschieht …« Dave sieht besorgt zur Tür. »Wir müssen unbedingt die Firewall verstärken.«

Wir schweigen, während wir uns nachdenklich in die Augen sehen.

»Du hast etwas von der Traumsequenz abbekommen«, sagt er dann leiser und beugt sich zu mir vor, wobei er seine raue, große Hand auf meine Wange legt. Ich glaube schon, er will mich küssen, doch er macht ein konzentriertes Gesicht und verengt seine Augen, wobei ich winzige Lachfältchen erkenne. Er muss ein lebenslustiger Mensch sein. Während ich sein Gesicht betrachte und an die Sonne denke, fällt mir wieder auf, dass er von der Sonnengarde ist – so passend.

»Deine Augen sind verändert«, sagt Dave.

»Inwiefern?«

»In ihnen hat sich ein bisschen was von dem Traum eingenistet.«

»Was?« Da ich nicht weiß, was das bedeutet, verfalle ich in leichte Panik, springe auf, hole aus dem Vorratsschrank einen Löffel und sehe mir meine Augen an, doch der Löffel spiegelt schlecht, sodass ich nichts erkenne.

»Beruhige dich, es ist alles in Ordnung, nur wirst du unter Quarantäne gestellt, vermute ich.«

»Was heißt das?«, frage ich ihn nun erzürnt. »Was stimmt nicht mit mir? Was ist in meinem Auge? Ein Splitter oder so? Was?«

Dave steht auf und mir fällt jetzt auf, wie viel größer er ist als ich, zwei Köpfe beinahe. Er berührt mich sanft an den Oberarmen und drückt mich leicht an den geöffneten Vorratsschrank, ich spüre Konservendosen und Foliennahrung in meinem Rücken.

»Beruhige dich«, sagt er leise. »Wie kann ich dir deine Situation erleichtern?«

Ich presse meine Lippen zusammen und ziehe sie beim Überlegen zwischen meine Zähne.

»Da gibt es tausend Sachen, die ich wissen will und irgendwie weiß ich gleichzeitig nicht, wonach ich fragen soll. Mit so einem Ort habe ich nicht einmal gerechnet, ich weiß nicht, wie umfangreich ich fragen muss, um meine Situation überhaupt zu begreifen. Da war dieses Motel, Lippenstift auf dem Spiegel und – dieser –«

Mit jedem weiteren Wort verwirren sich meine Gedanken, bis ich eine seltsame Leere in mir spüre. Ich habe einen Blackout.

Dave hebt die Hände leicht an und macht eine stoppende Geste. »In Ordnung, wir gehen das langsam an, ja? Du springst erst einmal unter die Dusche, dann kann ich deine Wunden besser versorgen. Und dann melden wir uns bei der Grenzwache.«

Ich sehe zu der winzigen Dusch-Toilettenkabine und nicke.

»Eine Frage«, sage ich. »Was siehst du in meinen Augen?«

»So etwas habe ich noch nie gesehen. Ein paar violette Sprenkel sind hineingeraten. Sie bewegen sich. Menschen, die zu nahe an der Traumsequenz waren, weisen oft Anomalien auf.«

»Etwas bewegt sich in meinen Augen?«, frage ich erstickt.

»In der Iris, ja. So etwas wie ein winziger Farbklecks.«

»Das beruhigt mich nicht. Ich brauche einen Spiegel.«

»Vielleicht ist im Erste-Hilfe-Kasten etwas, das du wie einen Spiegel nutzen kannst. Ich werde nachsehen, aber du gehst jetzt erst einmal in die Dusche, Okay?«

Dave reicht mir ein Handtuch und ein Set schwarzer Einheitskleidung für Frauen, bestehend aus einem Shirt und einer Hose.

»Es ist seltsam«, sagt Dave, bevor ich in die Duschkabine hineingehe. »Ich könnte schwören, im Bus hattest du auch diesen seltsamen leicht violetten Ton in den Augen.« Er zuckt mit den Schultern und setzt sich wieder an den Laptop.

Ich starre seinen Rücken an und weiß, dass er recht hat. Diesen Farbklecks habe ich heute Morgen im Spiegel gesehen, nur habe ich ihn mir nicht genauer angeschaut. Vielleicht wäre mir dann aufgefallen, dass er sich bewegt? Diese Erkenntnis beruhigt mich nicht, im Gegenteil, sie bereitet mir Angst. Wenn das ein Teil einer Traumsequenz ist, was bedeutet das für mich?

Vor meinem inneren Auge taucht eine Erinnerung an ein blondes Mädchen auf, dasselbe, das ich heute schon gesehen habe. Es lächelt mich neckisch an und hält die Hände hinter dem Rücken. »Komm schon, Jessi, welche Hand?«

Ich sehe, wie eine Kinderhand, die vermutlich mir gehört, auf den rechten Oberarm des blonden Mädchens tippt, welches daraufhin schelmisch lacht.

»Glück gehabt«, sagt es und streckt die rechte Hand aus, in der ein Zuckerbonbon liegt, das in durchsichtiges Papier gewickelt ist. Das Bonbon ist außen violett und hat einen weißen Kern in Form einer schlichten Krone mit drei Zacken. Dann zeigt das Mädchen voller Stolz die linke Hand. Zwischen den Fingern hält es ein rosa Bonbon mit dem gleichen weißen Krönchen. »Du bist die Königin und ich die Prinzessin. So wie immer!«

Ich schnappe nach Luft. Die Bilder verschwinden und ich stehe immer noch in der Schutzkabine, sehe Dave am Laptop sitzen und halte frische Kleidung und ein Handtuch unter meinen Arm geklemmt.

Ich bleibe lange in der Dusche, das Wasser ist warm und die Kabine so klein, dass ich mich seltsamerweise sicher fühle. Sobald ich das Wasser abstelle, höre ich Dave mit jemanden über Funk sprechen. Ich vermute, dass er jetzt die Grenzwache erreicht hat. Schnell trockne ich mich ab und ziehe die Einheitskleidung an, die an mir hängt, als hätte ich in kürzester Zeit zwanzig Pfund abgenommen. Aber ich möchte nicht wieder in meine verstaubten, blutigen Klamotten steigen. Diese stecke ich in das Waschbecken zum Einweichen und verlasse das Badezimmer.

Anschließend untersucht Dave meine Wunden und versorgt sie. Bis auf ein paar Schürfwunden und Prellungen scheint es mir äußerlich gutzugehen.

Im Erste-Hilfe-Kasten gibt es nichts, was ich als eine Art Spiegel benutzen könnte und so bleibt mein Augenphänomen ein Mythos, der mich nervös macht.

»Deine Kopfverletzung macht mir dennoch Sorgen«, sagt Dave. »Und deine fehlenden Erinnerungen. Das sollte sich ein Arzt ansehen. Leg dich am besten hin, ruh dich ein wenig aus. Ich habe gerade erst mit der Grenzwache kommuniziert, habe ihnen bestätigt, dass wir uns in Sicherheit befinden. Sie kümmern sich um irgendwelche Genehmigungen und dein Vater soll bald in die Kommunikationszentrale kommen.«

»Dann warte ich«, sage ich.

»Es kann aber sein, dass ich gleich einen Befehl erhalte, dich auf der Stelle zur Grenzwache zu bringen, dann hätte ich dich gern etwas ausgeruht.«

»Wir müssen da etwa wieder raus?«

»Das weiß ich nicht.«

»Jetzt kann ich noch weniger schlafen. Ich bleibe wach.«

Dave sieht mich abschätzend an, dann nickt er und packt das Verbandszeug wieder in den Erste-Hilfe-Kasten.

Es gelingt mir nicht wachzubleiben, Daves gleichmäßiges Tippen auf der Tastatur geleitet mich dann doch in einen kurzen Schlaf.

Ich wache mit derselben Ungewissheit auf, mit der ich eingeschlafen bin. Der Schlaf hat mir keine Besserung verschafft, keine neuen Erkenntnisse gebracht – im Gegenteil: Jetzt zweifle ich noch stärker an meiner Identität. Ich fühle mich nicht wie eine Jessica Blair. Wenn ich über mein seltsames, erinnerungsloses Leben nachdenke, verspüre ich mehr das Gefühl, gar nicht zu existieren. Die Schmerzen in meinem Kopf und den Gliedern sprechen jedoch eine durchaus lebendige Sprache.

Ich starre auf den leeren Platz auf dem Bett neben mir, irgendjemand fehlt und als ich Daves Stimme höre, wundere ich mich über meinen Gedanken. Noch nie habe ich neben dem Gardisten geschlafen. Vielleicht projiziere ich Dave auf eine andere Person aus meiner Vergangenheit? Ein Mensch, neben dem ich sonst immer aufwache?

Ein Knistern des Funkgeräts erinnert mich daran, was passiert ist und ich richte mich schnell auf, verfehle dabei den Erste-Hilfe-Kasten nur knapp. Zum Glück bin ich nicht sonderlich groß.

»Ja, sie ist wach«, sagt Dave, der mich mit ernstem Gesichtsausdruck ansieht. Er lockt mich mit den Fingern aus dem Bett.

Ich stehe auf, behalte jedoch die Decke um mich gewickelt, denn es fröstelt mich und das weiße Licht in der Kabine sorgt auch nicht dafür, dass ich mir warme Gedanken machen kann.

Ich setze mich an den Tisch, Dave gegenüber.

»Da ist jemand am Funk, der mit dir sprechen will.«

Dave reicht mir das Gerät.

Ich nehme es behutsam entgegen und starre es nur an, in der Erwartung einer Durchsage.

»Wenn du sprichst, musst du diesen Knopf gedrückt halten und loslassen, wenn jemand auf der anderen Seite spricht.«

Soll ich den Knopf wirklich drücken? Wer will mich denn sprechen? Handelt es sich dabei um meinen Vater? Ich weiß ja nicht einmal, auf welche Stimme ich mich einstellen muss, was, wenn er nicht wie mein Vater klingt, wird er dann für immer ein Fremder für mich bleiben?

Ich setze mich bequemer hin und räuspere mich, bevor ich das Funkgerät nah an meine Lippen führe.

Dave zieht meine Hände etwas vom Gesicht. »Du musst es nicht an den Mund halten. Und vergiss den Knopf nicht.«

Mit einem kurzen Blick auf die weiße Bettdecke, die mich umhüllt, fasse ich Mut und drücke auf den Knopf.

»Hallo?«, frage ich zögernd, wobei ich es nicht lassen kann, doch direkt in das Gerät zu sprechen.

»Loslassen«, flüstert Dave und ich folge seiner Anweisung.

»Jessica Blair?«, erklingt eine tiefe Männerstimme am anderen Ende.

Erschrocken sehe ich zu Dave. Diese Stimme klingt kalt und autoritär, so gar nicht nach einem Vater, der sich darauf freut, seine Tochter wiederzuhaben. Habe ich etwas Schlimmes angestellt? An diese Möglichkeit habe ich noch gar nicht gedacht, vielleicht erwartet mich eine Strafe? Warum zum Teufel bin ich hier?

»Ja«, sage ich leise und achte dieses Mal auf das Loslassen des Knopfes.

Trotzdem folgt lange Zeit kein Ton und ich sehe nach, ob der Knopf womöglich klemmt, genau in diesen Moment kommt erneut eine Durchsage: »Hier spricht Kate Connor, Grenzwache.« Es ist nicht mehr die Männerstimme, sondern eine freundliche, geschäftige

Frauenstimme, dieselbe, die schon mehrfach mit Dave gesprochen hat. »Wie fühlen Sie sich, Miss Blair? Haben Sie Schmerzen?«

Durch den Sprecherwechsel bin ich etwas irritiert und nicke nur, bis mir einfällt, dass ich doch sprechen muss.

»Ich habe Kopfschmerzen und ein paar Prellungen.«

»Haben Sie sich am Kopf verletzt, Miss Blair? Ist Ihnen schwindelig? Haben Sie sich erbrochen?«

Instinktiv fahren meine Finger zu meinem pochenden Kopf. Noch vor ein paar Stunden hat es noch geblutet – oder ist es schon der nächste Tag, wie lange habe ich geschlafen?

»Kein Schwindel, aber ich bin orientierungslos.«

Wieder kommt länger nichts und ich nutze diesen Moment, um einen Blick mit Dave auszutauschen. Mir fällt auf, dass er mich die ganze Zeit konzentriert beobachtet.

»Miss Blair?«, erklingt Kate Connors Stimme erneut. »Das gesamte Team der Sequenzwacht ist hier in der Kommunikationszentrale der Grenzwache. Sie hätten gerne gewusst, wo Sie sich die letzten zwei Jahre aufgehalten haben. Wo haben Sie sich versteckt?«

Bei dieser Frage rutscht mir beinahe das Funkgerät aus der Hand. Also gibt es die Annahme, dass ich mich versteckt gehalten habe. Meine Finger beginnen zu zittern und ich fühle mich auf eine seltsame Weise erwischt.

Schnell umklammere ich das Funkgerät und sage: »Ich weiß es nicht.«

»Wie kannst du das nicht wissen?«, schreit die tiefe Männerstimme mich plötzlich aus dem Lautsprecher an. Und dieses Mal rutscht mir das Funkgerät wirklich aus den Fingern.

Dave fängt es auf, bevor es zu Boden stürzt.

Noch immer ist die Männerstimme aus dem Lautsprecher zu hören. »Wir haben eine internationale Fahndung nach dir ausgerufen, absolut keiner konnte dich finden! Wie hast du das angestellt? Jetzt ist es an der Zeit, dass du mir Respekt entgegenbringst und uns die Wahrheit erzählst. Wo hast du gesteckt?«

»Sir? Sir, hier spricht Dave Warren. Auf mich wirkt Miss Blair, als stünde sie unter Schock.«

Als Dave den Knopf loslässt, brüllt der Mann auf der andren Seite weiter.

»Er hat mich nicht gehört«, sagt Dave ruhig.

Doch ich bin alles andere als beruhigt. Egal, wie sehr sich dieser Mann in der Grenzwache aufregt, ich weiß einfach nicht, wo und mit wem ich die letzten zwei Jahre verbracht habe.

»Wann hast du deinen Mediachip vernichtet? Darauf ist keine einzige Ablage mehr«, schreit der Mann weiter. Kein Wunder, dass ich abgehauen bin, die familiären Verhältnisse scheinen nicht so harmonisch zu sein.

»Kannst du ihn nicht beruhigen?«, frage ich.

»Solange er den Knopf seiner Anlage gedrückt hält, wird er uns nicht hören.«

»Diese Kabine hat so viel Technik, können wir nicht damit besser kommunizieren?«

Dave drückt mir das schreiende Funkgerät in die Hände und zieht den Laptop heran, mit dem er Sicherheitsprotokolle ausgefüllt hat. Währenddessen zählt der Mann am Funk unlogische Maßnahmen auf, mit denen die Sequenzwacht versucht hat, mich aufzuspüren. Ich fühle ein beklemmendes Gefühl in meiner Brust. Klingt teuer, was er da so aufzählt. Hovercraft, Drohnen, jede Menge technischer Schnickschnack, puh.

Dave gibt irgendetwas in den Laptop ein. Bald ploppt ein Videofenster auf und ein junger Mann in violetter Uniform meldet sich mit den Worten: »Josh Faine – Grenzwache, sind Sie Dave Warren?«

»Und Jessica Blair«, sage ich, als ich mit meinen Stuhl direkt an Dave rücke und am Laptop nach der Kamera suche und dann in die winzige Öffnung schaue.

Die Situation wird schnell geklärt und der junge Mann versichert uns, dass die Sequenzwacht dabei ist, Genehmigungen zu erwirken, die erlauben, zu den Quartieren zu kommen. Josh Faine ermittelt den genauen Standort und verabschiedet sich höflich. Und das alles, während der Mann, mein Vater, mich noch immer über das Funkgerät anschreit. Mein Vater kennt eine Menge Schimpfwörter. Selbst wenn ich genau hinhöre, wird mir nicht klar, was genau ich getan haben soll.

Nach der Videotelefonie schaltet Dave die Lautstärke des Funkgerätes leiser. Ganz ausschalten wollen wir es nicht, falls jemand noch etwas Wichtiges durchgibt.

»Also holen sie uns ab?«, frage ich Dave, weil ich es noch immer nicht glauben kann.

»Solange Mr. Blair spricht, werden sie vermutlich nicht loslaufen«, antwortet er und wir schauen auf das Funkgerät, das sich zwischen uns befindet. »Zudem scheint ihnen und uns die Bürokratie wieder im Weg zu stehen. Es kann Tage dauern, Jey.«

»Tage«, wiederhole ich betrübt.

»Bestimmt holt uns die Sequenzwacht ab, mach dir keine Sorgen.«

»Warum hat die Stadt zwei Schutzeinheiten? Sonnengarde und Sequenzwacht?«, frage ich.

»Ganz einfach: Sonnengarde ist die normale Garde, die die Stadt beschützt und die auch Tag und Nacht aktiv ist und sich um alle Belange kümmert. Die Stadt hat viele Feinde und hier steckt eine Menge Geld und Forschung drin – Spionageklau, Sabotagen, was das Herz begehrt. Die Sequenzwacht kümmert sich nur um die Traumerscheinungen. Im Grunde müssten sie jetzt die Stadt aufräumen, aber wir haben Stufe zwölf und da geht gar nichts, wie du siehst. Also sind wir wieder an der Reihe, diese verfluchte Stadt zu schützen, dieses lächerliche Königreich eines kranken Kindes.«

»Ich glaube, sie ist längst kein Kind mehr. Ein Kind würde sich solche Grausamkeiten nicht erträumen.«

Dave antwortet nichts darauf, sondern sieht eine Weile nachdenklich aus.

Es dauert eine Weile, bis das Funkgerät verstummt und Kates Stimme erneut erklingt. Dave dreht die Lautstärke wieder hoch und wir hören, wie die Frau sagt: »Wir werden uns bei Ihnen melden, sobald die Genehmigungen durch sind. Passen Sie solange auf sich auf.«

Dann wird es still und das Warten beginnt.

»Wieso befinden sich die Rettungseinheiten so weit von der Untergrundstadt entfernt?«, frage ich.

»Die Regierung will das Risiko nicht so nah an sich heranlassen.«

»Welches Risiko? Wenn die Traumsequenz an die Stadt will, geht sie doch sowieso dorthin.«

»Sie fürchten sich nicht vor der Traumsequenz selbst, sie haben genug Schutzmechanismen. Die Stadt will keine Infizierten bei sich haben.«

»Meinst du Zombies?«

Dave lacht milde. »Die Träumerin könnte tatsächlich auch von Zombies träumen, als Kind muss sie diese in Filmen gesehen haben, aber bis jetzt war es zum Glück nicht der Fall. Zumindest haben wir davon nichts mitbekommen. Solche Träume entlässt der *Goldene Käfig* nicht in die Stadt.«

»Von welcher Infizierung redest du dann?«

Er deutet mit dem Finger auf mich und da wir so nah sitzen, wandert seine Hand nach einem Zögern bis zu meiner Wange, die Dave zärtlich berührt.

»Du bist infiziert. In deinen Augen hat sich ein Stückchen vom Traum festgesetzt.«

Ich lege meine Hand auf seine und lehne mein Gesicht noch etwas mehr an, schließe kurz die Augen, dann sehe ich ihn direkt wieder an.

»Warum fürchten sie die Infizierten?«, frage ich leise.

Daves Hand ruht noch eine Weile auf meiner Wange, dann zieht er sie langsam zurück und stützt seine Ellenbogen am Tisch ab, legt sein Gesicht in die Hände und ist mir so nahe, dass ich seine schönen

Augen betrachten kann. Ich muss mich zwingen, ihm nicht auszuweichen, weil ich seine Nähe genieße und zur gleichen Zeit fürchte. Er ist unter seltsamen Umständen in mein Leben getreten.

»Es gibt Theorien.«

Ich lächle ihn an und stütze mein Gesicht ebenfalls so an den Ellenbogen ab, wie er. »Verrätst du sie mir?«

»Viele glauben, dass so ein Splitter der Traumsequenz ein Portal für Alpträume werden könnte, wenn er unautorisiert in die Stadt gelangt, vor allem, was die Schutzräume in den unteren Ebenen angeht. Nur das macht den Menschen Angst – Alpträume, die neben ihnen auftauchen könnten. Normale Träume sind Gelddruckmaschinen für das *Königreich*.«

»Also darf ich sowieso nicht in die Stadt, solange diese seltsamen Geisterwesen oben randalieren?«

Dave zuckt mit den Schultern. »Die Sequenzwacht weiß vermutlich mehr, was da noch alles dazugehört. Diese Abteilung ist darauf bedacht, die Sicherheit zu verstärken.«

»Aber das beantwortet nicht meine Frage. Warum sollen die Notfallkabinen nicht zu nah an der Untergrundstadt gebaut werden?«

»Da spielen ethische Werte eine Rolle. Wenn man die schutzlosen Menschen zu nah an Menschen voller Mitleid setzt, wird es schwieriger sein, wegzusehen.«

»Ah, dann unterliegen wir dem Phänomen ‚*aus den Augen, aus dem Sinn*‘, ich verstehe.«

»Dadurch können die Menschen viel besser schlafen.«

Dave grinst mich an und auch wenn dieser Gedanke einfach nur schockierend ist, muss ich zurückgrinsen.

»Hast du Hunger?«, frage ich. »Ich könnte uns eine leckere Dosensuppe zubereiten.«

»So eine gute Köchin wie dich sollte ich lieber gleich heiraten.«

Ich halte ihm meine linke Hand hin und wackele mit den Fingern. »Nur zu.«

Er nimmt meine Hand und schiebt mir einen imaginären Ring auf meinen Ringfinger.

»Von nun an bist du mein.«

Wir verschränken die Hände miteinander und es entsteht ein Moment der wohligen Stille, in der sich mein Magen auf eine wundersame Weise meldet.

Ein kleines Piepen des Laptops zerstört diese Stille.

»Das Update ist durch«, sagt Dave entschuldigend und ich ziehe meine Hand daraufhin verlegen aus seiner und der Alltag hat uns wieder, wenn man davon überhaupt sprechen kann.

Ich war noch vor kurzem mitten im absurden Geschehen, doch nun bin ich in dieser Kabine gefangen, jetzt kommt mir alles so unwirklich vor. Es ist gespenstisch. Wie kann es nur passieren, dass Träume real werden?

»Ich verstehe das nicht«, sage ich, als Dave eine kleine Pause macht und wir uns eine Konservendose mit Nudeln in Gemüsesoße teilen und dazu Zwieback mit salziger Tomatenpaste darauf essen. Das Essen ist etwas versalzen, aber es tut mir gerade so gut, sodass ich genüsslich die Augen schließe und den Geschmack auf der Zunge zergehen lasse. »Ehrlich, ich verstehe es nicht«, sage ich im Anschluss erneut.

»Sie werden uns abholen, sobald es einen sicheren Moment gibt«, sagt Dave, »deswegen müssen wir jederzeit bereit sein.«

»Nein, das ist es nicht.«

Dave beißt in seinen Zwieback und krümelt seine Uniform voll. Dabei sieht er mich fragend an.

»Es ist schwer für mich, eins und eins zu kombinieren. Ich habe keinerlei Ahnung, wie ich in diesen Alptraum geraten bin und was für Erscheinungen das waren. Wir sitzen in einem Schutzbunker und verstecken uns vor Träumen! Wie krank ist das?«

»Schon schräg, dass du die Grundlage deines Berufes nicht mehr verstehst. Aber so ist das bei einem Schock, sicherlich kommen die Erinnerungen bald wieder.«

»Darauf will ich nicht warten, Dave!«, entfährt es mir plötzlich.

In meinem Kopf klingelt der Schmerz nach und ich verziehe mein Gesicht.

»Alles okay?«

Dave ist mit seinem Stuhl sofort an meiner Seite und stützt mich. Mache ich den Eindruck, dass ich gleich umkippe?

»Ja«, antworte ich und rücke etwas von ihm weg. »Gibst du mit bitte eine kleine Auffrischungs-Lektion? Das würde mir eine Art Sicherheit geben.«

»Gut. Kann ich machen. Vor etwa vierzehn Jahren gab es ein Mädchen, das unsere Stadt veränderte«, beginnt Dave.

»So fangen alle guten Geschichten an. Du erzählst mir gleich wieder von der Träumerin, was?«

Dave lächelt und ich stelle fest, dass er dabei seine Grübchen bekommt, was mich auf einer gewissen Weise beruhigt.

»Richtig. Das Mädchen hatte ein Wahnsinnstalent: Es kann seine eigene Träume in die Realität holen. Dummerweise hatte das Kind keine Kontrolle über seine Fähigkeiten, einfach jeder Traum gelangte an die Oberfläche. Als Baby hatte keiner Probleme damit, sie ist sogar ein großer Star auf allen sozialen Plattformen gewesen. Sie hat unsere Mediachips zum Glühen gebracht, es war einfach unglaublich, was sie getan hat. Ich muss zugeben, ich war ihr größter Fan. Habe ihr sogar einen Liebesbrief geschrieben – ohne eine Antwort darauf zu erhalten.«

Es ist seltsam, dass obwohl Dave gerade über ein anderes Mädchen spricht, ich Schmetterlinge in der Magengegend verspüre, als würde er von mir erzählen.

Sein Gesichtsausdruck verändert sich, das Lächeln verschwindet und lange Zeit sagt er nichts mehr, sondern starrt seinen Teller an.

»Was ist dann geschehen?«, frage ich.

»Sobald das Mädchen älter wurde und sie begann, sich vor den schwarzen Männern in ihrem Schrank und den Monstern unter dem Bett zu fürchten, wurden ihre Träume gefährlicher. Diese Bestien haben viele Menschen getötet.«

Ich lege meinen Zwieback am Tisch ab und reibe mir die Gänsehaut von den Unterarmen weg. Also stimmt es, dass die Erscheinungen, die ich in der Stadt gesehen habe, imstande sind zu töten.

»Damit war es allerdings nicht erledigt. Die Träume des Mädchens wurden immer wirrer, es war eine Katastrophe.«

»Aber da draußen sind immer noch Alpträume von ihr, oder nicht?«, gehe ich dazwischen. Ich begreife es nicht, dass noch keiner das Problem lösen konnte.

»Ja. Die Forscher haben zwar eine Menge Probleme lösen können, aber noch nicht alle. Das Mädchen liegt schon seit vierzehn Jahren in einem künstlichen, sequenzierten Dauerschlaf in einer Unterwasser-Forschungsstation.«

»Moment«, setzte ich ein. »Wenn sie so viel schläft, dann träumt sie doch die ganze Zeit!«

»Korrekt! Aber die Träume kommen nur dann in die Realität, wenn sie aufwacht. Sequenzierter Dauerschlaf, Jey, er wird gezielt unterbrochen.« Dave sieht aufgeregt aus, beinahe schon begeistert. »Die Forscher haben ein komplexes System um das Kind erbaut, welches ermöglicht, die Intensität der Gefahr ihrer Träume zu messen, und an der niedrigsten Stufe wird der Schlaf unterbrochen. Somit werden die Träume kontrolliert auf die Stadt losgelassen. Meist haben wir es dann mit wirklich schönen Phänomenen zu tun, Naturschauspielen und großartigen Szenerien – keinen Monstern. Ich übertreibe nicht, wenn ich sage, dass das *Königreich der Träume* die beliebteste Attraktion auf der ganzen Welt ist.«

Skeptisch hebe ich meinen Finger und zeige zur Decke.

»Dann sollte das da oben nicht passieren.«

Langsam schüttelt Dave den Kopf.

»Und warum sitzen wir dann hier?«, frage ich ungeduldig.

»Weil die Gefangene längst kein Kind mehr ist und sich gegen dieses ausgeklügelte System wehrt. Sie kann es manipulieren.«

Diese Geschichte kommt mir entfernt bekannt vor. Ich warte darauf, dass ein Erinnerungsfetzen durch meinen Kopf schießt, aber dieses Mal geschieht das nicht, die Erinnerung gelangt nur schleichend in meine Gedanken.

»Du meinst, die Träumerin sendet den Messinstrumenten schwache Werte, obwohl sie in Wirklichkeit apokalyptische Ausmaße haben?«

»Gut kombiniert, Miss Blair.«

»Und worin besteht meine Aufgabe als Sequenzwächterin genau?«

Dave zuckt mit den Schultern. »Diese Abteilung tut immer geheimnisvoll. Was genau deine Aufgaben sind, wird dir jemand anderes erklären müssen, was ich weiß, ist, dass ihr euch andauernd um eine manifestierte Traumsequenz schert und versucht, sie zu beseitigen. Aber wie sich in der Vergangenheit zeigte, ist so eine hohe Stufe ein paar Nummern zu groß, selbst für solche Giganten wie euch.«

»Das ist so viel auf einmal«, sage ich. »Wo ist eigentlich dieses Schlaflabor?«

»In einem Forschungslabor, das sich die meiste Zeit unter Wasser befindet. Aber während den Phasen, in denen die Träumerin angeblich nicht schläft, fährt die Station hoch, damit die Kleine das Sonnenlicht sieht. Kennst du das Märchen Rapunzel? Dieses Motiv wird der Träumerin zugesprochen. Sie hat angeblich auch langes blondes Haar, das sie aus dem höchsten Turm aus dem Fenster wirft, in der Hoffnung, sie würde jemand befreien.«

»Das denkst du dir doch nur aus.«

»Na gut, ihr Haar ist sicherlich nicht so extrem lang, aber das ist das, was die Forscher aus dem *Goldenen Käfig* immerzu berichten.«

»Das ist traurig.«

»Ist es.« Er sieht mich eine Weile an und lächelt dann. »Willst du noch mehr wissen?«

Ich lege meine Hände kurz auf mein Gesicht. »Weißt du irgendetwas über mein Verschwinden?«, frage ich.

»Nein. Es gibt tausende Gerüchte und ich wette, keines davon ist wahr.«

»Und was denkst du? Was könnte der wahre Grund sein?«

»Das hättest du heute einen der Verschwörungstheoretiker im Bus fragen sollen. Sie glauben daran, dass du von der Träumerin getötet worden bist.«

»Ist zum Glück nicht richtig. Aber das glauben *sie*, was ist mit dir?«

Da beginnt Dave sich um eine Antwort herumzudrücken.

»Erzähl schon«, sage ich.

»Es ist blöd, fast schon kindisch.«

»Jetzt will ich es wissen!«

Dave verdreht die Augen und atmet tief durch. »Ach, das ist wirklich doof. Ich habe mir nur vorgestellt, dass du auf irgendeine Weise die Träumerin retten willst. Aber hat sich ja auch als falsch herausgestellt.«

»Wie kommst du auf so einen Gedanken?«

»Du wirst mich für verrückt halten!« Dave lacht. »Das kann ich nicht erzählen, echt nicht.«

Ich stupse ihn mit dem Finger auf seinen Oberarm. »Na los! Ich verspreche dir auch, nicht zu lachen.«

»Du wirst lachen!«

»Bitte, bitte!«

Er sträubt sich noch eine Weile, doch dann knickt er ein und sagt: »Als Kind war ich in die Träumerin total verschossen und seitdem hoffe ich, dass sie eines Tages freikommt.«

Ich hebe verwundert meine Augenbrauen und lege meine Finger auf die Lippen. »Siehst du, ich lache nicht. Es ist ein schöner Gedanke, oder nicht?«

»Ich werde gefeuert, wenn ich den noch einmal äußere.«

»Na gut, dann ein anderes Thema. Erzähl mir lieber etwas Lustiges.«

»Lustiges?«

»Ja«, ich denke kurz nach, da fällt mir etwas ein: »Auf welche Art ist dein Bruder eigentlich ein Nerd?« Verrückt, ich habe so wenig

Informationen über mich selbst, dass ich mir alles merke, was Dave mir erzählt.

»Oh, also Steven sammelt Karten.«

»Solche Spieldinger zum Tauschen?«

»Nein, ich meine Weltkarten. Er hat sie aus allen Epochen. Natürlich nicht alle analog, aber sie sind auch virtuell nicht mehr so einfach zu finden.«

»Wow, das ist ein seltsames Hobby, wie alt ist er denn?«

»Inzwischen dreißig.«

»Wenigstens hat es einen kulturellen Bezug, schätze ich.«

»Er ist ein Nerd«, sagt Dave.

»Er ist ein Nerd«, bestätige ich.

»Erstaunlich, dass du diese Dinge nicht zu vergessen haben scheinst, du kannst Zusammenhänge logisch darstellen, aber dich an nichts von dir erinnern?«

»Vielleicht hat dein Bruder ja eine Karte von meinen Erinnerungen?«

»Ich werde ihn danach fragen, sobald wir zwei in Sicherheit sind.«

»Was hoffentlich bald soweit sein wird.«

»Nur Zuversicht, Jey. Mach dir gute Gedanken.«

»Ob das hilft?«

Dave zuckt mit den Schultern. »Seit Mädchenträume in Erfüllung gehen, wurde in der Quantenphysik so einiges bewiesen. Positive Gedanken, positive Erlebnisse.«

»Wir leben in einer außergewöhnlichen Welt.«

»Da möchte man meinen, dass wir in so einer Welt besseres Essen hätten.« Er sieht auf seine Dosenspaghetti.

»Mach dir doch einfach gute Gedanken«, sage ich lächelnd.

Er zeigt mit der Gabel auf mich und grinst, wobei er wieder diese süßen Grübchen zeigt. »Gut gekontert, Miss Blair.«

Er beißt beherzt in seinen Zwieback und stopft den Rest davon nach, dann steht er plötzlich auf.

»Kannst du das noch abräumen? Ich will die Sicherheitsprogramme an der Tür checken, denn wenn sie nicht richtig funktionieren, hält die Tür die Traumsequenz nicht davon ab, hier einzudringen. Die Kabinen selbst sind im Inneren leider noch nicht genügend mit Schutzmechanismen ausgestattet.«

»Warum musst du so viele Schutzsysteme von Hand aktivieren und programmieren?«, frage ich. »Wenn die Stadt mit solchen Notfällen rechnet, sollte doch jemand diese Kabinen immer auf den neuesten Sicherheitsstand bringen, findest du nicht?«

»Das ist leider ein großes Problem in der Stadt. *Sean-Corporation*, das Unternehmen, dem diese Stadt gehört, steckt sein Geld lieber in die Marketingabteilung, die aufwendige Events veranstaltet, um noch mehr Geld aus den Touristen zu ziehen.«

»Und sie verzichten auf Sicherheit?«

»Sie setzen auf die Statistik, die besagt, dass so eine Katastrophe wie jetzt praktisch nie passiert.« Er geht mit dem Laptop zur Tür und prüft Daten ab. »Aber dein Vater kämpft für mehr Mittel für die Sicherheits-Instanz. Es gibt Gerüchte, dass Roger Blair mit der Marketingchefin Elen Sean liiert ist, das ist die Tochter des Gründers der *Sean-Corporation*. Den Seans gehört die Stadt.«

Ich sehe mir Daves Rücken an und frage mich, warum er mir dieses Detail erzählt. Der Mann, den ich nicht kenne und der mein Vater sein soll, hat angeblich etwas mit der Frau, die die Sicherheitsgelder für sich beansprucht? Will ich das wissen? Ich weiß es noch nicht. Um mich von diesem Thema abzulenken, räume ich den Tisch ab und lasse Dave in Ruhe arbeiten, was mich dazu zwingt, mich intensiv mit meiner Leere im Kopf zu beschäftigen.

Als Dave ebenfalls duschen geht, bin ich für ein paar Minuten allein und starre dabei die Tür an. Bilder von schrecklichen Monstern schießen mir dabei durch den Kopf. Groteske Gestalten, die an der Tür kratzen und kichernd nur noch darauf warten, dass unsere Schutzsysteme nachgeben. Ich ziehe meine Beine auf das Bett und dränge mich mit dem Rücken an die Wand, wobei ich die Bettdecke an mich ziehe und mich an sie kralle. Immer schlimmere Gedanken peinigen mich, offensichtlich habe ich eine sehr gute Vorstellungskraft. Leider kann ich sie gerade nicht dazu nutzen, mir etwas Beruhigendes vorzustellen.

Durch die fehlenden Fenster weiß ich nicht, ob es gerade Tag oder Nacht ist, aber das hat mich auch schon an der Oberfläche verwirrt mit dieser plötzlichen Dunkelheit, die durch den Alptraum zustande gekommen ist. Nicht einmal an der Tür gibt es eine Möglichkeit zu sehen, was dort vor sich geht. Vielleicht ist es auch besser so, denn die Dinge, die ich in der Stadt gesehen habe, können ungehindert auf diese Rettungsebene gelangen.

Ich halte mich weit von der Tür entfernt, für mich ist sie die Schwachstelle der Kabine, auch wenn Dave mir versichert, wir seien mit programmierten Schutzsystemen vor Traumsequenzen geschützt. Dass er allerdings weiterhin am Laptop an weiteren Programmen arbeitet, lässt meine Zuversicht nicht ansteigen.

»Jey?«, holt mich Daves Stimme aus meiner Fantasie.

Ich schrecke auf und sehe zu ihm. Er verströmt einen wohlriechenden Duft von Duschcreme und Shampoo im Raum. Auch er trägt die schwarze Einheitskleidung, wobei sie an ihm nicht so schlabberig aussieht wie an mir.

»Ich will hier raus«, sage ich nur.

»Wir schaffen das«, sagt er.

Wenn er das sagt, glaube ich ihm das sogar. Ein seltsames, vertrautes Gefühl entsteht in mir und mein Kopf schenkt mir ein Bild von einem Dave, der mir die gleichen Worte sagt.

»Wir schaffen das, Jey«, sagt die Erinnerung, nur hat Dave darin andere Kleidung an, einen schwarzen Anzug mit Krawatte.

Das ist Einbildung, denke ich.

»Ich fasse es nicht, du bist so anders als alle Mädchen, die ich zuvor kennengelernt habe«, sagt dieser Erinnerungs-Dave.

»Wie oft hast du das schon diesen anderen Mädchen erzählt?«

»Noch nie. Deine Augen sehen so unschuldig aus.«

»Ist das gut?«

Darauf bekomme ich ein Lächeln geschenkt, was ich als positiv werte.

Der echte Dave setzt sich allerdings noch einmal an den Laptop und lässt mich mit meinen Gedanken allein.

»Du musst bedenken, dass das nicht mein Spezialgebiet ist«, erzählt Dave nach einer Weile, während er noch weiter herumtippt. Ich glaube, er fühlt sich schuldig, dass er mich mir selbst überlässt. »Viele Gardisten können das besser als ich. Wollte mich schon längst in dem Bereich Sicherheitssysteme weiterbilden, aber es scheiterte bis jetzt an der Bürokratie. Schon seit einem Jahr wandert mein Antrag von einer Instanz zur nächsten.«

»Hier gibt es eindeutig zu viele Sicherheitslücken«, sage ich.

»Und das steht schon seit Jahren in der Kritik der Medien.« Dave kratzt sich an der Augenbraue und runzelt dabei die Stirn. »War vielleicht doch eine kleine Lüge, als ich dir gesagt habe, dass einfach *jeder* das *Königreich der Träume* liebt. Die Stadt hat auch sehr viele Gegner.«

»Ich mag sie auch nicht besonders. Wer bei diesen Alpträumen nicht auf Sicherheit achtet …«

»Nicht nur das, die haben auch immer kreative Ausreden, wenn es um die Ablehnung von wichtigen Weiterbildungen geht. Das müssen sie bei mir auch, denn ich habe mich bereits für zwölf Jahre verpflichtet, mir brauchen sie nicht mehr Honig ums Maul zu schmieren wie den jungen Kadetten. Und klar, ich verstehe, dass genug Gardisten bereits in diesem Gebiet weitergebildet sind, doch ich finde, solche Dinge sollte jeder in *Dream City* beherrschen.«

»Dream City?«, frage ich mit einem leichten Grinsen auf den Lippen.

»Das ist die inoffizielle Bezeichnung für *Königreich der Träume.* Ist leichter zu merken und auszusprechen und in der Media-Community der Renner.«

»Süß«, sage ich.«

»Nicht meine Idee!«

»Kann ich dir irgendwie helfen?«, frage ich.

Dave unterdrückt ein Gähnen und streckt sich. Dann reibt er mit den Händen sein Gesicht. Sein nasses Haar steht in alle Richtungen ab, was ich irgendwie süß finde.

»Du kannst mir beim Einschlafen helfen«, sagt er, schließt den Laptopdeckel und kommt dann auf mich zu, wobei er sich noch mehr streckt. Sein Shirt rutscht dabei hoch und mein Blick fällt auf den durchtrainierten Bauch.

Er sieht zur Deckenleuchte und sagt: »Licht – Nachtmodus.«

Im Raum wird es augenblicklich dunkler, sodass nur ein schwaches, diffuses Licht übrigbleibt. Und da ist noch etwas, das mich zum Staunen bringt: Die Krönchen, die bei Licht kaum auffallen, leuchten jetzt silbern nach.

Als Dave sich neben mich legt, verspüre ich ein seltsames Gefühl der Aufregung in mir.

»Wir können die Bettmitte zur neutralen Zone erklären«, sagt er leise.

Ich berühre seinen Oberarm und sehe ihm in die Augen. In dem schwachen Licht sehen sie dunkel aus, dennoch erkenne ich die Freundlichkeit und die Lebensfreude in ihnen. Durch meine Berührung rutscht Dave näher an mich heran und streicht mein Haar hinter das Ohr.

»Sag mal, träume ich?«, fragt er und seine ruhige Stimme nistet sich in meinem Herzen an.

»Wir träumen beide.«

»Dazu müssten wir erst beide einschlafen«, sagt Dave.

»Erzählst du mir eine Gute-Nacht-Geschichte? Wie bist du überhaupt der Sonnengarde beigetreten?«

»Ist eine lange Geschichte«, sagt Dave. »Bis ich fertig bin, bist du drei Mal wieder aufgewacht.«

»Gut, dann erzähl mir doch bitte, wie es sein kann, dass du dich in die Träumerin verlieben konntest.«

»Wirklich, du willst die Fortsetzung der Geschichte?«

»Solange wir eingeschlossen sind und ich keine eigenen Gedanken zum Grübeln habe, musst du mir anderen Stoff liefern.«

»Oh man, du willst dich doch nicht die ganze Zeit mit der Erinnerungsnummer durchmogeln, irgendwann musst du auch mal von dir erzählen.«

»Okay, ich werde mir eine hübsche Lüge für dich ausdenken. Und bis dahin, bist du erst einmal dran.«

»Na schön, Miss Blair. Ein Exkurs in die Verliebtheit eines kleinen Jungen. Zum Glück ist es nicht mehr so hell hier drin, sonst könntest du sehen, wie ich rot werde.«

Ich lege meine Hand auf seine Wange, die sich wirklich etwas warm anfühlt. »Aber ich kann es spüren.«

Es entsteht ein stiller Moment zwischen uns, in dem wir uns nur anlächeln und ich seine Haut spüre. Dann nimmt er meine Hand und küsst die Finger. Bevor wir uns gänzlich verlieren, räuspert er sich und nimmt eine Erzählerstimme ein.

»Es war einmal ...«

Wir lachen leise, dann senkt er die Stimme wieder.

»Diese Geschichte ist eigentlich die gleiche, die ich erzählt hätte, wie ich der Sonnengarde beigetreten bin.«

»Oh, Überschneidungen?«

»Mein gesamtes Leben führt in diese eine Richtung.«

»Wow, du musst die Träumerin ja richtig lieben.«

Er stupst mich leicht an. »Nur bis ich dir begegnete.«

»Dave«, sage ich leise und bin ein wenig gerührt. »Hör auf zu schleimen und erzähl endlich.«

»Als ich noch klein war, hasste ich die Dunkelheit. Mein großer Bruder Steven steckte mich oft in den Keller, weil –«

»Dieser Kartensammler?«

»Genau der. Es machte ihm Spaß, mich zu schikanieren«, sagt Dave und verfällt wieder in seinen ruhigen Erzählerton, der meinen Bauch leicht zum Kribbeln bringt. Seine Stimme ist so angenehm und trägt mich langsam in die Müdigkeit hinein. Ich lege mich gemütlicher hin und sehe ihm ins Gesicht, während er weitererzählt. Dabei streichelt er sogar meinen Unterarm. Es fühlt sich schön an, sodass ich beinahe vergesse, in welcher Lage wir stecken.

»Der Keller allein war nicht das Problem, aber jedes Mal war es tiefste Nacht, wenn unsere Eltern ausgingen. Und du musst dir vorstellen, der Keller in unserem Haus war gruseliger als der, durch den wir heute gekrabbelt sind.«

»Schwer zu glauben«, sage ich ein wenig schläfrig.

»Oh, doch, so war es. Wir haben in einem uralten Gebäude gelebt, mit einem tiefen, tiefen Keller.« Er senkt die Stimme. »Es war nass und die Rohre tropften. Es gab auch keine Fenster, nur zwei kleine Schlitze durch die eine Hand hindurchpasste und eben diese Hand steckte Steven ständig durch die Öffnung, nachdem er mich eingesperrt hat. Seltsam, dass er immer den gleichen Streich gespielt hat und mich dieser dennoch ständig fast zu Tode geängstigt hat.« Er hält inne und schließt die Augen, wobei er sich etwas schüttelt und seine Gänsehaut von seinem Arm auf meinen überträgt, woraufhin wir beide albern kichern.

»Steven hat diese unheimlichen Laute gemacht, die mich zum Schreien brachten. Atemgeräusche und Kratzen.« Dave legt seine Lippen auf mein Ohr und flüstert weiter. Mir wird dabei ganz warm und ich schließe die Augen, höre seinem Flüstern zu. Für mich ist diese Geschichte nicht gruselig, denn was ich heute erlebt habe, übertrifft jede Kindergeschichte. Außerdem ist Dave bei mir und schenkt mir Nähe und Geborgenheit.

»Was ist dann passiert?«, frage ich leise.

»Ich habe meine Eltern finanziell beinahe ruiniert. Sie haben etliche Psychotherapeuten bezahlen müssen, damit meine Alpträume enden. Ich bin trotzdem nachts immer schreiend aufgewacht. Meine Eltern haben sich beinahe scheiden lassen, aber zum Glück kannten sie da schon gute Therapeuten.« Daves Stimme klingt ein wenig amüsiert, dann macht er eine kurze Pause und erzählt weiter. »Erst als ich elf war, hörte die nächtliche Pein auf. Ausgerechnet in dem Jahr, in dem die Träumerin angefangen hat, ihre Träume in die reale Welt zu schicken. Zumindest ist ihre Fähigkeit zu dem Zeitpunkt an die Medien gedrungen.«

Ich halte kurz den Atem an, atme dann aber wieder normal weiter.

»Meine Eltern haben vermutet, durch diese Nachrichten würden meine Ängste wiederkehren und ich dadurch endgültig einen psychischen Schaden erleiden. Doch es war anders. Ich habe meine Ängste vor Alpträumen abgelegt, weil ich mich mit dem Mädchen verbunden fühlte. Sie tat mir leid, weil sie in jungen Jahren in ein Schlaflabor geschleppt und in einen künstlichen Schlaf versetzt wurde. Bereits seit über vierzehn Jahren schläft sie mit kontrollierten Wachphasen. Sie ist heute zwanzig oder so.«

Also doch kein Kind!

»Das ist traurig.« Mein Herz schlägt heftig, das überrascht mich.

»Ist es. Wenn ich so lange in meinen Träumen gefangen wäre, könnte ich das nicht ertragen. Für die Träumerin habe ich meine Angst abgelegt und habe mich eines Tages als Sonnengardist beworben. Ich beschütze die Träumerin, als sei sie meine Schwester.«

Als sei sie meine Schwester, denke ich.

»Doch nicht verliebt?«

»Diese Bindung übersteigt jede Verliebtheit«, antwortet Dave.

»Dann haben dir deine Alpträume deine Lebensaufgabe gegeben.«

Dave lacht leise und umarmt mich.

»Weißt du, du erinnerst mich an die Träumerin. Ein verlorenes Mädchen, das beschützt werden muss.«

Ich genieße diese Umarmung und verliere mich auf eine andere Weise in seinen Armen.

»Hast du sie schon einmal gesehen?«, frage ich. »Die Träumerin?«

»Nur in Zeitungsausschnitten und das ist lange her. Im Königreich der Träume ist es verpönt, die Bilder der Träumerin auszustellen, oder so, aber sie sind im *Lyri Eliot Museum* zu finden.«

»Lyri Eliot. Den Namen kenne ich«, sage ich. »So heißt die Träumerin?«

»Ja. Also kehren deine Erinnerungen zurück?«

Ich zucke mit der Schulter. »Ich hoffe sehr.«

»Lass uns zu schlafen versuchen, Jey.«

»Okay.«

Ich liege noch eine Weile wach und habe nur einen Gedanken: *Ich bin nicht die Träumerin.*

Seltsam, dass ich so etwas überhaupt denke, aber seit ich in dieser Stadt bin, habe ich das Gefühl, dass ich auf irgendeine Weise die Träumerin sei. Und jetzt, da ich weiß, dass Lyri die Träumerin ist und nicht Jessi, wird mir überhaupt klar, dass ich diesen Gedanken hatte. Ich weiß nicht, ob mich das beruhigt, aber ich schaffe es schließlich einzuschlafen.

Ich habe kein Zeitgefühl, keine Ahnung, wie viele Tage vergehen, aber keiner meldet sich bei uns. Dave kommuniziert mehrfach mit der Grenzwache, aber es heißt jedes Mal, wir sollen ausharren. Bald glaube ich nicht mehr daran, dass uns irgendjemand hier rausholt. Uns steht vermutlich eine lange Wartezeit bevor. Irgendwie muss ich mich also beschäftigen.

Inzwischen helfe ich Dave bei seiner Programmierung, auch wenn meine Aufgabe nur daraus besteht, ihm irgendwelches Werkzeug zu reichen oder den Laptop zu halten, während er Angaben darauf mit denen am Bildschirm an der Eingangstür abgleicht und gegebenenfalls neue Daten einpflegt.

Bei unserer morgendlichen Kontrolle, bei der wir wieder die Sicherheitsprotokolle abgleichen, gibt die Tür plötzlich ein leises, langgezogenes Geräusch von sich. Es löst in mir sofort Angst aus.

»Was ist das?«, frage ich.

Dave packt mich an den Schultern und schiebt mich in die Mitte der Kabine. Gleich darauf sehe ich, wie sich die Tür öffnet. Panisch rechne ich schon damit, dass Monster uns attackieren.

Es kommen keine. Dafür treten drei Männer in schwerer, schwarzer Schutzausrüstung hinein.

»Dave Warren? Jessica Blair?«, fragt ein jüngerer Mann, der als erstes bei uns ist.

»Alles in Ordnung«, sagt Dave, nimmt mir den Laptop aus den

Händen und stellt ihn auf dem Tisch ab. »Das ist richtig. Ich bin Dave Warren und das ist Jessica Blair.«

Die Miene des jungen Mannes erhellt sich, als er mich ansieht.

»Blair!«, sagt er erfreut und schließt mich in eine Umarmung, bei der sein Schutzanzug unbequem auf meinen Körper drückt. »Schön, dich zu sehen.«

Der Mann hat einen spanisch klingenden Akzent und in seiner Stimme schwingt eine charmante Leichtigkeit mit.

Als er mich wieder loslässt, starre ich ihn immer noch erschrocken an, weswegen er mir mit seinen behandschuhten Fingern besorgt über die Wange streicht. »Blair, was hast du? Und dein Haar ist anders! Wieso?«

In seinem Gesicht hängen jede Menge modischer Piercing, einige aus Metall, andere aus durchsichtigem Kunststoff, in dem sich Muster bewegen, die ich auf die Schnelle nicht erkenne. Er trägt auch ein gepflegtes Bärtchen, bei dem ich mich frage, wie er ihn bei den vielen Piercings stutzt.

»Geh zur Seite«, meldet sich ein anderer, älterer Herr. Ich erkenne seine dominante, tiefe Stimme sofort und mustere ihn. Er hat einen dichten, aber gepflegten Vollbart und buschige Augenbrauen, die sein ernstes Gesicht unterstreichen. Sein Haar ist an einigen Stellen bereits ergraut und seine Falten verraten, dass er eher ein grimmiger Mensch ist, er hat nicht eine einzige Lachfalte.

Daran, wie dieser Mann mich ansieht, ist es die erste Bestätigung dafür, dass ich wirklich Jessica Blair sein könnte. Ich spüre Erleichterung. Endlich begegne ich einem Menschen, der mir mehr über mich erzählen kann. Gleichzeitig bekomme ich auch seine Schimpftirade nicht mehr aus dem Kopf.

Es gibt keine herzliche Umarmung, keinen Kuss auf die Wange, nicht einmal ein Händeschütteln. Das Verhältnis zwischen uns ist wohl schon vor meinem Verschwinden so kühl gewesen.

»Du hast also dein Gedächtnis verloren?«, fragt er. Es ist mehr eine Anschuldigung, statt einer Frage. »Ich bin Roger Blair, der Leiter der Sequenzwacht und dein Vater«, sagt er, nachdem ich nur mit einem Kopfnicken auf seine Frage eingehe. »Wir haben über Funk miteinander gesprochen.«

»Gesprochen?«, frage ich. »Sie haben die meiste Zeit die Funkfrequenz belegt.«

Ein unterdrücktes Schmunzeln huscht nur kurz über die Lippen von Roger Blair, dann wird sein Gesicht wieder ernst, beinahe verbissen. Auch sein Blick huscht zu meinem gefärbten Haar, zu dem er jedoch keinen Kommentar abgibt.

»Packen Sie zusammen«, richtet er das Wort an Dave. »Wir brechen sofort auf. Die Sequenz hat bereits die Rettungsebene erreicht. Meine komplette Abteilung ist hier, um Sie beide hier rauszuholen.«

»Niemand hat uns Bescheid gegeben«, sagt Dave.

»Wie war das?«, geht mein Vater ihn an.

»Ja, Sir«, sagt Dave daraufhin gehorsam.

»Wir teilen unsere Schritte nicht mit jedem, du Würstchen«, sagt der dritte Mann im Raum. »Pack deinen Krempel.« Er sieht Dave zornig an, während dieser beginnt, seine Uniform über die Notfallbekleidung zu ziehen.

Ich denke noch kurz daran, ob ich nicht meine inzwischen trockene Kleidung anziehen soll, aber ich will niemanden aufhalten.

»Chief Blair«, meldet sich der dritte Mann erneut, der ist inzwischen an mich getreten und mustert mich ausgiebig – ich ziehe meine kurzen Shorts lieber doch nicht an. Offensichtlich mustert er aber nicht meinen Körper, denn er sagt dann: »Ihre Tochter ist extrem verstrahlt.« Er berührt mich am Oberarm und sieht mir in die Augen.

Mein Vater beugt sich zu mir vor, legt seine Hände auf mein Gesicht und sieht mir in die Augen.

»Du brauchst dich vor mir nicht zu fürchten«, sagt er ruhig. »Jessica, erkennst du mich?«

»Nein«, sage ich sofort.

Er lässt mich langsam los, wobei er mir noch immer in die Augen sieht. Dann richtet er sein Wort an den Mann neben ihm.

»Die Sequenz hat sich auf ihre Augen gelegt, vermutlich auch auf ihr Gedächtnis. Sie war zu nah am Traum dran.«

Ich will ihn schon berichtigen, dass ich meine Erinnerungen auch im Motel schon nicht hatte, lange vor der Sequenz, aber meine Intuition warnt mich vor dieser Aussage.

So wie die anderen mich anstarren, fühle ich mich wie bei einer Tierschau, bei der mein Aussehen kritisch beäugt und diskutiert wird.

»Chief Blair, Jessica war mitten drin in der Sequenz«, mischt sich Dave ein.

Komisch. Auch Dave erwähnt den Zeitpunkt meines Gedächtnisverlustes nicht.

Mein Vater wirft einen Schulterblick zu Dave. »Und Sie haben Jessica da rausgeholt? Dann sind auch Sie verstrahlt.«

»Ich zeige keine Anzeichen, Sir.«

»Das ist nicht von Bedeutung. Sie wissen, wie das abläuft. Das bedeutet für Sie, dass Sie von ihrem Dienst befreit werden, solange mögliche Traumpartikel in Ihnen Schaden anrichten können.«

»Ich kenne meine Rechte, Sir.«

»Dann wissen Sie auch, dass Sie in dieser Zeit keine Waffen bei sich tragen dürfen.«

Mir entgeht der warnende Unterton nicht. Irgendetwas stimmt hier nicht.

»Aber Sir, ich benötige die Waffe als zusätzliche Verstärkung für den Rückweg zur unteren Stadt.«

Mein Vater schüttelt den Kopf.

»Sie haben mich falsch verstanden, Gardist.«

Dave und mein Vater sind gleichgroß, dennoch wirkt mein Vater wie ein Schrank.

»Sie stellen eine Gefahr für sich selbst und die anderen dar.« Mein Vater gibt seinen Männern ein Handzeichen, woraufhin der Typ mit den Piercings an mich herantritt.

»Sie wollen mich in der Gefahrenzone lassen?«, höre ich Dave entsetzt fragen.

»So wie die anderen Menschen in diesen Rettungskabinen.«

»Das können Sie nicht machen, Sir!«

»Komm, Jessi, wir gehen in Sicherheit«, sagt der Piercingmann. Auf seinem Namensschild steht ***R. Morales***.

»Und was ist mit Dave?«, frage ich unruhig.

Als Antwort packt der andere Mann grob meinen Oberarm und zieht mich aus der Kabine hinaus auf die Rettungsebene.

»Nein!«, hauche ich, als sich der Verdacht in mir meldet, dass die Männer Dave zurücklassen wollen. »Nicht ohne Dave!«

Ich versuche, zurück in die Kabine zu gelangen, doch dieser R. Morales schiebt mich mit sanfter Gewalt weiter, bis ich in einer Gruppe von Schwarzuniformierten stehe und mich weitere Arme packen.

»Ihr könnt ihn hier nicht zurücklassen!«, schreie ich. »Dave! Nein, lass mich los! Dave!«

»Jey!«, ruft er zurück und ich sehe, wie mein Vater Dave sein Gewehr an die Brust setzt.

»Dave!«, schreie ich panisch, doch ich verliere ihn aus den Augen.

Ich strampele und trete um mich, schreie Daves Namen, der an den verwinkelten Wänden der Rettungsebene widerhallt.

»Dave!«, schreie ich noch einmal. Dann legt sich eine Hand auf meinen Mund und ich schmecke den synthetischen Stoff des Handschuhs auf meinen Lippen.

»Sei still!«, höre ich eine Frauenstimme an meinem Ohr. Eine Frau mit einem schwarzen, strengen Pferdeschwanz tritt in mein Sichtfeld. Sie sieht mich fragend an, doch dann wendet sie sich von mir ab und gibt ihren Kollegen Befehle.

Als mein Vater wieder herauskommt, trägt er Daves Waffe mit sich und er verschließt die Tür hinter sich.

»Gardist Warren wird nicht mit uns zurückgehen. Er ist kontaminiert«, sagt er.

Ich schreie los, was die Hand an meinem Mund erstickt. Ich brülle trotzdem weiter, trete immer noch um mich, mir wird wegen dem Luftmangel ganz schwindelig, dennoch gebe ich nicht auf, bis mein Vater auf mich zukommt, Daves Gewehr an einen Sequenzwächter abgibt und sich genau vor mich stellt. Den Fußtritt gegen sein Schienbein, das offensichtlich gepolstert ist, ignoriert er.

»So sind die Vorschriften«, sagt er. »Dir wird das bald schon wieder einfallen, Jessica. Und jetzt machst du keine Anstalten und kommst in die Sicherheit mit. Oder willst du dich mit denen da herumschlagen?«

Er schiebt grob einen Mann zu meiner Rechten beiseite und ein paar weitere Sequenzwächter treten ebenfalls zurück, um mir die Sicht auf etwas zu gewähren, das in mir alles zum Erstarren bringt – ja, ich vergesse sogar für einen Moment lang zu atmen.

Mir begegnen wütende, rote Augen, entsetzte, entstellte Gesichter und Gliedmaßen. Das, was ich da sehe, ist entsetzlich. Es sind Monstrositäten wie aus einem Horrorfilm, noch schlimmer als Zombies. Verbrühte Gestalten, deren rotes Fleisch noch immer dampft, deren Innereien hängen aus den Bäuchen, bei einigen hängt das Fleisch von den Knochen ab. Doch es ist nicht das Schrecklichste an ihnen. Es sind die schmerzverzerrten Gesichter voller Qual, die mich zittern lassen. Ich fühle Mitleid, habe aber auch Angst, weil ich mir nicht vorstellen kann, was sie uns, was sie Dave antun werden.

»Da tobt sich unsere Träumerin aus, was?«, fragt mein Vater beinahe belustigt.

Mein Mund steht offen und jetzt erst bemerke ich, dass mich keiner festhält, ich könnte wegrennen. Doch wohin? Zurück in die Kabine? Bis ich sie erreiche, werden mich wieder Hände packen.

Und zu den Monstern zu laufen, würde mich töten. Ich stehe einfach nur da, unfähig, etwas zu sagen.

»Das Kraftfeld ist kurzlebig«, erklärt mein Vater. »Wenn wir nicht jetzt verschwinden, werden wir alle sterben. Verstehst du das?«

Ich bin noch immer nicht imstande zu antworten, denn ich starre nur diese unbeschreiblichen Monster an und dann blicke ich mich um. Die Kreaturen scheinen eine unsichtbare Grenze nicht zu überschreiten. Die Sequenzwacht hat diese Schutzmauer wohl in einem geringen Radius um das Notfallquartier errichtet, das Kraftfeld, von dem mein Vater spricht.

»Wir können dich mit Beruhigungsmittel außer Gefecht setzen und ein paar meiner Männer wären auch in der Lage, dich bis zur Grenzwache zu tragen, aber das wäre gefährlicher als wenn du freiwillig mitkommen würdest.«

Er legt seine Hand unter mein Kinn und zwingt mich gewaltsam, ihn anzusehen. »Kommst du freiwillig?«, zischt er mich an.

»Ja«, zische ich zurück.

»Wir rücken ab!«, sagt mein Vater in die Menge. »Sawyer, übernimm den Rückzug.«

Er lässt mich los, wobei er mich leicht zur Seite schiebt und ich taumelnd Halt finde, indem ich mich am Arm der Schwarzhaarigen festhalte. Sie sieht mich argwöhnisch an, dann nickt sie mir zu und ich lasse sie los. An ihrem Namensschild steht ***M. Sawyer.***

»Sawyer!«, höre ich Vaters herrische Stimme, woraufhin die Schwarzhaarige mehrmals blinzelt und einen konzentrierten Gesichtsausdruck aufsetzt.

»Okay, Abmarsch!«, ruft sie dann.

»Warum sind sie so auf uns fixiert?«, ruft R. Morales.

»Stufe zwölf!«, ruft M. Sawyers zurück. »Die Träumerin will es aber wissen. Bleibt alle zusammen!«

Ich sehe zur Tür der Kabine, hinter der Dave zurückbleibt. Wird er es schaffen, die Rettungseinheit mit den nötigen Schutzmechanismen zu sichern, oder sind es einfach zu viele Monster? Ich will gar nicht daran denken, wie schlimm es ist, mit seiner Angst allein in dieser Kabine zu sein, über Tage, Wochen.

Ein Teil der Barriere bricht, ich sehe, wie die Monster Daves Kammer erreichen und mir die Sicht darauf versperren. Ich höre unmenschliches Kreischen und spüre, wie mich jemand mit sich zerrt. Mein Körper weiß, dass ich fliehen muss, also gehorche ich ihm, doch meine Gedanken bleiben hier bei Dave. Ich verstehe nicht, warum er nicht mit uns mitkommen durfte. *Die Infizierte bin doch ich!*

Die Monster werden von einer zweiten Barriere aufgehalten, die uns einen Vorsprung verschafft.

»Achte auf deine Füße!«, ruft mir der Mann mit dem spanischen Akzent zu.

Ich wende meinen Blick von den Monstern ab und achte auf den Weg. Wir laufen eine lange Treppe herunter und gelangen auf eine neue Ebene, die wir durchqueren und eine weitere Treppe nehmen.

Wie lange wird die Schutzwand die Monster zurückhalten?

»Eine Barriere auf fünf Uhr!«, ruft M. Sawyers. Die Schwarzhaarige ist die Einzige, die an einem Auge eine Art Brille trägt. Es könnte ein kleiner Bildschirm sein, denn ich erkenne darauf Buchstaben und Zahlen aufleuchten.

»Hat nicht gezündet!«, ruft sie energischer und bleibt plötzlich stehen. »Zwei Männer für manuelle Aktivierung.«

Sie zeigt auf zwei Wächter, die sofort zu der nicht gezündeten Kapsel laufen. Die gesamte Truppe bleibt stehen und als ich die hektischen Befehle der Frau und die vielen ziehenden Ladegeräusche der Gewehre höre, halte ich die Luft an.

»Schneller, schneller!«, ruft M. Sawyers und drückt außen an der Brille mehrere Knöpfe.

»Sie brechen durch!«, ruft mein Vater.

»Verdammt! Wir müssen hier weg!«, schreit Sawyers und gibt den Männern an den Kapseln ein Zeichen, sich zurückzuziehen. »Abbrechen! Abbrechen!«

Ein lautes Geräusch hallt durch die Ebene, als die Barriere auf der Rettungsebene komplett zerfällt.

Es ist wie ein Damm, der dem Wasserdruck nicht mehr standhalten kann. Wir hören die vielen Monster durchbrechen, vernehmen ihre Schreie und als sie die Treppen auf unsere Ebene runterpoltern, scheint meine Zeit aus Angst stehenzubleiben. Beim Anblick der entstellten Bestien erstarre ich. Ich sehe zu, wie sie sich gegenseitig zertrampeln und zerquetschen, um diese enge Treppe herunterzukommen.

»Gott, steh uns bei«, sagt ein Sequenzwächter hinter mir.

Diese Monster kommen auf uns zu, als wurden sie alle zur selben Zeit losgelassen. Man könnte aber auch meinen, dass die Sequenzwacht ein Magnet für wahrgewordene Alpträume ist.

Dann überschlagen sich die Ereignisse: Ich sehe, wie die Männer an der Kapsel die Arbeit aufgeben und zur Truppe zurückrennen; die Bestien, die die Ebene erreichen, stürzen ihnen hinterher. Ein Wächter strauchelt und fällt hin, woraufhin er kurz darauf von der Masse an Kreaturen überrannt wird.

Jemand reißt mich unsanft aus meiner Starre. Ich höre Gewehrschüsse und sehe grüne Laserstrahlen, die die Leiber der Verfolgten auflösen. Die getroffenen Monster leuchten erst komplett grün auf und zerspringen dann in winzige Partikel, die sich in der Luft auflösen.

So ein Teilchen landet auf meinem Gesicht. Es fühlt sich eiskalt an. Ich schreie entsetzt auf und versuche, dieses Ding von meiner Haut zu lösen. Sobald ich meine Hand betrachte, flackert das grüne Licht auf und verschwindet im Nichts.

Mit zittrigen Händen renne ich weiter, obwohl ich keine Ahnung habe, wohin. Ich folge den Sequenzwächtern und ignoriere meinen schmerzenden Körper.

Als ich dann zu Boden stürze und meine Orientierung verliere, weiß ich, dass ich das nicht überlebe. Dennoch mobilisiere ich meine Kräfte und krabbele auf allen vieren weiter, getrieben von den gequälten Schreien der Alptraumgestalten.

Dabei verliere ich wirklich die Orientierung und schlage die falsche Richtung ein, ich krieche direkt auf die entsetzliche Horde zu. Selbst wenn ich jetzt auf die Beine kommen, meine weichen Knie ignorieren und schnell wegrennen würde, diese Monster würden mich auf der Stelle einholen.

Ich lege meine Stirn auf den Boden und bedecke mit den Armen meinen Kopf. In der Erwartung, dass die Monster mich unter sich zerquetschen, schreie ich, bis meine Kehle brennt, als hätte ich scharfe Messer geschluckt.

Doch niemand trampelt mich zu Tode.

Stattdessen höre ich einen gewaltigen Knall direkt über meinem Kopf, gefolgt von vielen dumpfen Aufschlägen.

Ich schrecke hoch und blicke in entsetzte Augen einer Kreatur, die an einer unsichtbaren Wand zerschlagen wurde. Blutverschmiert rutscht das Wesen an dieser Barriere zu Boden, während andere gnadenlos über deren Überreste steigen. Galle schießt mir die Speiseröhre hoch und ich übergebe mich.

»Blair, aufstehen!«, schreit die schwarzhaarige Sequenzwächterin und zieht mich mit einem Arm grob auf die Beine, während sie mit dem anderen ihr Gewehr auf die Monster richtet.

»Wie?«, frage ich kaum hörbar. Ich finde keine Erklärung dafür. Zwischen diesen Kreaturen und mir hat sich eine Barriere aufgetan.

»Barriere aktiv!«, ruft M. Sawyers zurück zur Truppe und zieht mich mit sich, wobei sie rückwärtsläuft und mich dann loslässt, um Knöpfe an ihrer Bildschirmbrille zu betätigen. »Aber nicht mehr lange. Wir müssen weg.«

Die Anspannung in der Truppe ist nun stärker als zuvor, sie hat einen Mann verloren und das war nur derjenige, den ich mit meinen eigenen Augen gesehen habe. Mir kommt es vor, als wäre die Anzahl der Sequenzwächter geschrumpft, vielleicht trügt der Anschein, weil wir durch engere Gänge laufen und etwas zusammenrücken.

»Die sind ganz schön hartnäckig«, sagt einer der Sequenzwächter. Es ist der Kerl, der mit meinem Vater und diesem Piercingtypen in der Kabine war – ich mag ihn nicht.

»Warst du schon mal während der Stufe zwölf spazieren?«, geht ihn M. Sawyers an. »Jetzt quatsch nicht und lauf weiter.«

»Was ist los, Sawyers, hast du heute einen schlechten Tag?«

»Den hat ja wohl jeder!«, zischt sie ihn an.

Ich verstehe ihren Ärger. Wer weiß, aus welchem Grund ich zwei Jahre gefehlt habe und warum ich ausgerechnet jetzt wiederkehre.

Das passiert alles deinetwegen. Dieser Gedanke verknotet meinen Magen und meine Brust. Die Blicke, die mir nun gelten, wirken erschöpft, traurig und manche sogar verurteilend. Sie geben mir die Schuld für alles, das spüre ich. In den Gesichtern der Sequenzwächter steht der Entschluss, nicht meinetwegen draufzugehen.

Während der nächsten Minuten wird nicht gesprochen, nur gelegentliche Befehlsketten durchbrechen die Stille, die uns dann wieder ganz einnimmt. Der militärische Ton der Sequenzwacht und deren Aufmachung überraschen mich, denn ich habe mir Menschen vorgestellt, die mehr so sind wie ich, garantiert keine muskulöse, gut ausgerüstete und mit Waffen beladene Truppe. Selbst die Frauen haben alle etwas Kantiges. Im Angesicht der erlebten Traumsequenz bin ich aber froh, dass die Sequenzwacht stärker ist als in meiner Vorstellung.

Die Leere in meinem Kopf wird nicht durch das Auftauchen meiner Vergangenheit gefüllt. Im Gegensatz: Das Gefühl, nicht dazu zu gehören, prasselt sogar noch verstärkt auf mich ein.

Dass Dave mehr über meine Arbeit weiß als ich, ist schon schwer zu ertragen, doch jetzt bin ich von Menschen umgeben, die mich alle zu kennen scheinen, vermutlich sogar Freunde waren. Es fällt mir schwer, diese besorgten, bedauernden und verurteilenden Blicke zu ignorieren. Sie sehen mich an, als wäre ich todkrank. Ich kann nicht einmal einschätzen, ob sie meiner verlorenen Vergangenheit gelten oder der Tatsache, dass Dave in der Rettungseinheit zurückgeblieben ist.

Und wenn es nicht Mitleid ist, ist es Skepsis. Ich handle anders als ich sollte, das sehe ich in diesen zweifelnden Augen, vor allem in denen der schwarzhaarigen M. Sawyers.

Schon bald und mit Hilfe weiterer stabiler Barrieren, kommen wir an einer breiten Treppe an, die mehrere Stockwerke tief in die Erde führt. Warum gibt es so viele Treppen und keinen einzigen Aufzug? Mit Sicherheit gibt es hier einen, aber wegen der Notlage darf er vermutlich nicht benutzt werden, so wie bei einem Hausbrand.

Die angespannte Situation zwischen den Sequenzwächtern löst sich langsam auf und ich höre vereinzelte Gespräche, die jedoch schnell ersterben.

Jetzt, da die Angst sich etwas gelegt hat, bemerke ich, dass die Ausrüstung der Sequenzwacht nicht einfach nur schwarz ist, sondern metallicgrau – irgendwie perlmuttfarben, so wie dunkelgraue Perlen. Nein, das ist auch nicht richtig. Die Farbe wechselt langsam den Grundton, mal fällt dieser in ein dunkles Grün, dann in Violett und auch mal in ein Rot oder Blau. Das Taschenlampenlicht verfängt sich darin und erzeugt ein Lichtschauspiel, das aussieht, als würden die Anzüge an den Stellen brennen. Es sieht aus wie in einem Spiegel gefangenes Feuer, mit Flammen und Funken.

»Wir sind gleich da«, sagt der junge Wächter mit den vielen Piercings im Gesicht – ***R. Morales*** lese ich erneut auf seinem Namensschild.

Er ist derjenige, der Daves Gewehr mit sich trägt.

Zwischen Morales‘ Augenbrauen ist zwar eine Sorgenfalte, gleichzeitig schafft er es, mich anzulächeln, was sein Gesicht einen verschmitzten, beinahe lustigen Ausdruck annehmen lässt.

»Okay«, sage ich daraufhin, sehe jedoch wieder zu Daves Gewehr. Wie wird er sich verteidigen können, ohne eine Waffe?

»Du erinnerst dich nicht an mich, habe ich recht?«, fragt der Sequenzwächter. Seine Stimme klingt vertraut, weswegen ich mich nun doch auf ihn konzentriere. Wieder verspüre ich den Drang, einer Person gleich alle Fragen über meine Vergangenheit zu stellen, doch ich habe gerade ein schlechtes Gewissen, weil ich alle in diese schreckliche Situation gebracht habe, sodass ich lieber still bin. Ich schlucke die Fragen und mustere R. Morales. Selbst eine Person mit so einem auffälligen Äußeren löst in meinem Kopf keine Erinnerung aus. Da ist absolut nichts, was mir ein wohliges Gefühl des Erkennens beschert. Ich schüttle den Kopf, weil der Mann mich noch immer fragend ansieht.

»Ich bin Rick. Wir waren im selben Ausbildungsjahr.«

Erneut sehe ich ihn mir genauer an. Er sieht verdammt jung aus. Wenn wir im selben Jahr waren, ist die Wahrscheinlichkeit hoch, dass wir gleichalt sind. Wie alt bin ich denn? Wie alt schätze ich Rick? Achtzehn? Neunzehn? Vielleicht zwanzig? Die Piercings machen ihn jünger, das Bärtchen älter. Älter und jünger als wer?

»Ich kenne hier niemanden, tut mir leid«, sage ich und bekomme mit, wie bei meinen Worten sich der Kopf von M. Sawyers zu mir dreht. Unsere Blicke treffen sich. Bei ihr habe ich ein seltsames Gefühl der Vertrautheit, das könnte an dem tiefen Blick liegen, den sie mit zuwirft. Sie wendet den Kopf wieder ab, noch bevor ich sie mir genauer ansehen kann. Wenn R. Morales Rick Morales heißt, wie heißt dann M. Sawyer? Maya? Marina? Melina? So viele Mädchennamen mit dem Anfangsbuchstaben *M* schießen durch meinen Kopf, doch keiner erzeugt einen Aha-Moment in mir.

»Nicht einmal deinen Dad erkennst du?« Ricks Stimme klingt neugierig.

»Nein«, sage ich.

Rick zieht den Gurt von Daves Gewehr etwas nach.

»Was ist denn mit deinem Kopf geschehen? *Roger Blair* – klingelt da bei dir nichts?« Ricks Akzent hat so einen warmen Klang, bei ihm finde ich es sogar schade, dass ich ihn nicht erkenne, ich glaube, wir haben uns gut verstanden.

»Mein Vater hätte niemals meinen Retter sich selbst überlassen«, sage ich.

»Kontaminierung«, knurrt mein Vater und wirft mir einen Schulterblick zu. Sein Gesicht wirkt dabei nicht tadelnd, sondern prüfend und auf eine seltsame Weise entschuldigend. Das irritiert mich. Hat dieser Mann doch so etwas wie ein Herz?

»Aber ich bin auch kontaminiert«, nehme ich automatisch die Sprechweise meines Vaters an.

»Du wirst auch in Quarantäne gesetzt«, sagt er und wendet sich wieder ab.

»Infizierte Menschen könnten ohne Grund Amok laufen, wenn die Träumerin es ihnen befielt«, erklärt Rick.

»Das verstehe ich nicht«, gebe ich zu.

»Wer einen direkten Kontakt mit einer Traumsequenz hatte, trägt noch eine Weile ein Stück des Traums in sich.«

»Ja, das weiß ich, aber Dave ...« Er hatte kein Partikel, will ich sagen, bin es mir aber plötzlich nicht mehr sicher. Diese Traumteilchen müssen ja nicht alle immer im Auge hängenbleiben.

»Ihr seid beide kontaminiert. Wir sind es alle, wir hatten direkten Kontakt zu diesen Monstern und tragen nun alle ein kleines Stückchen der Traumsequenz in uns. Wird eine lustige Zeit in der Quarantäne. Können uns neu kennenlernen.«

»Wir alle? Aber warum durfte dann Dave nicht mit?«

»Weil wir die Traumsequenz in uns durch unsere Erfahrung kontrollieren können und Dave nicht. Verstehst du?«

»Überhaupt nicht!«, werde ich lauter und erhalte ein *Scht* von mehreren Sequenzwächtern.

»Weißt du, das ist wie eine Droge«, spricht Rick nun leise. »Nur kann sie unerwartet und jederzeit unsere Köpfe berauschen oder so verwirren, dass wir nicht wissen, wo oben und unten ist.«

Das erklärt einige orientierungslose Momente der letzten Tage.

»Jeder von uns hatte das schon des Öfteren«, spricht Rick weiter. »Nur in unserem Fall waren wir nicht von einem Alptraum besessen. Deine Verstrahlung ist etwas stärker, kein Wunder, dass deine Erinnerung weg ist.«

Rick spricht so schnell und irgendwie gestikuliert er wild mit seinen Händen. Ich bin zunächst irritiert von seinen hektischen Handbewegungen und von der Schnelligkeit der Worte, die auf mich einprasseln, doch mit jeder Bewegung und mit jedem Wort verstreut er Freude, die meine Anspannung und meine Angst etwas abmildern.

»Ah, sehe ich da etwa ein Lächeln? Das steht dir gut. Steht dir sehr gut!«

Die Schwarzhaarige bleibt stehen und drängt sich zwischen uns. »Genug geschwatzt«, sagt sie. »Äußerste Konzentration bitte. In Erinnerungen könnt ihr schwelgen, sobald wir die Grenzwache erreicht haben.«

Rick unterbricht seinen Redefluss augenblicklich, macht mit seinen vollen Lippen aber eine verrückte Schnute, sodass ich ihm ein weiteres verkrampftes Lächeln schenke.

Doch je weiter wir im Stillen durch die Dunkelheit laufen und die Schreie der grotesken Traumwesen an meine Ohren dringen, desto mehr kehrt die Angst zurück. Nicht um mein eigenes Leben fürchte ich mich, ich bin bei Dave. Ich verstehe nicht, warum mein Vater ihn zurückgelassen hat. Mir ist so übel.

Bald erreichen wir eine Ebene, die in einem breiten Korridor mündet. In gleichmäßigen Abständen stehen Checkpoints, die jedes Mal einen Alarm auslösen, wenn wir an ihnen vorbeigehen.

»Warum gibt es den Alarm?«, will ich wissen.

»Das warnt die Torwächter, weil eine Traumsequenz im Anmarsch ist«, erklärt M. Sawyers. »In unserem Fall handelt es sich um unsere Strahlung. Mach dich auf einen bewaffneten Empfang bereit.«

Vor einem großen, runden Tor aus massivem Metall bleiben wir stehen und warten. Kurz darauf laufen rote Linien von allen Seiten des Korridors auf uns zu und durchleuchten uns.

»Sorry, Leute! Extrem hohe Strahlung«, sagt eine Männerstimme über Lautsprecher. Klingt so, als wäre der Typ gerade erst aufgewacht.

»Wir haben das widerwärtige Blut von irgendwelchen Traumzombies überall an uns kleben«, knurrt mein Vater, tritt näher an das Tor heran und hält seinen Ausweis hoch. »Die Grenzwache weiß von unserer Expedition. Mission erfolgreich, wir haben die verschollene Jessica Blair evakuiert.«

»Moment«, sagt die Stimme und meldet sich lange Zeit nicht. Als der Mann weiterspricht, wirkt er aufgeregter. »Das mir vorliegende Protokoll wurde nicht autorisiert.«

»Die Verantwortung liegt bei mir, wir mussten schneller handeln, als die Bürokratie es zulässt.«

Deswegen hat sich also keiner bei uns gemeldet, das hier ist eine nicht genehmigte Mission!

»Ganz schön mutig«, erklingt wieder die Stimme. »Ich könnte Sie jetzt einfach da unten stehenlassen. Und zudem steht hier, dass vier weitere Personen zurückkehren sollten.«

»Korrekt«, sagt mein Vater. »Drei Sequenzwächter sind gefallen, ein Sonnengardist wurde infiziert und zur Genesung auf der Rettungsebene zurückgelassen – so wie das Protokoll es vorsieht.«

Erneut durchzucken mich Schuldgefühle, nicht nur wegen der Gefallenen, sondern auch wegen Dave.

Wie das Protokoll es vorsieht; zur Genesung zurückgelassen. Diese Worte hören sich falsch an.

»Tja, das Protokoll. Das scheinen Sie ja sowieso nicht zu befolgen, warum sollte ich es tun?«

»Geben Sie mir Ihren Dienstrang durch, Gardist«, sagt mein Vater im Befehlston und schon verändert sich der überhebliche Ton des Torwächters.

»Einen kleinen Moment, Chief Blair, ich schaue, was sich tun lässt.«

»Sie können jederzeit Kontakt zum Gardisten Warren aufnehmen und sich nach seinem Befinden erkundigen«, spricht mein Vater einfach weiter.

»Ja! Machen Sie das!«, sage ich nun und schiebe mich an all den anderen Sequenzwächtern vorbei, um ebenfalls zum Tor zu gelangen. »Sie sollen rausfinden, wie es ihm geht.«

»Was soll das, Jessica?«, fragt mein Vater und sieht mich verärgert an, doch ich stelle mich direkt neben ihn.

»Sind Sie Jessica Blair?«, fragt die Stimme.

»Ja.«

Lange Zeit sagt der Mann aus dem Lautsprecher nichts mehr.

»Geh zurück zur Truppe«, fordert mein Vater mich auf.

»Ich unterstehe dir nicht«, antworte ich.

Er öffnet den Mund, um etwas zu erwidern, doch da meldet sich der Mann wieder: »Sie dürfen die medizinische Notstation betreten. Quarantäne-Pflicht.«

Daraufhin wird ein Mechanismus aktiviert, bei dem ich damit rechne, dass das Tor aufgeht, doch ein Geräusch erklingt im Korridor, aus der Richtung, aus der wir gerade gekommen sind. Eine Wand fährt hoch, so wie ich es auch bei den Mauern rings um den See schon gesehen habe. Dann explodieren ein paar Barrierekapseln, die die Wand vermutlich noch etwas verstärken sollen. Dient das unserem Schutz? Ich fühle mich eher von allen Seiten eingesperrt. Und ich bin mit diesem Gefühl nicht allein, dieser Umstand macht die anderen sicherlich nervös.

Schließlich geht das Tor auf und wir werden in einen langen, rohrartigen Metall-Korridor geführt. Entlang dieser massiven Wände sind lange Leuchtleisten eingelassen. Es kommt mir bekannt vor, ich war definitiv schon mal hier unten.

Am Ende des Korridors erwartet uns eine massive Tür. Bei den vielen Sicherheitsmaßnahmen wird mir ganz schlecht. Wie lächerlich ist dagegen die Tür zum Notfallquartier, hinter der Dave Schutz sucht? Ich schlucke schwer, als ich an den zurückgelassenen Gardisten und die Menschen in den anderen Rettungseinheiten denke. Welchen Ängsten und Gefahren sind sie ausgeliefert?

Hinter der massiven Tür warten bewaffnete Männer auf uns, alle tragen sie die violette Uniform der Sonnengarde.

Als Erstes gibt Rick einem der Männer Daves Waffe. Dieser nimmt die Energiemunition heraus. Die eigenen Gewehre behalten die Sequenzwächter. Jemand tastet allerdings auch mich nach Waffen ab und trägt dabei Handschuhe. Hält das etwa die Traumstrahlung ab?

»Wie erklären Sie mir diese persönliche Rettungsaktion bei einer Sequenz der Stufe zwölf, Chief Blair?«, fragt ein stattlicher Mann mit dunkler Haut und grauem Haar. Er kommt auf unsere Gruppe zu und bleibt vor meinem Vater stehen. Seine Uniform ist etwas anders, sie ist zwar auch violett, hat aber einen gedeckteren Farbton. Dafür hat er mehr goldene Elemente auf der Brust, den Schultern und dem Gürtel. Aus der Nähe sehe ich, dass er Sommersprossen hat, was ihm einen gutmütigen Ausdruck verleiht. Ich habe noch nie einen dunkelhäutigen Mann mit Sommersprossen gesehen – na gut, ich erinnere mich offensichtlich nur nicht daran.

Der Mann blickt auf ein Tablett und als er seinen Kopf hebt, reicht er das Gerät an einen jungen Gardisten weiter.

»Hauptmann Malor«, sagt mein Vater. »Wir mussten schnell handeln, weil eine langverschollene Sequenzwächterin wiederaufgetaucht ist. Sie weist Anzeichen einer schweren Kopfverletzung auf, vielleicht auch innere Blutungen.«

Die tiefbraunen Augen des Hauptmannes mustern mich abschätzig. »Sie riskieren das Leben ihrer gesamten Abteilung, verlieren Männer, um Ihre Tochter aus der Gefahrenzone zu bringen? Und lassen auch noch meine Gardisten zurück? Bei Stufe zwölf?«

Diesem Mann fällt es offensichtlich leicht, über den Tod von Kameraden zu sprechen. Ich sehe Hauptmann Malor verärgert an, doch er zuckt nicht einmal mit der Wimper.

»Bei allem nötigen Respekt, Hauptmann. Mir sind die Konsequenzen meines Handelns bewusst und ich werde mich einer Anhörung stellen, aber zuerst ist das Wohl der gesamten Sequenzwacht von höchster Dringlichkeit«, sagt mein Vater. Er zeigt zum ersten Mal Verantwortung.

»Sie wissen, dass es sich hierbei auch um eine wandernde Sequenz handeln konnte.«

»War es aber nicht. Die Sequenz ist lokalisierbar und manifestiert.«

Hauptmann Malor lächelt meinen Vater an, es ist ein neutrales Lächeln, was dem Mann einen weisen Ausdruck verleiht.

»Na schön, wir vertagen das. In zweiundsiebzig Stunden erwarte ich Ihren ausführlichen Bericht.« Hauptmann Malor sieht sich in der Runde um. »Von Ihnen allen, meine Herrschaften. Ganz besonders auf den von Jessica Louis Blair.« Sein Blick ruht erneut auf mir. »Reichen Sie Ihren Bericht ein, sobald Ihr Gedächtnis wieder fit ist – ich brenne darauf, Ihre Geschichte zu erfahren.«

»Glauben Sie mir, darauf brenne ich mehr als Sie«, sage ich.

»Jessica«, zischt mein Vater, doch Hauptmann Malor hebt nur lächelnd die Hand.

»Schon gut, Chief Blair. Es ist erfreulich, mal einem Menschen zu begegnen, der mir nicht in den Hintern kriecht. Ich werde Sie auf der Quarantänestation besuchen, liebe Jessica. Und jetzt alle wegtreten.«

Eine Salut-Welle ergießt sich durch die Reihen, nur ich stehe unschlüssig da, was mir ein erneutes Lächeln vom Hauptmann Malor einbringt, bevor er sich abwendet und den Raum verlässt.

»Alles in Ordnung?«, fragt Rick, als wir gemeinsam zur Quarantänestation laufen.

Wir haben uns von den anderen etwas abgesetzt, offensichtlich wollen alle Sequenzwächter viel schneller in einer Quarantäne eingesperrt werden als Rick und ich.

»Na ja«, sage ich. »Wenigstens kenne ich jetzt meinen vollen Namen.«

»Wir backen kleine Brötchen, was?« Er legt seinen Arm um mich.

»Was ist eine wandernde Sequenz?«, frage ich.

»Ein Mythos«, antwortet Rick. »Oft schlägt der *Goldene Käfig* Alarm, wenn eine Traumsequenz ausbricht, aber niemand sie lokalisieren kann. Wir vermuten, dass es sich um etwas ganz Winziges handelt, wie einen Käfer, der sich in unser System schleichen will. Aber bis jetzt hat niemand so eine wandernde Sequenz fangen können. Die lösen sich mit der Zeit selbst auf.«

»Warum fürchtet man diese wandernden Sequenzen?«

»Weil sie oft eine hohe Stufe aufweisen und wir nicht wissen, was sie mit uns anstellen können. Zum Glück haben wir nur ein paar Monster abbekommen.« Rick prustet und lacht daraufhin.

»Ist es nicht seltsam, dass das Schlaflabor mit einem Käfig assoziiert wird?«, frage ich.

»Wenn du dein Leben lang gezwungen wirst zu schlafen, und dein Bett nie verlassen darfst, ist es schon Gefangenschaft, findest du nicht?«

»Das ist krank«, sage ich.

Rick mustert mich. »Sag das nicht zu laut, Jessi«, sagt er etwas leiser.

»Entschuldige, ist es ein Tabuthema?«

»Es gibt viele dieser Themen. Ich mache dir eine Liste.«

Zwei Sonnengardisten gehen an uns vorbei und schauen herablassend.

»Mögen sich die Sonnengarde und die Sequenzwacht nicht besonders?«, frage ich nun leiser.

»Hast du gerade das Wort *mögen* gebraucht? Wenn es nach der Sonnengarde ginge, wäre die Träumerin längst exekutiert worden. Viele aus der Sequenzwacht sind der gleichen Meinung, also pass lieber auf, mit wem du über etwas sprichst. Seit du weggegangen bist, hat sich alles noch verschlimmert. Und dann –« Rick bricht ab, als einer seiner Kollegen uns überholt. »Es ist wirklich nicht die rechte Zeit«, sagt er.

»In Ordnung.« Ich seufze. Wenn ich andere nicht ausfrage, muss ich an schlimme Dinge denken, die Dave widerfahren. »Bitte sag mir, dass Dave es schafft.«

Rick lächelt mich von der Seite an und hebt seine Augenbraue, er sieht dabei aus wie ein Taschendieb.

»Jessi, für dich werde ich Dave all meine Programmierfähigkeiten leihen und seine Firewall verstärken und sollte er es doch nicht schaffen, werde ich seinen Namen annehmen – Hauptsache, meine Liebste ist glücklich! Stell dir vor!« Er macht eine Armbewegung, als würde er vor uns die Zukunft malen. »Rick Molares wird zu Dave Warren.«

»Dave Warren?«, fragt eine junge Frau hinter uns. »Habt ihr Dave Warren gesagt?«

Wir drehen uns gemeinsam zu ihr um. Sie trägt keine Uniform der Sonnengarde, doch die Farbe ihrer Schuhe und ihres Minirocks haben den gleichen Violettton, und auf der weißen Bluse trägt sie eine goldene Brosche in Sonnenform. Ihr langes, kastanienbraunes Haar trägt sie offen und ihre braunen Augen leuchten mich an.

»Hey, Kitty!«, begrüßt Rick die Frau, doch diese beachtet ihn gar nicht, sondern sieht weiterhin zu mir.

»Dich habe ich gesucht, glaube ich«, sagt sie. »Bist du Jessica Blair?«

»Ja.«

»Ich bin Kate Connor, wir haben miteinander gefunkt. Ich habe eine Botschaft von Dave.«

Ich schiebe Ricks Arm von meiner Schulter und laufe auf Kate zu. Sie tritt jedoch einen Schritt von mir weg.

»Entschuldige, du bist kontaminiert.«

»Ja, tut mir leid.« Ich bleibe stehen. »Wie geht es Dave?«

»Wir haben eine stabile Leitung zu ihm. Er lebt. Und er vermisst dich.«

»Ich will mit ihm sprechen!«

»Das wirst du. Lass dich erst untersuchen und ich sorge dafür, dass du auf der Quarantäne einen Laptop oder ein Tablett bekommst.«

»Er lebt«, hauche ich.

»Dave Warren lebt«, wiederholt Kate. »Und er wünscht noch immer, mit dir Krönchenkekse essen zu gehen.«

Kate geht und Rick tritt wieder näher an mich.

»Krönchenkekse?«, fragt er.

Ich lehne mich einfach nur an ihn und lächle glücklich.

»Ein Codewort«, antworte ich.

Löschen der Traumsequenz eingeleitet ...

Die gefangene Prinzessin

Die Suche nach der Wahrheit könnte dich deine Freiheit kosten.

Mit hektischen und schweißtreibenden Bewegungen rückt Dave die Möbel an die Kabinentür der Rettungseinheit. Die Nahrungsdosen in den Regalen des Vorratsschrankes schiebt er mit schnellen Armbewegungen zu Boden; er ignoriert dabei den Schmerz, den sein Fuß ihm meldet, weil ihm ein paar Speisen auf die nackten Zehen fallen. Gleich nachdem der Schrank die Tür blockiert, beeilt sich Dave, die Konserven wieder in die Regale zu befördern, um die Barriere zu erschweren. Anschließend folgen Bett, Tisch, Stühle und sogar der Erste-Hilfe-Kasten – mehr Möbelstücke stehen ihm nicht zur Verfügung. Einzig mit dem Laptop, dem Funkgerät, einem Küchenmesser und der Taschenlampe eilt er an die Wand, an der gerade noch das Bett stand und setzt sich mit den Sachen auf die Kissen, die er zuvor auf den Boden geschmissen hat.

Seine Atmung ist schnell, durch die intensive Umräumaktion ist er ins Schwitzen geraten. Mit der Armbeuge wischt er den Schweiß hastig vom Gesicht, während er mit der zitternden Hand das Funkgerät umklammert, mit dem er die Grenzwache seit Stunden schon nicht erreichen kann. Es fällt ihm nicht leicht, das Gerät beiseitezulegen, er krallt sich so stark daran fest, dass seine Fingerknöchel blass werden. Sollte die Verbindung zur Sonnengarde wiederhergestellt werden, will er es nicht verpassen. Er muss nur durchhalten, hier sitzen und überleben – wie schwer kann das wohl sein?

Dave fokussiert sich auf die Barrikade und die Tür dahinter, von der er eine winzige Ecke sieht. Durch seinen Kopf rasen keinerlei Gedanken, lediglich die Angst beherrscht ihn und bringt sein Herz zum Pochen.

All die Schutzmaßnahmen haben nichts gebracht, seit einer Weile rammen die Monster gegen die Tür, kratzen daran und geben unheimliche Laute von sich, die Daves Blut gefrieren lassen. Trotzdem muss er weiterhin an den Codes für ein weiteres Schutzskript schreiben, was das Zittern der Finger nicht gerade erleichtert. Die Hand, die das Funkgerät hält, stabilisiert die Balance des Laptops auf seinen Oberschenkeln; das gelingt ihm mit viel Konzentration, die er für seine Denkleistung beim Programmieren benötigt. Das Skript ist fast beendet, nur die Fertigstellung verlangt ihm alles ab. Die wichtigen Zusammenhänge muss er mit langem Nachdenken erschließen. Mehrmals korrigiert oder löscht er Befehlseingaben, weil er sich aufgrund eines Geräusches vor der Kabine vertippt. Er müsste sich für ein paar Stunden schlafenlegen, um konzentrierter zu sein, doch das Adrenalin hält ihn wach.

Dieses beklemmende Erlebnis lässt ihn an seine Kindheit zurückdenken, an Abende, die sein Bruder Steven dafür genutzt hat, Dave in einen unheimlichen Keller zu sperren und ihm mit keuchendem Atem und schaurigem Flüstern Angst einzujagen. Dieses Mal eilen seine Eltern ihm nicht zur Hilfe, setzen ihm keine Therapeuten vor, nehmen ihn nicht tröstend in den Arm. Er ist auf sich gestellt und muss darauf vertrauen, dass die Traumsequenz mit der Zeit milder wird. Nur wann wird das sein?

Die Erscheinungen der Träumerin sieht er nicht, aber deren Laute werden weiterhin beängstigender. Die düsteren Fantasien aus Daves Kindheit kommen hoch, jeder Alptraum, den er jemals hatte, manifestiert sich in seinen Gedanken und macht das Unaussprechliche vor der Tür real. Das Gefühl, er würde, noch ehe die Sequenz in seine Kabine eindringt, verrückt werden, lässt ihn nicht los. Er weiß, dass er sich nicht an Angst krallen darf, er braucht einen echten Halt. Jessicas Blick, den sie ihm zugeworfen hat, als sie die Kabine verließ, ist das Einzige, das ihm sofort in den Sinn kommt. Diesen Ausdruck hat er schon einmal gesehen, in einem anderen Leben oder einer anderen Zeit. War er jetzt etwa derjenige, dem die Erinnerungen abhandengekommen sind?

»Jey, bitte hilf mir«, flüstert er. Es ist eher ein Hauchen, denn seine Lungen haben für nichts mehr Platz außer für seine Todesangst.

Dave führt das Funkgerät so nah an seine Lippen, wie Jessica es getan hat, drückt den Übertragungsknopf und nennt ihren Namen; als Antwort folgt ein Knistern und sonst nichts. Auch mit dem Laptop bekommt er keinen Kontakt zur Grenzwache. Er fühlt sich allein und im Stich gelassen.

Plötzlich ertönt ein Klang vor der Kabine, eine Art Stimme, die sich tief in Daves Knochenmark bohrt, und ihm bricht kalter Schweiß aus. Wie umfangreich muss die Fantasie der Träumerin sein, um von einem Wesen zu träumen, das so einen Laut von sich gibt?

Daraufhin wird das Hämmern gegen die Tür heftiger, mehrere Suppendosen fallen aus den Regalen, eine rollt vor Daves Füße. Die Barriere ähnelt im Gegensatz zu dem programmierten Schutz einem Streichholz, das weiß er. Die einzige Waffe, die er besitzt, ist das Küchenmesser, das er jetzt mit der Klinge nach vorn hält. Er klemmt den Laptop zwischen seine Schenkel, steckt das Funkgerät in den Bund seiner Hose und packt das Messer mit beiden Händen. So sitzt er eine Weile da, rechnet damit, dass die Möbel jede Sekunde wie Spielzeug zur Seite geschoben werden und er kämpfen muss.

Auf einmal fließt unterhalb der Tür eine zähe Substanz in den Raum, was eigentlich nicht möglich ist, denn der Mechanismus riegelt hermetisch ab. Aber es handelt sich um einen Alptraum, in dem Dave hier festsitzt und tatenlos zusehen muss, wie diese schwarze, glänzende Pfütze sich wie flüssiges Kerzenwachs über den Boden verteilt und die blendendweiße Kabine verunreinigt.

Die Angst packt ihn noch stärker, er braucht auf der Stelle eine Erhöhung, denn er will nicht herausfinden, ob diese Substanz giftig ist. Alles was er dazu nutzen kann, ist der Laptop, das Funkgerät oder die Suppendose. Die ersten beiden Dinge benötigt er noch für den Fall, dass er überlebt, also stellt er die Dose richtig hin und balanciert mit einem Bein darauf, während er sich mit dem Rücken an der Wand abstützt.

Wie lange wird er in dieser Position verharren können? Am Ende muss er den Laptop oder das Funkgerät vielleicht doch opfern.

Dazu kommt er nicht, denn schon bald bildet sich aus der Flüssigkeit heraus eine Figur, die glatt und langsam aus der Pfütze emporsteigt und näherkommt. Währenddessen bekommt dieses Wesen mehr Form, schlierige Stränge bilden eine Art Krone. Das Erste, das Dave in den Sinn kommt, ist die Dame aus dem Schachspiel: elegant, wunderschön und gefährlich.

Er holt mit dem Messer aus und trifft diese Gestalt. Die Klinge gleitet widerstandslos hindurch, zieht lange Fäden aus dem glitschigen Körper heraus, zerstört ihn aber nicht. Mehrmals schneidet er in das Monster hinein ohne einen rettenden Erfolg.

Zwischenzeitlich breitet sich die Pfütze im gesamten Raum aus. Plötzlich schießt eine schwarze Hand aus der Masse und umklammert Daves Fußgelenk. Nie dagewesene Schmerzen wandern von den Muskeln in die Knochen und stören sein Gleichgewicht, was ihn schließlich von der kleinen Erhebung zu Fall bringt.

Vornüber stürzt er in die Sequenzpfütze und verliert dabei das Funkgerät und den Laptop. Die Schmerzen, die ihn nun peinigen, locken entsetzliche Schreie aus seiner Kehle; die Substanz ist wie Säure, die alle Nervenzellen malträtiert.

Es muss ihm gelingen, auf die Beine zu kommen und sich auf das Notebook zu stellen. Die Konzentration auf etwas anderes zu bringen als den Schmerz, ist kaum möglich. Mit viel Kraft und bebenden Gelenken rappelt er sich auf und sobald er halbaufgerichtet dasteht, stürzt sich die schwarze Schachfigur auf ihn und begräbt Dave gänzlich unter sich.

Schachmatt.

Genau in diesem Moment wache ich auf und finde mich in meinem Quarantäneraum der medizinischen Grenzwache-Notstation wieder. Es dauert eine Weile, bis ich weiß, wo ich bin; meine Atmung ist schnell, mein Herz übertönt die Stille und ich bin von Dunkelheit umgeben. Kein Keuchen vor meiner Tür, keine Möbelbarrikade, keine Schmerzen und vor allem kein Dave.

Ein Alptraum.

»Nicht echt«, sage ich und fahre mit der Hand über mein Gesicht.

Die Ungewissheit treibt mich aus den Kissen, ich eile zum Tisch, um dann doch schnell wieder zum Bett zurückzukehren, um die Nachtischlampe anzumachen – Sprachsteuerung ist noch immer nicht so meins. Das Tablet, das mir Kate Connor am Tag meines Quarantänebeginns zur Verfügung gestellt hat, liegt direkt neben dem Kissen. Der Einschaltknopf reagiert nicht auf mein mehrfaches Betätigen, das Gerät bleibt schwarz.

»Komm schon, geh an!«

Der Akku ist wahrscheinlich leer, kein Wunder, wenn ich ständig mit Dave videotelefoniere. Ich drücke das Tablet an mich, als wäre es mein größter Schatz und suche den Raum nach einem Ladekabel ab. Dabei schalte ich jede Lampe ein, auch die Deckenbeleuchtung.

Hier sieht es nicht aus wie in einem Krankenraum, eher wie in einem Hotelzimmer. Werden hier etwa überwiegend Touristen von ihren Traumkontaminierungen behandelt oder ist das ein Zugeständnis der Sean-Corporation an ihre loyalen, fleißigen Angestellten, die gelegentlich ihr Leben aufs Spiel setzen? Das Zimmer ist viel zu groß für mich, es hat neben dem Bett auch eine Sofaecke mit einem Zeitschriftentisch und ein paar zusätzlichen Sesseln, falls ich mal Besuch empfangen möchte. Bis auf Rick und meinem zuständigen Pfleger Lukes kommt aber niemand her, obwohl die gesamte Sequenzwacht unter Quarantäne steht. Im Moment ist es Dave, den ich sehen will. Was wenn das kein Alptraum war, sondern Gedankenübertragung? Natürlich, ich bin total verschlafen und mein Gehirn hat noch nicht in den Wachmodus gewechselt, aber selbst wenn ich bereits mit Kaffee vollgepumpt und vollkommen klar im Kopf wäre, für mich klingt gerade alles logisch und unmöglich zur gleichen Zeit.

Wo ist das verdammte Kabel? Auf der Suche danach hebe ich Sofakissen hoch, schaue unter das Bett und öffne Schreibtischschubladen; bin völlig kopflos, so wie auch Dave im Traum war. Die Bilder, in denen ich ihn sich vor Schmerz winden sehe, lassen mich noch wahnsinniger, beinahe panisch nach dem Ladekabel suchen. So wird das nichts. Ich bleibe mitten im Raum stehen und schließe die Augen. Was hat Kate zum Akku gesagt?

»Der Tisch funktioniert auch als Induktionslader. Lass das Tablet ruhig über Nacht dort liegen.«

In zwei Schritten bin ich beim Schreibtisch und lege das Tablet dort ab, wobei ich mit meinen Fingern ungeduldig auf der Tischplatte trommele, bis die Lade-LED rot aufleuchtet. Ein paar weitere Sekunden warte ich ab und mache das Gerät an. Das Einschaltintro erscheint und ich gehe während der Wartezeit ein wenig im Raum umher, behalte dabei den Bildschirm stets im Auge.

Ich hasse diese Alpträume. Auf der Notstation bin ich so gut wie nie allein, doch in der Nacht, wenn die anderen schlafen, bin ich meinen Gedanken ausgeliefert. Und ich bin im Auswertungsmodus, verarbeite all das am Tag Erlebte und Besprochene. Es wird viel gesprochen, ich fühle mich wie ein Kind, das Geschichten erzählt bekommt. Und wirklich jedes Gespräch ist wie eine Märchenstunde – ich weiß nicht, ob auch nur ein Bruchteil des Gesagten wahr ist. Vor allem ist es ermüdend, da ich das Gefühl habe, mir diese Informationen merken zu müssen – eine anstrengende Vorlesungsreihe über Jessica Blair und das *Königreich der Träume*.

Und wenn ich dann endlich den ersehnten Schlaf begrüßen möchte, bleibt er lange aus. Ich liege im Bett und bin hellwach. Es ist Ironie, in der Stadt der Träume zu sein und an Schlaflosigkeit zu leiden. Gut, dieser Ort macht einem das Träumen nicht unbedingt schmackhaft, selbst wenn mir einige mehrfach beteuert haben, dass es in Dream City so gut wie nie Alpträume gibt. Der Schlaf meidet mich dennoch. Er setzt zur späten Stunde ein und endet Punkt fünf Uhr, wenn Rick Morales mich zu einer quälenden Sporteinheit abholt.

Ich schaue zur Wanduhr, kurz vor fünf, Rick wird jeden Augenblick vor meiner Tür stehen, ich muss mich also beeilen.

Sobald das Tablet endlich betriebsbereit ist, stürze ich zum Tisch und schalte die Kommunikations-App an, die Dave und ich seit ein paar Tagen intensiv nutzen – zumindest immer dann, wenn man mir Zeit dafür gewährt, denn hier haben einige Menschen Fragen an mich und ich muss Untersuchungen über mich ergehen lassen.

Die App hat ein Symbol in Form eines aufgeklappten, silbernen Taschenspiegels und heißt *Kathys Funkenspiegel,* warum auch immer. Während die Anwendung startet, geht der Klappspiegel auf und zwischen ihm erscheint ein Regenbogen, der mich bei der ersten Benutzung irritiert hat. Inzwischen freue ich mich auf diese kleine Animation, sie hebt die Vorfreude auf den Menschen, dem ich viel zu verdanken habe und der mir längst mehr als ein Freund ist. Die App-Oberfläche ist so gestaltet, dass die Bedienelemente in dem unteren Bereich des Spiegels sind und in dem oberen Kreis erscheint dann das Video. Während der Videotelefonie kann ich für Daves Bild Filter und Masken einstellen. Gestern habe ich virtuell einen Cowboyhut auf seinen Kopf gesetzt und dazu einen passenden Schnurrbart auf die Oberlippe gepinnt. Er hat mir daraufhin einen Screenshot von meiner Befilterung geschickt: Ich sah wie ein glitzerndes Einhorn aus. Die ganze Umgebung um mich herum funkelte silbern und auf der Stirn saß ein weißes Horn. Dieser Moment war so unbeschwert.

»Wieder ein Alptraum?«, begrüßt Dave mich, kurz nachdem die App startet. Er hat mit meiner frühmorgendlichen Meldung gerechnet, ich habe ihn schon gestern früh kontaktiert.

Der erleichterte Seufzer, den ich von mir gebe, lockert meine Glieder und ich sinke auf den Stuhl hinter mir, während ich meinen Kopf über das Tablet halte und meine Locken nach vorn fallend mein Gesicht einrahmen.

»Tolle Mähne«, sagt Dave.

»Entschuldige, ich musste dich auf die Induktionsplatte legen.«

Er unterdrückt ein Gähnen und fährt sich durch sein vom Kissen gestyltes Haar. »Ist nicht gleich Zeit für dein Training?«

»Ich würde ja sagen, dass es der Horror ist, aber das wäre maßlos übertrieben.«

»Jeder hat Probleme, selbst die teuersten Schuhe können drücken.«

»Wenn du müde bist, wirst du philosophisch«, sage ich. »Hast du wieder die halbe Nacht mit Rick an Programmen geschrieben?«

Er nickt und gähnt jetzt doch ausgiebig, was mich ansteckt und ich gleich mitmache, wobei ich meine Hand vor den Mund halte.

»Jup, ewig programmiert«, sagt er dann nicht ganz überzeugend.

Ich weiß, dass ihn andere Dinge wachhalten, das Kratzen und das Gestöhne vor seiner Tür ist kaum zu überhören. Ich möchte ihn auch nicht andauernd darauf hinweisen, in welcher Lage er sich befindet, deswegen verschweige ich ihm meine Alpträume, in denen er auf unterschiedlichste Arten stirbt. Auch er spricht nicht von seinen Ängsten und wenn die Geräusche der Traumsequenz durch die Lautsprecher dringen, versucht er, lauter zu reden oder räuspert sich, doch ich bin nicht blöd, ich höre die schaurigen Klänge, sie sind es, die mich so real träumen lassen.

»Ich habe heute eine kleine Überraschung für dich«, sagt er.

»Wirklich? Was ist es?«

»Eine Überraschung, Jey. Warte bis zum Frühstück, dann zeige ich sie dir.«

Er schenkt mir ein verschlafenes Grübchenlächeln und ich überlege, ob ich nicht rasch mein Kissen vom Bett holen soll, um am Tisch neben dem Tablet noch ein bisschen weiterzuschlafen. Gerade will ich diesen Vorschlag anbringen, da klopft es an der Tür.

Ich verziehe entschuldigend das Gesicht. »Das ist Rick«, sage ich zwischen zusammengebissenen Zähnen.

»Richtig, Rick ist hier!«, sagt der junge Sequenzwächter gut gelaunt und mit einem Hauch spanischen Akzents. Er schwingt die Tür auf und kommt gezielt auf mich zu. Dabei scheint ihm körperliche Nähe nichts auszumachen, er bückt sich zu mir und umarmt mich, während er mir einen Kuss auf die Wange gibt und ich mehr Metall als Lippen spüre. »Schon fertig?«

Er mustert mich und sein Lächeln verfliegt. »Fünf war ausgemacht!«, sagt er entrüstet und gestikuliert mit seinen Händen, als wäre er ein Italiener.

»Ist nicht so, als wäre es einvernehmlich«, sage ich. »Du zwingst mich. Und ich habe gerade zu tun.« Ich deute auf das Tablet.

»Hey, Dave!«, sagt er dann überrascht und sein Gesicht hellt sich auf. »Du auch hier, Mann!«

Rick ist der Mensch, der mich am meisten von Dave ablenkt, aber nicht, weil er die ganze Zeit mit mir Sport macht, sondern wegen den Schutz-Programmen, an denen er mitarbeitet. Das ist eine gute Ablenkung.

»Nach dem Mittag setzen wir uns wieder ran«, beginnt Rick aufgeregt zu plappern. Er scheucht mich vom Stuhl und setzt sich selbst darauf, um mit Dave zu plaudern, während ich mich umziehe.

»Ich versuche, Kate mit ins Boot zu holen, sie hat ein umfassendes Wissen, aber sie wird gerade mit dem Kommunikationsaufbau zum Goldenen Käfig beschäftigt, hat alle Hände voll zu tun.«

»Ist noch immer nicht klar, was da los ist?«, fragt Dave.

»Leider. Und die Stufe sinkt viel zu langsam ab.«

»Das klingt schlimm! Keine aufbauenden Worte, Rick?«

»Sorry, Bruder. Willst du das nicht hören und die ganze Zeit angelogen oder abgelenkt werden?«

»Wäre mir lieber«, gibt Dave zu. »Ich brauche ein Wunder.«

»Ja, das wäre für uns alle gut.«

Während ich meine weiße Einheitskleidung der medizinischen Notstation anziehe, versuche ich, nicht in die Übersorge zu geraten. Die schlechten Nachrichten nähren dieses vorapokalyptische Gedankenkonstrukt. Wenn der Alptraum nicht bald endet, werde ich noch zur Träumerin und mache die Welt mit meinem eigenen Kopfkino platt.

»Versprich uns, dass du nicht draufgehst«, sagt Rick. »Sonst muss ich Jessi heiraten und ich stehe doch so auf Kate.«

»Ich gebe mein Bestes«, entgegnet Dave lachend.

»Reicht es nicht langsam mit den Todesgesprächen?«, frage ich und ziehe Rick vom Stuhl, während ich mich über das Tablet beuge und Dave anlächele. »Ich lasse mich jetzt von Mr. Metall-im-Gesicht ein wenig quälen, wir sehen uns zum Frühstück.«

»Versprochen?«, fragt Dave.

Diese Frage zerreißt mir beinahe das Herz. Sie mag banal klingen, aber ich höre die Angst, die mit ihr mitschwingt. Möglich, dass es am schlechten Traum von gerade eben liegt. Ich war diejenige, die sich die Sachen vorgestellt hat und dass Dave so eine Angst verspürt, muss nicht einmal stimmen, aber eine Person, die früher ihre Psychotherapeuten stündlich gewechselt hat, hält so eine Isolation im Alptraum vermutlich nicht spurlos aus.

Ich fahre mit meinem Finger seine Lippen nach, ohne den Touchscreen zu berühren.

»Versprochen«, flüstere ich.

»Du hättest mit Dave nicht über sein *Abkratzen* reden sollen«, sage ich, als wir durch einen breiten und nie enden wollenden Korridor der medizinischen Notstation rennen. Dabei muss ich mehrfach die Bilder von einer schleimigen, schwarzen Flüssigkeit wegblinzeln, die ich aus den unteren Türspalten der Behandlungsräume heraussickern sehe. Da Rick und auch sonst keiner diese Phänomene zu bemerken scheint, schiebe ich sie auf meine Müdigkeit zu – und ein wenig auf meine eventuelle Wahnvorstellung.

»Ein Witz auf den Lippen ist aufmunternder als Mitleid«, entgegnet Rick.

»Es gibt verschiedene Arten von Witzen, versuch sie doch einmal, sonst ist mein Magen bald nur noch harter Stein.«

»Was hat das denn mit dir zu tun?«

Ich bleibe kurz stehen, was Rick dazu veranlasst, mich am Arm zu packen und mitzuziehen, bis ich von selbst weiterlaufe.

»Was das mit mir zu tun hat? Eine Menge! Er hätte mich gar nicht zu retten brauchen. Dave hätte mir nicht einmal im Bus begegnen sollen …«

»Vermutlich wäre er sowieso in einer Rettungseinheit gelandet, die meisten, die jetzt dort hocken, sind Sonnengardisten, die mit dir im Bus waren.«

»Wirklich?«

Rick zieht kurz seine Augenbrauen hoch und macht dabei einen beinahe entschuldigenden Gesichtsausdruck, der meine Frage bestätigt. Dann laufen wir schweigend weiter und mein Kopf wird innerlich von mehreren Lawinen neuer Gedanken und Bilder begraben.

»Gibt es eigentlich weiche Steine?«, holt Rick mich aus dem Gedanken-Schneematsch, bevor ich überhaupt zu grübeln beginne.

»Wie bitte?«

»Du sagtest, dein Magen wird – ach vergiss es. Du redest mir zu viel. Wenn du noch so leicht sprechen kannst, dann rennst du nicht schnell genug. Bewegung!«

Er beschleunigt und sprintet mir davon. Ich gebe einen lauten Seufzer von mir und eile ihm hinterher, obwohl mein gesamter Körper gegen Ricks Aktivitätenwahn aufschreit.

Wir sind nicht die Einzigen, die laufen, die komplette Sequenzwacht dreht Runden. Ständig bewegt sie sich, kaum einer hält an, es sei denn, um genug Kalorien aufzunehmen, für noch mehr Bewegung. Die Jungs und Mädels dieser Abteilung machen allgemein sehr viel Sport, genauso wie die Sonnengardisten, die jedoch in einem anderen Bereich trainieren. Sie dürfen uns nicht zu nahe kommen, weil einige von uns traumkontaminiert sind. Genaugenommen bin ich die Einzige, für die das zutrifft, trotzdem bleibt die gesamte Sequenzwacht in der Quarantäne. Alle, bis auf meinen Vater. Ich habe ihn seit unserer Ankunft in der Grenzwache nicht mehr gesehen, vermutlich muss er wegen der heiklen Lage viel erledigen, so als Verantwortlicher dieser Stadt. Oder aber, er hat Ärger am Hals, weil er meine Rettung unautorisiert durchgezogen hat.

Einerseits macht es mich neugierig, mit meinem Vater zu sprechen, andererseits bin ich froh, dass ich ihm in der medizinischen Notstation kein einziges Mal über den Weg gelaufen bin. Höchstwahrscheinlich hätten wir uns auch so nicht gesehen, selbst wenn er hier wäre, denn die Station ist gewaltig! Beim Entwurf der Anlage hat die Sean-Corporation offensichtlich mit einer Menge Traumkontaminierter gerechnet. Neben den unzähligen Patientenzimmern gibt es einen Fitnessraum, eine Sport- und eine Schwimmhalle, eine Kantine und sogar einen Kinoraum, der gleich an den Aktivitätenraum grenzt, als ob es nicht schon genug Möglichkeiten für Zeitvertreib gäbe. Auf jeden Fall war ich von der uns zugänglichen Bewegungsfreiheit fasziniert, bis Rick mich dazu genötigt hat, täglich mit ihm durch die Anlage zu laufen.

»Im Aktivitätenraum gibt es auch eine Bücherecke und einen Billardtisch«, sage ich außer Atem; wir beenden unsere zehnte Runde durch die Notstation und Rick gönnt mir eine kleine Trink- und Toilettenpause.

»Lesen kannst du vor dem Schlafengehen. Und in den ständigen Besprechungen werden genug Spielbälle hin- und hergerollt.«

»Da bin ich doch nie dabei. Lass mich einfach sterben«, sage ich kraftlos.

»Ich habe früher zu dir aufgesehen, weil du die Ausdauer eines Roboters hattest.«

»Diese Jessica ist tot. Und diese hier«, ich lege die Hand auf meine Brust, »will es jetzt auch. Also quäl jemand anderen, danke.«

»Sei keine Memme, Blair. Du erinnerst mich an eine bettlägerige alte Frau. Hast du zwei Jahre lang gepennt?«

»Ich wette, so war es. Warum bewegen wir uns so viel?«, frage ich.

»Weil«, sagt Rick und macht einen tiefen Atemzug. »Weil ich beim intensiven Programmieren immer Tonnen esse. Kann nicht denken, wenn ich nicht überkalorisiert bin.«

»Warte, wir machen das deinetwegen?«

»Aus Solidarität!« Er sieht mich an, als würde er an meinem gesunden Menschenverstand zweifeln. »Ist dein Freund, dem ich da den Hintern zu retten versuche.«

»Ja, klar, aber …« Mir fällt nichts ein, außer meine Pause abzukürzen und wieder loszurennen. »Aus Solidarität. Wir treffen uns im Sportraum!«

»Gutes Mädchen«, ruft er mir nach.

Also renne ich freiwillig in die Sporthalle, obwohl ich doch weiß, dass Rick mich erneut über meine Grenzen hinaustreiben wird. Und genau das macht er zehn Minuten später.

»Die Muskeln müssen brennen, Blair«, schreit er mich an, während ich meinen zwanzigsten Liegestütz beende. »Ich will zehn weitere sehen!« Er klatscht in die Hände, um mich anzutreiben, doch ich falle auf den Boden und schließe die Augen, ich muss mich einfach nur totstellen.

»Blair, aufstehen!«, sagt er und tippt mich mit dem Fuß am Oberschenkel an.

»Trittst du mich?«, nuschele ich, als ich meinen Hintern hebe, bevor mein Oberkörper nachzieht. Ich richte mich auf und schaue Rick mit einer hochgezogenen Augenbraue an.

»Du bist schockierend außer Form. Hast du in den zwei Jahren nicht ein einziges Mal ein Gewicht gehoben?«

»Zählen Einkaufstüten?«

»Du hast Wocheneinkäufe getätigt? Ehrlich? Wie eine gewöhnliche Frau?«

»Keine Ahnung, bestimmt. Irgendetwas musste ich ja essen.«

Rick seufzt und setzt sich im Schneidersitz mir gegenüber, wobei er mich leicht an der Schulter schubst.

»Dein Dad hat dich intensiv gesucht und du hast unbehelligt Großeinkauf gemacht? Solltest es ihm vielleicht nicht unter die Nase reiben.«

Ich lasse mich nach hinten auf die Matte fallen und starre die Decke an. Ricks Piercinggesicht schiebt sich langsam in mein Sichtfeld, wobei er mich anklagend ansieht.

»Ich bin echt enttäuscht, Blair.«

»Sag mal, stören dich die ganzen Piercings nicht?«, frage ich. »Ist das in deiner Position überhaupt erlaubt?«

»Wir sind keine Soldaten, wir sind so etwas wie Kopfgeldjäger und dürfen individuell bleiben. Wenn ich irgendwo mit dem Metall hängenbleibe, ist es allein meine Sache. Ich riskiere mein Leben, da will ich dabei auch gut aussehen.«

»Und steuert der Mediachip deinen Schmuck?«

»Ja, ich kann gedanklich die Muster und Bewegungen ändern. Warte kurz.« Er kommt mit seinem Gesicht näher. »Schau gleich auf das Piercing auf meiner rechten Augenbraue – von dir aus links.«

Ich hätte tatsächlich auf die Falsche geschaut. Es vergeht eine Sekunde, da leuchtet das Kunststoffpiercing auf und kurz darauf folgen Buchstaben, die von der Seite gleiten und Wörter bilden.

Hallo Jessica! Hier ist Rick. Ich spreche mit dir über meinen Schmuck.

Dann leuchtet das Piercing erneut und ein kleiner, goldener Fisch erscheint. Er schwimmt herum, wie in einem winzigen Fischglas.

»Ich gebe zu, das ist beeindruckend.«

»Wenn du willst, zeige ich dir den besten Piercer in Dream City.«

»Danke, aber solange ich nicht hundertprozentig weiß, dass ich mich in meinem eigenen Körper befinde, lasse ich jegliche Verschönerung.«

»Dein Haar ist aber gefärbt.«

»Und das passierte zu der Zeit, als ich mich noch an alles erinnern konnte.«

»Hast du wirklich so starke Probleme?«

»Mit jedem Tag ein bisschen mehr. Deswegen musst du mir eine kurze Pause gönnen.«

Er legt sich neben mich. »Fünf Minuten.«

Wir liegen eine Weile schweigend da und ich betrachte die hängenden Sportgeräte über uns, ein Trapez, ein Seil, Turnringe; jemand hat ein paar Volleybälle in den Spalt zwischen Decke und Hallenheizung geschossen.

»Er hat mich noch kein einziges Mal besucht«, sage ich.

»Dein Dad ist ein hohes Tier und die Stadt steckt ganz schön tief im Dreck.«

»Wieso durfte nur er die Station verlassen?«

»Hohes Tier«, wiederholt er.

»Nein, im Ernst. Die meisten von uns sind nicht mehr traumkontaminiert«, sage ich und drehe mich auf die Seite, um Rick anzusehen. »Und sie bleiben hier.«

»Na ja, die päppeln uns hier noch ein paar Tage mit Vitaminen und wichtigen Stoffen auf. Wenn die Sequenzintensität auf Stufe neun oder zehn absinkt, gehen wir da raus und lösen die Träume auf. Dafür müssen wir fit sein.«

»Aber müsst ihr unbedingt hier zur Kraft kommen?«

Rick dreht sich zu mir und grinst mich an.

»Ist schön, wie du dich aus der Verantwortung ziehst. Du bist auch eine Wächterin und sobald die Freigabe erfolgt, gehst du mit uns Träume jagen. Also bewege deinen Hintern hoch und gib mir zwanzig weitere Liegestütze.«

»Ich dachte zehn!«

»Die wollte ich vor deiner unautorisierten Pause. Gegen die Regeln verstoßen, das hast du mit deinem Dad wohl gemeinsam. Jetzt gibst du mir zwanzig. Auf, auf!«

Weil ich gleich mit Dave während der Videoübertragung frühstücken kann, lasse ich Ricks Tortur über mich ergehen und laufe anschließend beschwingt zurück zu meinem Zimmer.

Was könnte die Überraschung sein, von der er vorhin gesprochen hat? Er hat bestimmt irgendetwas aus den Utensilien aus dem Erste-Hilfe-Kasten gebastelt oder tanzt mir etwas vor. Bei der Vorstellung, wie Dave in der winzigen Rettungseinheit von einer Wand zur anderen läuft und mit den Hüften schwingt, muss ich leise kichern.

»Miss Blair«, höre ich eine Männerstimme aus dem Untersuchungsraum, an dem ich gerade vorbeilaufe.

Ich bleibe stehen, räuspere mich und gehe zwei Schritte zurück.

»Dr. Parker«, sage ich höflich, sobald ich meinen Arzt erblicke. Sein Gesicht wirkt ernst und nachdenklich, beinahe beunruhigt. Diese Nervosität steckt mich an und ich verspüre ein drückendes Gefühl einer schlechten Vorahnung. »Stimmt irgendetwas nicht?«

»Kommen Sie bitte herein, es gibt etwas zu besprechen.«

Ich blicke in den Korridor, in dem ich meine fröhlichen Gedanken praktisch aus meinem Körper heraus zu Dave schweben sehe. Es missfällt mir, ihn allein mit seinen Monstern und der Angst auf mich warten zu lassen, aber Dr. Parkers Meinung ist wichtig für meinen weiteren Aufenthalt im *Königreich der Träume* – hat man mir gesagt.

»Jetzt gleich?«, frage ich den Arzt.

»Haben Sie etwa andere Termine?«

»Nein, natürlich nicht.«

In ergebener Demutshaltung schlurfe ich in den Untersuchungsraum und setze mich auf den Patientenstuhl. Mein Kopf ist nicht schlimm verletzt und ich habe auch keine inneren Blutungen, wie zunächst angenommen wurde. Die Vermutung hat mich jedoch außerhalb der Gefahrenzone gebracht. Weg von Dave.

»Sie haben gerade Sport getrieben?«, plaudert Dr. Parker, als er seinen Stuhl an meinen heranrückt und sich daraufsetzt.

»Nicht ganz freiwillig. Verzeihen Sie bitte, dass ich so verschwitzt bin«, sage ich und schaue dann auf die Wanduhr. Schon halb sieben.

»Sie haben doch nicht wirklich Termine«, Dr. Parker lacht leise, es klingt seltsam, weswegen ich meine Gedanken an Dave kurz beiseiteschiebe und mich auf den Arzt konzentriere. Er wirkt nervös und auf seiner Oberlippe hängen ein paar kleine Schweißtropfen. Als ich ihm das erste Mal begegnet bin, war er aufgeweckt und sah trotz des hohen Alters frisch und fast jugendlich aus. Heute sind seine Falten tief, die Haut durch den Schlafmangel fleckig und gräulich; sein silbernes Haar ist platt und strähnig.

»Stimmt mit Ihnen etwas nicht?«, frage ich.

»Machen Sie sich keine Sorgen. So eine hohe Sequenzintensität hält uns alle auf Trab.« Er dreht meinen Kopf nach rechts, wobei er die kleine Narbe hinter dem linken Ohr berührt. »Ein Jammer, dass Ihr Mediachip weg ist.«

»Wozu ist er Ihnen denn wichtig? Der hat nichts mit meiner Traumkontaminierung zu tun.«

»Selbstverständlich«, sagt er ruhig und lässt mich dann los, sodass ich mich ihm wieder zuwende. »Es wäre reine Neugier. Sie zeigen seltsame Verhaltensweisen, die ich nur zu gerne untersucht hätte.«

»Welche denn?«

»Ich habe das Gefühl, dass Ihr Gedächtnisverlust Sie zu einer anderen Persönlichkeit formt. Sie erfinden sich ununterbrochen neu. Wir haben uns zwar erst vor drei Tagen kennengelernt, aber jedes Mal, wenn Sie hier sind, erfinden Sie sich neu.«

»Das ist doch für Menschen ganz normal, oder nicht? Ist nicht jeder wandelbar?«

Dr. Parker stützt den Ellenbogen am Tisch neben ihm ab. »Menschen sind Autopiloten, werden fast gänzlich von ihren Gewohnheiten gesteuert, sie handeln unbewusst – programmiert.«

»Und ich nicht?«

Er schüttelt sachte den Kopf. »Ihnen ist das *Jetzt* wichtiger als Ihre Vergangenheit.«

»Nein, das stimmt nicht«, falle ich ihm ins Wort. »Es macht mich wahnsinnig, nicht zu wissen, wer ich bin. Ich bin die ganze Zeit auf der Suche nach meinen Erinnerungen, ich weiß nur nicht, wo ich wirklich beginnen soll. Deswegen scheint mir das Hier und Jetzt im Moment wichtiger zu sein. Und ich habe tatsächlich eine Art Termin – eine Verabredung, um genau zu sein. Ich möchte Sie nicht drängen, aber …«

»Schon verstanden. Ich werde Sie nicht lange aufhalten. Schauen wir uns Ihre Augen an.«

Damit habe ich natürlich gerechnet, dennoch macht es mich nervös. Ich meide den Spiegel, weil ich mich vor den violetten Sprenkeln in meiner Iris fürchte, vor allem deren Bewegungen. Es ist ein besorgniserregender Gedanke, einen schädlichen Parasiten in mir zu wissen, der sich hoffentlich nie in mein Gehirn fressen wird.

Und wenn ich die Sprenkel für einen kurzen Augenblick vergesse, erinnert mich irgendjemand wieder daran, weil er irritiert, beängstigt oder unverschämt neugierig in meine Augen sieht oder mich sogar darauf anspricht, so wie Dr. Parker, aber das gehört zu seiner Arbeit.

»Diese Anomalie ist hartnäckig«, sagt er, als er mit der Diagnostikleuchte meine Augen untersucht und ich daraufhin nur noch dunkle Flecken sehe.

»Und solange Sie diese aufweisen, kann ich Sie nicht aus der Grenzwache lassen.« Er schaut leicht verstohlen über die Schulter zur geöffneten Tür.

»Wie lange hält so ein Zustand an?«, will ich wissen.

»Ihre Kollegen sind die Kontaminierung bereits losgeworden, aber Sie nutzen auch ihre Schutzanzüge und deren Sequenzaufenthalt war deutlich kürzer als Ihrer.«

»Also wie lange?«

Dr. Parker steckt seine Diagnostikleuchte in die Kitteltasche. »In Ihrem Fall? Keine Ahnung.«

Er zieht ein schmales Tablet heran, wischt mehrmals über den Bildschirm und trägt Daten ein. Dabei fällt mir wieder auf, dass er aufgeregt zu sein scheint, er wippt mit dem Knie und beißt sich auf die Unterlippe.

»Was ist denn los?«, frage ich.

Dr. Parker lächelt künstlich, wobei er noch immer seinen Blick auf das Tablet gerichtet hält.

»Ihre ungewisse Vergangenheit macht Ihnen also weniger Angst als die Gegenwart?«, fragt er endlich. »Das bereitet mir ein bisschen Sorgen. Sie machen sich zu viele Gedanken um den Sonnengardisten Dave Warren.«

»Was ist daran falsch?«, frage ich feindselig. »Seine Lage ist ungewiss. Jetzt ist er wichtiger als meine Vergangenheit, denn nach ihr kann ich später noch suchen.«

Dr. Parker schaut nur mit den Augen auf, dabei bilden sich tiefe Sorgenfalten auf der Stirn. Dann legt er das Tablet beiseite und verschränkt die Hände vor seinem Bauch.

»Was Sie jetzt benötigen, ist ein Tapetenwechsel, Miss Blair.«

»Ist das Ihr Ernst? Für mich ist praktisch alles neu.«

»Aber es stresst Sie, hier zu sein. Ihr Blutdruck ist beim Messen immer erhöht. Schlafen Sie gut?«

»Wohin wollen Sie mich schicken?«, frage ich und stehe auf.

Auch Dr. Parker erhebt sich. »Das ist kein Grund zur Aufregung. Setzen Sie sich hin.«

»Erst wenn Sie meine Frage beantworten.«

Er nickt mehrmals, sieht abermals zur geöffneten Tür, die er dann mit Bedacht schließt und sich leicht dagegenlehnt, bevor er wieder zu mir zurückkehrt.

»Ich halte es für richtig, dass Sie endlich Ihre Wohnung beziehen.«

Ich stutze und deute mit dem Finger auf meine Augen. »Mit dem Traumsplitter etwa?«

»Was das angeht, müssen wir unbedingt reden.« Er holt aus seiner Tasche eine schmale, dünne Schachtel aus chromglänzendem Metall. Ich vermute darin Pfefferminzpastillen, als er sie öffnet, liegen jedoch blaue Kontaktlinsen vor mir.

Jetzt setze ich mich doch wieder zurück auf den Stuhl und starre die Linsen und dann den Arzt an. Die Fragen, die sich in meinen Kopf schleichen, haben eine düstere, geheimnisvolle Note. Nicht eine einzige spreche ich aus. Vermutlich ist es klüger, die Klappe zu halten.

»Ihre Traumkontaminierung ist verbissen«, sagt Dr. Parker ruhig. An dem dezenten Zittern seiner Finger fällt es mir schwer, seinen Worten Glauben zu schenken. »Für die Stadt ist sie zum Glück nicht bedrohlich. Solange Sie diese Kontaktlinsen tragen, wird niemand den Traumsplitter bemerken und mit der Zeit wird er auch von selbst verschwinden.«

»Ich dachte, es ist ansteckend.«

»Nein, in Ihrem Fall nicht. Die Freicodierung habe ich bereits initiiert. Sobald ich die Entlassungspapiere unterzeichne, können Sie die Notstation verlassen.«

Ich greife mir kurz an den Kopf und halte die andere Hand abwehrend hoch. »Was heißt das genau? Ich würde traumkontaminiert in die Stadt gehen? Wozu ist so eine Grenzwache und Quarantäne notwendig, wenn ich durch das Raster fliege? Und was ist mit Dave? Er hätte auch herkommen können, wenn es so leicht wäre.«

»Es ist nicht einfach.« Dr. Parker schließt die edle Metallschachtel und legt sie auf dem Tisch neben mir ab. »Ich darf Ihnen keine Einzelheiten verraten, aber es ist etwas im Gange. Ihre Rückkehr ist dafür wichtig.«

»Was? Was wissen Sie über mich?«

Plötzlich lacht Dr. Parker leise auf und lächelt in sich hinein, während er gedankenverloren zu Boden sieht und dann direkt zu mir aufblickt. »Sie werden es mir vermutlich nicht glauben, aber ich bin nur der Überbringer. Jessica, ich kann Ihnen leider nicht mehr sagen und muss Sie darum bitten, mit niemandem über die Kontaktlinsen und die Freicodierung zu sprechen. Auch nicht mit Mr. Warren. Mit keiner Seele!«

Vorsichtig lege ich meine Finger um die Metallschachtel und versuche zu verstehen, was gerade geschieht. Dr. Parker lügt mich höchstwahrscheinlich an und ich bin doch eine Gefahr für die Stadt. Gleichzeitig fügen sich Fäden zusammen, die mich daran glauben lassen, dass mir diese Begebenheit den Zugang zu mehr Informationen ermöglicht und mich dem unbekannten Ziel näherbringt. Der Zeitpunkt, an dem ich das *Königreich der Träume* betreten habe; mein Vater, der gegen Regeln verstoßen hat, um mich aus der Rettungseinheit zu holen; mein Gedächtnisverlust und jetzt diese Kontaktlinsen – ich muss eindeutig handeln und nicht auf der Quarantänestation festsitzen.

»Was ist eine Freicodierung?«, frage ich.

»Sehen Sie es als eine Art Freischaltung Ihres Traumsplitters an.«

»Keine Sirenen, wenn ich die Stadt betrete?«

Dr. Parker schüttelt den Kopf. »Nicht ein Laut. Kann ich mich darauf verlassen, dass es unter uns bleibt?«

»Unter uns? Wer weiß sonst noch Bescheid? Ich will ja wissen, wem ich vertrauen kann.«

»Ein kleiner Rat, meine Liebe: Vertrauen Sie hier niemandem, denn –«

An der Tür klopft es und der Pfleger Lukes steckt den Kopf in den Raum.

»Dr. Parker, der Befund aus dem Labor ist jetzt da«, sagt er. »Oh, hey, Jessi!«

Ich schaffe es, meine Hand zu heben, dann fällt sie wie ein Stein zurück auf meinen Oberschenkel.

»Ähm – vielen Dank, Lukes. Ich schaue ihn mir gleich an«, sagt Dr. Parker.

Der Pfleger verlässt den Raum.

»Ich helfe Ihnen mit den Kontaktlinsen, tragen Sie sie zu jeder Zeit, außer beim Schlafen.«

Noch immer bin ich unsicher und fühle mich wie eine Verräterin. Doch was, wenn ich die Gute bin? »In Ordnung«, sage ich schließlich. »Wann darf ich raus?«

»Am späten Nachmittag. Und bis dahin können Sie allen die freudige Botschaft Ihrer Heilung verkünden. Sie können noch in Ihr Zimmer gehen, um Ihre Sachen zu holen, aber dann müssen Sie die Quarantäne verlassen. Lukes wird Sie in den Aufenthaltsraum der Grenzwache bringen, dort können Sie warten.«

Mit dem schrecklichen Gefühl, zwei große Lügen in den Augen zu tragen, kehre ich in mein Zimmer zurück, und zwar auf dem schnellsten und am wenigsten frequentierten Weg. Ich habe nicht vor, wie eine Verrückte herumzulaufen und jedem über meine plötzliche Heilung zu berichten. Außerdem habe ich Angst, dass jemand die Kontaktlinsen bemerkt, selbst wenn Dr. Parker mir versichert hat, dass die Traumsplitter nicht mehr zu sehen sind.

Sobald ich im Zimmer bin, eile ich zum Tablet und will schon die Kommunikations-App anklicken, dann zögere ich jedoch und laufe im Raum auf und ab, während ich den Fingernagel meines Zeigefingers zwischen meine Zähne klemme.

»Jetzt mach es!«, sage ich zu mir selbst. »Er wartet.«

Ich lasse weitere kostbare Minuten verstreichen. Soll ich Dave ins Vertrauen ziehen? Vielleicht lieber nicht. Mir geht es nicht darum, dass er sich um mich Sorgen machen könnte, ich will nur nicht, dass er mich aufhält, die Untergrundstadt zu betreten. Tief in mir weiß ich, dass ich dorthin gehen muss und Dave wäre der einzige Mensch, der mich umstimmen könnte. Deswegen beschließe ich, ihn zu kontaktieren, sobald ich im Aufenthaltsraum bin, in dem die Anwesenheit Anderer mich davon bewahren wird, mich zu verplappern.

»Bist du soweit?«, fragt Lukes, der mich abholt.

»Ja, zeig mir, wo es hingeht.«

»Hast du alles, was du brauchst?«

Lächelnd halte ich das Tablet hoch und nicke. »Mehr ist nicht nötig.«

Der Weg zum Aufenthaltsraum der Grenzwache ist wie eine Wanderung durch ein Dorf, sie dauert lange und alle scheinen sich gut zu kennen, zumindest bleibt Lukes bei fast jedem stehen, dem wir begegnen. Da ich die verlorengegangene Tochter bin, die nach zwei Jahren zurückgekehrt ist, werde ich ausgiebig gemustert, besonders meine Augen sind das Hauptmerkmal. Ich sehe Enttäuschung in einigen Gesichtern, vermutlich weil der Traumsplitter verdeckt ist.

Bald kommen wir endlich im Aufenthaltszimmer an und sobald wir an der Glasfront vorbeilaufen, durch die ich den Raum dahinter überblicken kann, wünsche ich mir, wir wären noch ein paar Meilen weitergelaufen.

»Heute wurden viele aus der Quarantäne entlassen?«, frage ich Lukes.

»Alle.«

Alle?

»Aber ich sehe Rick Morales nicht.«

»Ein paar treiben sich in der Kommunikationszentrale oder der Kantine rum.« Der junge Pfleger zeigt auf die vielen Sequenzwächter, von denen einige meine Ankunft mitbekommen haben. »Familientreffen, was?«

Ich lasse meinen Blick über die Anwesenden schweifen. Keiner lächelt.

»Ja, wird spaßig«, sage ich.

»Dann, mach's gut. Wenn du bei der Sequenzwacht bleibst, werden wir uns häufiger in der Quarantäne sehen.«

»Klingt erbaulich.«

Lukes zwinkert mir zu und schnalzt dabei fröhlich mit der Zunge, um sein Zwinkern zu bekräftigen. Dann boxt er mir kumpelhaft auf die Schulter und geht zurück.

Seit ich hier bin, habe ich nicht darauf bestanden, alle meine ehemaligen Kollegen kennenzulernen, die meiste Zeit war jeder von uns in seinem Zimmer und ich habe mich so gut mit Rick verstanden, dass ich gar nicht das Bedürfnis hatte, auf die anderen zuzugehen. Jetzt glaube ich, dass es ein großer Fehler war, ich sehe die skeptischen, teilweise anklagenden Blicke. Vor allem M. Sawyer, von der ich inzwischen mitbekommen habe, dass sie Mia heißt, sieht mich an, als hätte ich ihren Hamster ermordet.

»Hi«, sage ich beim Eintreten.

Ein paar grüßen mich verhalten, doch die meisten schweigen, ich höre jemanden sogar verächtlich schnauben. Jeder Einzelne könnte mir etwas über mich erzählen, aber will ich sie ausgerechnet jetzt mit der Suche nach meiner Vergangenheit konfrontieren? Die Antwort lautet eindeutig nein.

Und da ich mich nicht von verurteilenden Blicken niederstarren lassen möchte, verkrieche ich mich in eine entlegenere Sofaecke. Das Licht im Aufenthaltsraum ist angenehm warm und gedimmt. Wenn ich ein Buch lesen will, werde ich lieber wieder auf den Korridor gehen; wäre vielleicht eine gute Ausrede, um die Sequenzwächter nicht mit meiner Anwesenheit zu reizen.

Ich will nicht lesen, also starte ich endlich die Kommunikations-App. Nach kurzem Wahlvorgang startet die Videoübertragung und ich ziehe bei dem Bild, das ich sehe, meine Augenbrauen zusammen. Ein verschwommener, orangebeiger Schatten verdeckt die Kamera.

»Was ist das?«, frage ich.

»Oh, ist wohl zu nah«, höre ich Daves aufgeregte Stimme. Er hat schon mal gute Laune, was mich entspannt in die Polster sinken lässt. »Schau, ich habe aus Zwieback kleine Krönchen gebastelt. Ein bisschen schief und ein paar Zacken sind leider abgebrochen, aber ich hatte gehofft, dass –«

Dave holt das besagte Krönchen etwas weiter weg von der Kamera. Es ist kaum als Solches zu erkennen, dennoch hätte mich jetzt nichts besser aufheitern können als diese süße Geste.

»Die perfekte Überraschung«, hauche ich und bekomme daraufhin Daves Grübchen zu sehen.

Dann beißt er beherzt in die Krone und grinst selbstzufrieden. »Verschobenes Frühstück«, sagt er mit vollem Mund.

»Entschuldige bitte, ich wurde aufgehalten.«

Dave winkt ab.

»Ich habe die Zeit mit Rick und Kate genutzt, ich bin jetzt ganz sicher der bestgeschützte Dave auf der Rettungseinheit.«

»Das bist du definitiv. Hast du die Programmcodes nicht langsam satt?«

»Das konzentrierte Denken hilft mir, nicht verrückt zu werden. Und mal unter uns«, er kommt der Kamera etwas näher und flüstert: »So eine Erfahrung wünsche ich keinem Feind.«

»Dave, deine Lage tut mir sehr leid, ich fühle mich dafür verantwortlich«, wiederhole ich meine Worte, die ich ihm oft bei unseren Videoanrufen sage, und die Entschuldigung klingt nach meinem Ermessen noch viel zu schwach, doch Dave schüttelt bereits den Kopf.

»Bitte, Jey. Ich möchte mich einfach mit dir unterhalten.«

Er sieht plötzlich ganz angestrengt zu mir. »Deine Augen sind anders.«

Sofort will ich sie abdecken, doch stattdessen setze ich ein gezwungenes Lächeln auf. »Bin die Kontaminierung losgeworden und durfte die Quarantäne verlassen.« Ich erwähne die stinksauren Sequenzwächter unweit von mir lieber nicht. »Und heute darf ich in die Untergrundstadt.« Ich klinge traurig.

»Die Grenzwache kann unsere Kommunikation auf ein Gerät festlegen, das du auch in der Stadt nutzen darfst«, sagt Dave und in mir breitet sich echte Erleichterung aus.

»Das gibt mir Mut«, gebe ich zu.

»Und deiner steckt mich an. Jetzt habe ich ja nichts zu verlieren, wenn ich gestehe, dass ich dich wunderschön finde.«

Meine Wangen werden warm und mir fehlt für den Moment die Sprache. Doch ich muss auch nicht viel sagen, denn Dave nimmt einen angenehmen Plauderton an und erzählt mir von Dingen, die ihm fehlen und wieso er zum Beispiel den geschmolzenen Käse von der Pizza liebt.

»Leute, großes Meeting steht an«, sagt ein Sequenzwächter, der gerade in den Aufenthaltsraum kommt.

»Wurde auch mal Zeit«, sagt Mia Sawyer und erhebt sich als erstes.

Die anderen folgen ihrem Beispiel und verlassen allesamt den Raum. Keine Ahnung, ob ich hierbleiben oder mit ihnen mitgehen soll. Ich sehe ihnen nach, wie sie an der Glasfront vorbeilaufen und mich wieder mit diesem strengen Ausdruck bedenken, der mir die Frage eindeutig beantwortet. Ich gehöre nicht zu ihnen, ich habe mir aber auch keine Mühe gegeben. Meine Augen folgen Mia, die mir einen beinahe bedauernden Blick zuwirft und sich dann kopfschüttelnd abwendet.

Das lässt mich für kurze Zeit sogar Dave vergessen.

»Was ist los?«, fragt er. »Wer war das? Was für ein Meeting?«

»Betrifft mich nicht.«

»Ein Glück, dann habe ich dich ganz für mich allein.«

Wie gerne würde ich ihn jetzt umarmen. »Dave, erzähl mir eine Geschichte«, sage ich dagegen zum Tablet und lehne das Gerät an die angewinkelten Knie. »Ich mag deine Stimme so sehr.«

Leider kann Dave nicht lange mit mir sprechen, schon bald nehmen ihn die Schutzprogramme mit Kate wieder ein, ich verspreche ihm aber, dass ich erreichbar bin, wenn er Pause macht.

»Habe die vielen Stunden bis zu meiner Auswanderung nichts vor«, sage ich zum Abschied.

»Verlier dich nicht im Traumland, Jey.«

Jetzt, da ich mit nichts weiter beschäftigt bin, außer gelegentlich auf das Tablet zu schauen, erkunde ich den Aufenthaltsraum. Er ist deutlich kleiner als der in der Quarantäne und es gibt weniger Aktivitätsmöglichkeiten; ich nehme an, es liegt daran, dass die Sonnengardisten die meiste Zeit arbeiten und ihre Freizeit nicht immer in der Grenzwache verbringen müssen, sie benötigen demnach keine Beschäftigungstherapie. Im Grunde besteht der Raum aus jeder Menge Sitzgelegenheiten und ein paar Snackautomaten, die ich nicht ausbeuten kann, weil ich in meiner Einheitskleidung keinerlei Taschen mit dem nötigen Kleingeld habe.

In einem Automaten gibt es verschiedenen Müll, mit dem man sich auf die köstliche Art den Körper ruiniert. Trotzdem finde ich es schade, dass ich mich gerade nicht mit diesem Zuckerzeug vollstopfen kann. Neben diesem Snackautomaten gibt es einen zweiten, der gesunde Sachen anbietet, Obst und vegane Riegel, allerdings fehlt mir auch dafür das Kleingeld. Ist vielleicht besser so, sonst hätte ich mich ganz sicher nicht für den Apfel entschieden.

Dennoch habe ich Hunger.

Ich beschließe, in die Kantine zu gehen. Unterwegs fällt mir noch ein Tisch mit Papier und mehreren Boxen voller Stifte auf. Beim Vorbeilaufen nehme ich ein paar schwarze Filzstifte mit und weiß schon, was ich damit anstelle.

Der Speiseraum hat ein großes Angebot und was ich einem Snackautomaten nicht erklären kann, geht hier leicht. Niemand hinterfragt die Gründe, aus denen ich das Essen nicht bezahlen kann. Die Information über meine Rückkehr und meinen Zustand verbreitet sich schnell, ich werde sogar mit dem Vornamen angesprochen und darf aus der gesamten Speisekarte wählen. Ich entscheide mich für einen Bulgursalat, Kichererbsen-Pfannkuchen und ein großes Glas frischgepressten Orangensaft. Während ich kauend meinen Teller zur Seite schiebe und auf den Boden des Tabletts schaue, verdrehe ich die Augen, weil darauf wieder eine Krone hineingeprägt ist. Ohne einen weiteren Gedanken daran zu vergeuden, schiebe ich den Teller genau auf die Krone, um sie aus dem Sichtfeld zu verbannen. Wie kann man nur so selbstverliebt sein? Jeder begreift doch, dass er sich im *Königreich der Träume* befindet, sobald er die Brücke passiert hat.

Ich schiebe das Tablett zur Seite und nehme einen Filzstift. Durch die weiße Kleidung an mir, habe ich das Gefühl, meine Identität noch mehr zu verlieren, also kritzele ich an meinen Klamotten herum. Es scheint, dass ich keine gute Künstlerin bin, ich zeichne schiefe Krönchen und Blumen auf den Stoff, vor allem aber Schmetterlinge. Viele, viele Schmetterlinge. Klein, groß, mit verschiedenen Flügeln. Dabei schalte ich ab und bemerke nicht mehr, was ich mache. Diese Beschäftigung ist so meditativ und als ich aus ihr hochschrecke, ist ein großer Teil der Kleidung, die ich im angezogenen Zustand erreichen kann, voller Schmetterlinge. Etwas Platz bleibt auf dem Shirt und der Leggings übrig und ich überlege, womit ich diesen verziere. Aus Spaß schreibe ich auf dem Oberteil in der Höhe meines Bauches das Wörtchen *traumkontaminiert* und lege den Stift mit Bedacht beiseite. Ein seltsames Gefühl regt sich in mir. Verständnislos schaue ich mein Gekritzel an, als hätte ich einen Fehler in meinem eigenen System entdeckt. Lange Zeit begreife ich nicht, was mich so stutzig macht, dann nehme ich erneut den Stift und öffne mit den Zähnen die Kappe, wobei ich diese achtlos ausspucke und höre, wie das Plastikding klappernd unter dem Tisch verschwindet, während ich auf die Leggings meinen Namen schmiere und erschrocken hochsehe.

Nicht ich habe die Nachricht auf dem Badezimmerspiegel hinterlassen! Ich erinnere mich wieder an die Regennacht meiner Registrierung im Motel, die Schrift auf dem Anmeldeformular war anders als die auf dem Spiegel, das hätte mir doch vorher auffallen können. Rasch stehe ich auf, lasse den geöffneten Stift auf mein Essenstablett fallen und verlasse die Kantine, um dann im Flur stehenzubleiben. Wie eine Verlorene starre ich ins Leere und weiß nicht weiter.

Dass ich im Motelzimmer offensichtlich nicht allein war, bereitet mir Angst. Keine Ahnung, ob es sich bei der Person um einen Freund oder Feind handelt.

»Ein kleiner Rat, meine Liebe: Vertrauen Sie hier niemandem, denn –«, rauschen Dr. Parkers Worte durch meine Ohren.

Denn was?

Ich verberge mein Gesicht hinter meinen Fingern und atme schwer. Es ist zum Kotzen, mich an nichts zu erinnern.

»Jessica Louis Blair«, höre ich eine warme Männerstimme und sehe auf.

»Hauptmann Malor«, sage ich überrascht. »Sind Sie nicht beim Meeting?«

»Genau dasselbe wollte ich Sie fragen. Die Zusammenkunft läuft schon seit einer Stunde oder so.« Er sieht auf seine Uhr und lächelt vergnügt. »Wir haben also garantiert noch nichts verpasst. Kommen Sie.«

»Wirklich?«

»Die gesamte Sequenzwacht ist aufgefordert, hinzugehen.«

»Auch ich?«

»Besonders Sie!«

Ich strahle über das ganze Gesicht, besinne mich jedoch sofort und versuche das Grinsen zu unterdrücken. Wer weiß, was mich im Meeting erwartet.

»Hier entlang«, sagt Hauptmann Malor.

Ich folge ihm entschlossen.

»Sagen Sie, Jessica, wie fühlt es sich an, kein Gedächtnis zu haben?«

»Mein Gedächtnis funktioniert gut, ich habe lediglich die Erinnerung an mein früheres Leben verloren.«

»Wenn es nur das ist.« Der Hauptmann gluckst leise und wir lächeln uns an.

Plötzlich fällt mir etwas ein und ich bleibe abrupt stehen. »Ich habe mein Tablet vergessen!«

»Lassen Sie es. Sie brauchen jetzt sowieso keine Ablenkung. Außerdem sind wir schon da. Kommen Sie rein.«

Er öffnet eine Tür und hält sie für mich auf. Etwa vierzig Augenpaare sind auf mich gerichtet. Argwöhnische, verwirrte Blicke, die sich augenblicklich in Respekt wandeln, sobald Hauptmann Malor den Raum betritt. Die meisten Anwesenden, die nicht bereits stehen, schießen in die Höhe und salutieren. In dieser Haltung verharren sie, bis der Hauptmann sich auf einen leeren Stuhl am ovalen Meetingtisch setzt und dann bedächtig mit dem Kopf nickt, woraufhin sich alle wieder rühren. Diejenigen, die von ihren Plätzen aufgesprungen sind, setzen sich, die anderen bleiben stehen. Ich geselle mich zu den Letzteren, und zwar zu Rick, den ich aufgrund seines Metalls und dem breiten Grinsen im Gesicht in jeder Menschenmenge erkennen würde.

»Dave macht gute Fortschritte«, flüstert er mir zu. »Kate hat übernommen, solange wir im Meeting sind. Übrigens: Glückwunsch zur raschen Heilung.«

Ricks Grinsen steckt mich an.

Ihm werde ich auch nicht von den Kontaktlinsen erzählen, aber er ist derjenige, der mir das Gefühl gibt, das Richtige zu tun.

»Sind Sie fertig, Jessica Blair?«, fragt eine herrische Frauenstimme, die, obwohl sie ruhig ist, im gesamten Raum zu hören ist.

Wieder starren mich alle an, während ich den Tisch nach der Frau absuche. Auch wenn ich mich nicht an sie erinnere, weiß ich mit Sicherheit, dass es sich bei der Frau, die mich mit ihrem selbstgerechten Blick fixiert, um Elen Sean handelt. Rick hat mir gestern erst von ihr erzählt. Sie trägt eine silberne Kette mit einem feinen Krönchenanhänger um den Hals. Vielleicht ist es ihre hochwertige Kleidung, ihre perfekt sitzende Frisur, bei der jede goldene Locke in Szene gesetzt ist, oder ihr Blick, aber es ist nicht zu übersehen, dass sie eine sehr wichtige, möglicherweise sogar die wichtigste Person in diesem Laden ist. Sie ist die älteste Tochter des Sean-Imperiums und die Marketingchefin von *Königreich der Träume*. Sie ist der Oberboss in dieser Stadt und genau so sieht sie auch aus.

»Entschuldigung«, sage ich.

»Ich bin Elen Sean«, sagt sie.

»Ja, ich weiß.«

»Was soll ich sagen, mein Ruf eilt mir voraus. Oder erinnerst du dich etwa an mich?«

Ich schüttele den Kopf.

»Und ich dachte, ich sei unvergesslich. Wie auch immer: Willkommen zurück in der Stadt, in der Träume Realität werden. Eher gesagt im Schutzbunker, nein, in das Vorzimmer dessen.«

Es gibt vereinzelt ein paar Lacher, doch die Situation hier ist recht angespannt.

»Gut, was gibt es Neues?«, übernimmt Hauptmann Malor das Meeting.

»Alles unverändert, so wie gestern«, sagt Elen. »Die festsitzenden Touristen drohen mit Klagen, wollen Träume für ihr Geld sehen. Wir sollten ein paar von ihnen verfeuern. Lasst sie raus und filmt das Desaster, vielleicht schreckt es die anderen ab. Ehrlich, warum beschweren sie sich? Sie dürfen auf unsere Kosten in einem Sieben-Sterne-Hotel nächtigen und sich kostenlos die Wampe vollstopfen.« Sie seufzt theatralisch. »Wann kommt endlich die ersehnte Apokalypse, dann müssen wir uns nie wieder mit Anwälten herumschlagen. Ich brauche dringend ein Aspirin. Nein, besser einen Kaffee. Du da, wie heißt du?« Sie deutet auf einen jungen Sonnengardisten, der in der Nähe der Tür steht.

»Josh Faine, Mrs. Sean.«

Das ist also der Sonnengardist, mit dem ich aus der Rettungseinheit kommuniziert habe, während mein Vater mich über das Funkgerät angeschrien hat.

»Hol mir einen Frappé«, sagt Elen.

»Wir haben – haben hier nur Kaffee.«

Sie winkt den Sonnengardisten davon. »Es gibt Lieferservice.«

Unsicher sieht sich der offensichtlich zum Kaffeejungen degradierte Josh im Raum um, dann geht er mit einem unglücklichen Gesicht hinaus.

»Es wird niemand verfeuert«, sagt Hauptmann Malor. »Und es ist ein spitzenmäßiger Kommunikationsingenieur, den Sie zum Kaffeeholen verpflichtet haben. Was steht sonst an?«

»Weiterhin kein Kontakt zum Goldenen Käfig«, sagt eine tiefe Männerstimme, die meine Atmung zum Stocken bringt.

Es ist mein Vater, den ich wegen der divenhaften Elen Sean nicht bemerkt habe, dabei sitzt er direkt neben ihr und ist so breit wie ein Schrank.

»Wir können also nur vermuten, was vorgefallen ist«, spricht er weiter. »Höchstwahrscheinlich ist die Träumerin erkrankt, möglicherweise haben wir sie aber auch viel zu lange unterschätzt und sie ist uns jetzt überlegen. Das ist alles Spekulation, darauf wollen wir uns nicht konzentrieren, solange wir keine Fakten vom Schlaflabor zur Auswertung erhalten.«

Während mein Vater spricht, betrachte ich seinen gepflegten Vollbart. Wie lange er wohl jeden Morgen für seine Bartpflege benötigt? Ich lasse meinen Blick über die Anwesenden schweifen. Sowohl die Männer wie auch die Frauen sehen ordentlich und wunderschön aus. Ist das eine Voraussetzung, in dieser Stadt zu arbeiten? Gehört das zur Marketingstrategie der Sean-Corporation? Die perfekte Inszenierung für Medien und die Touristen. Oder steckt ein anderer Grund dahinter?

»Werden auch konspirative Gründe vermutet, Chief Blair?«

Mein Vater schweigt einen Augenblick und nickt dann bedeutend. »Nicht ausgeschlossen, Sir.«

»Ich dachte, wir hätten bereits alle Mitarbeiter der letzten Revolte entlassen.«

»Das ist wahr, aber die neuen Angestellten haben viele Fragen deswegen.«

»Warum werde ich erst jetzt darüber informiert?«

»Jetzt halten Sie sich nicht an Gerüchten fest«, geht Elen dazwischen. »Ich schicke meinen Assistenten für gründliche Befragungen in den Käfig, sobald das mit den Alpträumen durch ist. Konzentrieren wir uns doch bitte darauf.«

»Nur haben wir noch immer das Intensität-Problem«, sagt mein Vater. »Die Stufe ist leicht gestiegen. Sie ist inzwischen stabil, aber das ist kein gutes Zeichen, wir brauchen eine baldige Absenkung.«

»Gut, woran das liegt, wissen wir«, entgegnet Hauptmann Malor.

»Woran?«, flüstere ich Rick zu.

»Wir können keine Erschöpfung der Sequenz garantieren«, antwortet er.

»Was bedeutet das?«

»Wir lösen die Träume auf. Aber da rauszugehen, klappt jetzt nicht. Wenn der Traum nicht angerührt wird, kann es schon mal dauern, bis er sich auflöst.

»Wie lange?«, will ich wissen.

»Ohne unser Zutun bis zu mehreren Monaten.«

»Verdammt.«

Eine junge Frau mit einem hellbraunen Pferdeschwanz und hohen Wangenknochen lehnt sich vor und sagt: »Die Revolte, die Sie so einfach übergehen, hatte ihre Berechtigung. Es ist immer wieder erschreckend, wie sehr die Träumerin ausgenutzt wird. Mir ist natürlich klar, dass die Sean-Corporation ein profitorientiertes Unternehmen ist, aber muss das festgesetzte Wachstum wirklich so radikal erfüllt werden? Reicht es nicht, den Gewinn ein paar Jahre stabil zu halten? In der Landwirtschaft legt man das Acker auch gelegentlich brach, um der Erde die nötige Ruhe zu gönnen. Hat die Träumerin keine längere Erholungsphase verdient?«

Mein Vater zieht die Luft scharf ein und starrt sie unzufrieden an, weswegen mir die Frau plötzlich sympathisch vorkommt.

»Was würden wir ohne die Moralpredigt von unserer geschätzten Kollegin Kim Stone machen?«, sagt er und lehnt sich mit verschränkten Armen zurück. »Sie setzen die Träumerin also mit einem Ackerland gleich?«

»So etwas nenne ich bildhafte Darstellung, Chief Blair.«

»Müssen wir uns das jetzt anhören?«, entgegnet mein Vater.

Bis auf ihn scheint niemand etwas dagegen zu haben, weswegen Kim Stone ein Siegerlächeln aufsetzt. »Vielen Dank, Gentlemen. In solchen Zeiten ist es wichtig, unsere Vorgehensweise zu überdenken. Mrs. Sean, wo sind die Verbesserungen, über die wir vor drei Monaten gesprochen haben? Ohne sie könnte es in Zukunft häufiger zu solchen Ausfällen kommen, das ist doch allen bewusst?«

»Nicht jetzt!«, sagt mein Vater aufgebracht.

Was ärgert ihn so sehr?

»Wer ist das?«, stelle ich die Frage in Ricks Richtung, doch inzwischen ist er auf meine andere Seite getreten und so sehe ich nun Mia Sawyer an, die mich mit einem leicht hochgezogenen Mundwinkel ansieht.

»Ich bin Kim Stone, Miss Blair«, beantwortet Kim die Frage und ich spüre, dass ich rot werde. »Eine Schnittstelle zwischen dem Schlaflabor und der Traumstadt.« Sie wendet sich wieder den anderen zu. »Und es ist wichtig, dass wir jetzt darüber sprechen. Ich bitte Sie um Nachsicht, Chief Blair. Es wird nicht lange dauern.«

Mein Vater verdreht die Augen und nickt, obwohl sein gesamter Körper Abwehr signalisiert.

»Danke. Die Frage ist ja, warum niemand über eine andere Möglichkeit nachdenkt, die Träume unserer Prinzessin zu kontrollieren? Wir halten sie schon zu lange im Schlaflabor fest, das geht nicht nur auf ihre Gesundheit und ihr Gemüt, sondern breitet sich auch auf alle Mitarbeiter aus. Das ist nichts anderes, als einen Tiger im Zoo zu halten und das ist seit fünfzehn Jahren illegal. Wie konnte ein Kind in so eine Gefangenschaft geraten? Wir müssen nicht verheimlichen, dass die Träumerin uns fest im Griff hat. Jede einzelne Abteilung. Wir sind ihre kleinen Marionetten und mit der Zeit wird sie sich holen, was sie haben will.«

»Was schlagen Sie vor, Miss Stone?«, fragt nun Elen Sean mit einem gespielt neugierigen Blick.

»Mir ist durchaus bewusst, dass ein Schlaflabor zu Beginn des Projektes eine gute Lösung war, aber sie ist längst überholt. Die Nano-Technologie hat evolutionäre Sprünge gemacht. Wir brauchen nur Genehmigungen und eine Budget-Anpassung. Dann kann Lyri die Welt erkunden und wäre endlich –«

»Sagen Sie es nicht!«, geht mein Vater dazwischen und lässt seine Hände so plötzlich auf den Tisch fallen, dass sämtliche Anwesenden im Raum zusammenzucken.

»Frei«, beendet Kim Stone ihren Satz.

»Elen, du genehmigst Kims Abteilung keine weiteren Gelder zu! Niemand versteht, was sie eigentlich macht.«

Interessant, mein Vater darf die Chefin duzen. Ist an dem Gerücht doch was dran, dass beide liiert sind?

»Ich betreue Lyri psychologisch«, spricht Kim Stone weiter. »Unfassbar. Hat sich jemals jemand in die Träumerin hineinversetzt? Sie hat keine Ahnung, wer sie wirklich ist. Die Hälfte ihres Lebens hat sie verschlafen und die Erfahrungen, die sie machen durfte, beschränken sich auf die Bücher, die man ihr gewährt. Liebe kennt sie nur aus unrealistischen Geschichten und sie wird niemals ihre eigene erfahren; sie lebt diese durch ihre Traumgestalten aus, das merken wir immer wieder an der Art ihrer Träume. Dieses Prinzessinnenmotiv entwickelt sich manchmal zu stark in romantische Richtungen, nicht selten mit einem Hauch missverstandener Erotik, das Mädchen kennt sich nicht aus und das führt in ihr zu großen Verwirrungen.«

»Dass sie keine Ehe und Kinder an der Backe hat, ist für sie nur von Vorteil«, sagt ein Mann mittleren Alters und streckt dann die Faust einer jungen Frau entgegen, die sie pikiert ansieht. »Mein Freund und ich haben uns vor drei Wochen verlobt.«

Die Faust des Mannes sinkt wieder.

»Glückwunsch«, sagt Kim Stone, die die Unterbrechung viel gefasster aufnimmt, als mein Vater.

»Diesen ethischen Unsinn haben wir schon oft besprochen«, sagt er und beugt sich wieder mehr zum Tisch vor. »Das können Sie mit den Psychologen klären. Meine Abteilung muss nur Fakten kennen, die uns dabei helfen, die Stadt, deren Bewohner und die Touristen zu schützen. Alpträume sind unser Ding, Träume sind die Sache der Marketingabteilung, Kriminalität steht der Sonnengarde zu und Sie, Kim, sorgen dafür, dass es der Träumerin an nichts fehlt. Wie Sie das anstellen, klären Sie an den richtigen Tischen. Verschwenden Sie nicht unsere Zeit.«

»Sind Kausalitäten in so einem Fall nicht notwendig?«, frage ich nun laut. Interessant, aber jedes Mal wird die extreme Aufmerksamkeit für mich erträglicher, ich ignoriere die meisten Blicke. Den von meinem Vater halte ich jedoch fest. Er zieht seine buschigen Augenbrauen finster zusammen. Ich habe vermutet, ihm erneut zu begegnen, würde in mir große Wut freisetzen, doch das Gefühl, das ich spüre, ist deutlich schwächer.

»Ich mag den frischen Wind, den Ihre Tochter mit sich bringt«, sagt Hauptmann Malor und grinst kopfschüttelnd.

»Das heißt wohl, dass ich bei dieser Versammlung meine Klappe halten sollte, nehme ich an. Hätte salutieren sollen, oder so. Vielleicht ist frischer Wind nicht verkehrt. Ich bin ohne meine Erinnerungen eine außenstehende Person, richtig? Und doch gehöre ich zu diesem ganzen Clan, sonst wäre ich nicht hier. Ich hätte Fragen, an die sie wegen der Betriebsblindheit nicht mehr denken.«

»Nein, Jessica Blair, setz dich.«

»Roger, lass sie. Frischer Wind ist gut«, sagt auch Elen.

Überrascht über die Worterteilung trete ich an den Tisch heran und stütze mich mit beiden Händen ab.

»Was wurde das letzte Mal bei so einer hohen Stufe gemacht?«, frage ich.

»Die Unterstadt ausgerüstet«, beantwortet Elen Sean geduldig.

»Währenddessen etwa?«

»Das letzte Mal ist schon eine Weile her, da war die Stadt der Träume ihr komplett ausgeliefert, viele Menschen starben.«

»Und wie sind Sie den Alptraum losgeworden?«

»Durch Auflösung«, sagt mein Vater knapp.

»Ich dachte, aber Stufe 9 –«

»Diese Regelung wurde nach der damaligen Katastrophe festgesetzt«, unterbricht Elen mich.

»Ja, es sollen extrem viele Sequenzwächter draufgegangen sein«, sagt Rick und erhält tadelnde Blicke, doch nicht wegen dem Gerede über Tote, sondern weil noch ein Rangniederer die Etikette verletzt.

Hauptmann Malor lacht in sich hinein. »Vielleicht sollten wir für kreative Krisensitzungen in Zivil erscheinen, ich würde mir die Ideen der Jugend gerne anhören, wenn sie sich nicht von Respekt und Furcht in die Hosen machen.« Seine Augen strahlen und sein Gesicht sieht hocherfreut aus, was seine Sommersprossen auf der dunklen Haut noch mehr unterstreicht.

»Wir sollen in Zivil erscheinen?«, fragt mein Vater skeptisch und spricht damit etwa vierzig Leuten aus der Seele, alle wirken angespannt, so als hätte Hauptmann Malor den Vorschlag gemacht, uns gemeinsam nackt in die Sauna zu setzen.

»Das führt doch zu nichts«, sagt Elen. »Lasst uns eine kurze Pause einlegen, das erfrischt den Geist für neue –«

Hauptmann Malor hebt seine Hand. »Wir hören Miss Blair zu Ende an.«

Ich streiche über mein beschmiertes T-Shirt. »Bin schon in Zivil.«

»Gefällt mir«, sagt Hauptmann Malor und nickt mir dann aufmunternd zu. »Dann sprechen Sie weiter.«

»Ohne etwas zu tun, sinkt die Stufe langsam ab, so viel habe ich bereits verstanden. Warum senken wir sie nicht ab?« Ein kollektiver Seufzer geht durch den Raum. »Nein, nein, warten Sie! Hören Sie mich erst an! Ich weiß, mir fehlen wichtige Informationen, aber vielleicht sind zu viele Details hinderlich, um eine Kleinigkeit zu sehen, an die keiner denkt.«

»Komm zur Sache«, höre ich Mia leise, aber genervt hinter mir sagen.

»Dieser Auflöser, den ihr nutzt …«

»Solve«, hilft mir ein Sonnengardist auf die Sprünge.

»Dankeschön. Es ist doch ein Gas, oder?«

»Wir nutzen es in zwei Aggregatzuständen, flüssig und gasförmig«, erklärt Hauptmann Malor.

»Wenn es ein Gas ist, dann kann man die Lüftungsanlagen nutzen. So etwas haben Sie doch sicherlich, um eine unterirdische Stadt und die Grenzwache mit Sauerstoff zu versorgen.« An den skeptischen Blicken sehe ich, dass ich auf Abwehr stoße, deswegen beeile ich mich und spreche schneller: »Es geht nur darum, die Stufe abzuschwächen, um im Goldenen Käfig nachzuschauen, ob alles in Ordnung ist und –«

»Das würde unsere gesamten Vorräte aufbrauchen«, geht Mia dazwischen. Warum wird sie eigentlich nicht für unerlaubtes Sprechen getadelt?

Ich drehe mich leicht zu ihr. »Es gibt Lieferservice!«, sage ich es im gleichen Ton, wie Elen Sean zuvor zu Josh Faine.

Elen lacht auf und ich sehe wieder in die Runde.

»Bis die Stufe abgesunken ist, werden euch doch neue Vorräte geliefert, wo ist denn das Problem?«, frage ich. »Und sobald die Stufe auf – keine Ahnung – zehn oder neun ist, lassen Sie die Horrorfans in die Stadt, somit wäre auch die Marketingabteilung glücklich. Und zudem können die Leute schneller aus den Rettungseinheiten geholt werden.«

Die Gesichter verändern sich, ich sehe mehr Zuversicht.

»Ist das praktikabel?«, fragt Elen in den Raum.

»Wenn wir die Belüfter für die Außenanlagen nutzen, dann ja«, sagt mein Vater, auf dessen Gesicht ich einen nicht mehr ganz so finsteren Ausdruck erkenne. »Das bedeutet aber auch, dass jemand raus muss.«

Meine Freude sinkt sofort ab.

»Etwa zu den Alpträumen zurück?«, frage ich.

»Die Alpträume sind im Südosten ausgebrochen, die Lüftungsanlagen befinden sich im Nordosten. Möglich, dass das Gebiet noch nicht befallen ist.«

Stille breitet sich aus, während mein Vater, Elen und Hauptmann Malor Blicke austauschen.

Der Hauptmann klatscht dann einmal in die Hände. »Wir lassen es auf einen Versuch ankommen, wenn es nicht zu gefährlich ist. Holt mir einen Techniker, der sich mit der Außen-Lüftungsanlage auskennt und ich brauche fähige Analytiker für die Sequenzausbreitung.«

»Mia Sawyer ist meine fähigste Analytikerin«, sagt mein Vater und sofort tritt Mia an meine Seite. Also muss meine Idee nicht ganz schlecht sein, wenn sie und die anderen so in Hektik verfallen.

»Ich wäre dabei«, sagt sie. »Einer von der Sequenzwacht muss sowieso raus, um das Solve zu aktivieren.«

»Klasse, wusste doch, dass du ein Naturtalent bist«, flüstert Rick und klopft mir auf die Schulter. Meine Brust weitet sich vor Stolz und beklemmt mich gleichzeitig. Auf irgendeine Weise fühle ich mich, als hätte ich die Träumerin verraten.

»Wir brauchen noch ein paar Freiwillige«, sagt der Hauptmann.

»Schickt mich raus«, schießt es aus meinem Mund.

»Auf keinen Fall!«, setzt mein Vater sofort dagegen. »Dort draußen braucht es fähige Leute und du hast keinerlei Erinnerung.«

»Aber eine starke Motivation, dass die Aufgabe erfüllt wird. Es geht mir um jemanden.«

»Dann bist du emotional involviert.«

»Du offensichtlich auch, denn jeden anderen würdest du schicken. Ich will keinen Vater-Tochter-Schutz, du brauchst mich nicht zu bevorzugen. Es war meine Idee, ich gehe.«

Da ich diese Worte vor versammelter Gesellschaft ausspreche, zwinge ich meinen Vater, unparteiisch zu sein. So viele Freiwillige gibt es sowieso nicht.

»Und ehrlich – *Dad* – die Ausrede mit dem Gedächtnis wird uns beide irgendwann nicht mehr nutzen.«

»In Ordnung«, grunzt er. »Sawyer, Blair und Duke, ihr begleitet den Techniker und aktiviert das Solve. Bereitet euch jetzt gründlich vor.«

Zufrieden wende ich mich Mia zu, doch ihr kalter Blick erinnert mich daran, dass da noch ein paar ungelöste Dinge zwischen uns sind. Vielleicht hatte Dr. Parker recht und ich konzentriere mich wirklich mehr auf das neue Luftschloss, das ich aufzubauen versuche, als um die Ruine, die ich hinterlassen habe.

»Geh mir ja nicht drauf«, sagt Rick nach dem Meeting.

»Werde ich nicht. Und ich bin froh, dass du solange auf Dave aufpasst. Verrate ihm bitte nicht, was ich vorhabe. Es ist besser, wenn er sich nicht unnötig Sorgen macht.«

»Ich erzähle ihm, dass du noch zur Nachuntersuchung bei Dr. Parker abhängst.«

»Ja, ich hänge ab, sag ihm das. Ich melde mich, sobald ich kann.«

»Sonst bekommt er den Gutenachtkuss eben von mir.«

»Ich bin mir sicher, darauf freut er sich. Aber ich dachte, dass du heute ebenfalls die Grenzwache verlassen darfst.«

»Mich wirst du nicht so schnell los, Blair. Ich warte auf dich.«

»Wir waren früher bestimmt beste Freunde.«

Rick fährt schmunzelnd mit den Fingern über sein perfektes Bärtchen.

»Nein, eigentlich nicht. Es war eher –«

»Wieso willst du in diesen Alptraum zurückgehen?«, fragt Elen, die sich zwischen Rick und mich schiebt. »Es sind drei Männer gestorben.«

»Weil ich befürchte, dass weitere Personen sterben, wenn niemand etwas macht.«

Ich sehe zu Rick, doch Elen hebt ihre Hand und schnipst mit den Fingern vor meinem Gesicht.

»Hau ab«, sagt sie an Rick gewandt.

Er sieht prüfend zu mir, woraufhin ich kurz blinzle und er mich dann mit Elen allein lässt.

»Warum musst du da unbedingt raus?«, fragt sie.

»Weil mir eine der Personen etwas bedeutet und ich nicht will, dass andere Leute meine Aufgaben erledigen, während ich mich in Sicherheit verstecke und Kaffee schlürfe.«

»Jetzt spiel keinen Märtyrer!«

Wie kommt es zu dieser Vertrautheit zwischen uns? Ich stelle mir vor, wie ich mit meinem Vater und mit ihr elegant brunche. Es ist mehr meine Fantasie, statt eine echte Erinnerung und ich glaube nicht, dass ich in einem der Fälle Spaß hätte.

»Jessica, wir haben dich extra da rausgeholt«, sagt nun mein Vater, der den Meetingraum verlässt und zu uns kommt. »Schmink es dir ab, du gehst da nicht wieder raus!«

»Hättest du Dave nicht zurückgelassen und die anderen Männer, würden ich es auch nicht wollen.«

»Ja, warum hast du den Kerl dort gelassen?«, fragt Elen.

Mein Vater packt mich grob an den Oberarmen und zieht mich schmerzlich zu sich. »Du willst gar nicht zu den Luftschächten«, zischt er. »Du versuchst, deinen Typen zu retten.«

»Würde ich gern, aber ich weiß, dass ich nicht an ihn herankomme.«

»Roger«, sagt Elen mit einem warnenden Ton und daraufhin lässt mein Vater mich los. »Der Bereich um die Lüftungsanlage ist gegenwärtig sicher, sie wird höchstens einen winzigen Hauch der Sequenz erleben.«

»Aber dieser – Hauch – könnte eine Giftwolke sein«, schnauzt er Elen an, die zusammenzuckt und dann ihre Schultern strafft. Eine Frau in ihrer Position kennt ihren Wert und an diesen erinnert sie sich vermutlich wieder, denn sie nimmt eine kühle, selbstbewusste Haltung an.

»Jetzt bin ich mir sicher, es ist die beste Idee, Jessica da rauszuschicken«, sagt sie und nickt ihm dann zu.

»Du verpulverst meine Tochter, weil du beleidigt bist?«

»Deine Tochter?«, fragt sie kaum hörbar. »Es ist ihre eigene Entscheidung, abgesegnet von Hauptmann Malor. Es wäre besser, du weist Jessica ein, damit sie auch überlebt.«

Beide sehen sich mit dieser leidenschaftlichen Wut an und wäre ich nicht hier, könnte ich mir vorstellen, dass sie übereinander herfallen würden. Doch das passiert zum Glück nicht, denn Josh Faine kommt mit einem Pappbecher heran und hält ihn Elen hin.

»Was ist das?«, fragt sie ihn.

»Der Kaffee, den Sie bestellt haben. Gerade geliefert.«

»Ich soll aus einem Pappbecher trinken?«

»Entschuldigen Sie, ich werde ihn sofort in eine Tasse schütten.« Das klingt zwar sarkastisch, dennoch glaube ich, dass Elen diese Aussage als echt interpretiert, denn sie rollt genervt mit den Augen und nimmt diese piepsige Mutterstimme an, die Frauen oft nutzen, wenn sie mit Babys und Kleinkindern sprechen. »Und dann trinken Sie ihn selbst, mein Lieber.«

»Wie bitte?«

Jetzt wird Elens Stimme wieder zickiger und abwertender: »Sie waren zu langsam, jetzt will ich keinen Frappé mehr. Gehen Sie mir aus den Augen.«

Josh geht auf der Stelle weg und schmeißt den Kaffee in den nächsten Mülleimer. In dem Moment, als Josh den Becher über den Eimer loslässt, entdecke ich darauf ein weiteres Kronen-Logo.

»Ihr seid ja überall vertreten«, sage ich leise.

»Was meinst du?«, fragt Elen.

»Die Krone.«

Mein Vater und sie sehen mich mit hochgezogenen Augenbrauen an.

»Unwichtig«, sage ich.

»Willst du jetzt über mehr Budget sprechen?«, fragt Elen nun meinen Vater, als hätte ich gar nicht gesprochen.

»Vergiss es. Ich habe genug von deinen Kürzungen!«

»Ich wollte dir eine Bewilligung ausstellen. Tja, aber das Angebot ist hiermit zurückgenommen«, sagt sie und stöckelt davon, wobei ihre goldenen Locken fast schon in Zeitlupe hüpfen.

»Verfluchte Elen. Sie macht das andauernd.« Mein Vater ballt die Faust. »Und was dich angeht. Wir müssen dir bald einen neuen Mediachip implantieren. Für solche Missionen wäre das nützlich.«

»Damit du mich besser kontrollieren kannst?«

»Ist das der Grund, aus dem du den Chip entfernt hast? Hast du dich beobachtet gefühlt?«

»Keine Ahnung, aber es fällt mir nicht schwer, es mir vorzustellen. Kann man damit Leute überwachen?«

»Selbstverständlich, das geht seit Jahren schon durch alle Medien. Unsere Mediachips sind jedoch überwachungssicher, vom Militär entwickelt.«

»Klasse! Die Dinger können bestimmt Gedanken lesen und leiten sie direkt an den Präsidenten weiter. Ich lasse mir so etwas nicht erneut einpflanzen; es gab sicherlich einen guten Grund, den Chip zu entfernen.«

»Ohne einen Chip kannst du nicht auf die Sequenzcloud zugreifen und mit niemandem aus dem Team kommunizieren.«

»Ich weiß, wie man den Mund benutzt.«

»Das hilft dir nicht im Einsatz.«

»Dann sorge ich dafür, dass ich stets jemanden mit so einem Vollüberwacher-Chip in der Nähe habe. So lange ich nicht weiß, warum ich meinen entfernt habe, setze ich mir keinen neuen ein.«

»Und wie geht deine Suche nach der Vergangenheit so voran?«

Ich beantworte diese Frage nicht. Irgendwie werde ich den Verdacht nicht los, mein Vater hat etwas mit meinem Verschwinden zu tun. Ich beschließe, ihn im Auge zu behalten, ohne ihm selbst andauernd über den Weg zu laufen. Es lässt sich doch sicherlich eine Menge aus der Ferne herausfinden – hoffentlich nicht alles nur durch diesen dämlichen Mediachip. Vielleicht finde ich einen

Verbündeten, der mir gegebenenfalls digital aushelfen kann, doch erst, wenn ich an meine analoge Grenze stoße.

»Du solltest Dave von deinem Vorhaben erzählen. Mal sehen, wie er die Sache aufnimmt.«

»Mache ich – sobald ich wieder zurück bin.«

»Willkommen zu Hause«, sagt er daraufhin patzig. »Bereite dich vor.«

»Würde ich, wenn ich nicht ständig angeschrien würde.«

Es ist die Überlegung gefallen, die Aufgabe auf den nächsten Tag zu verschieben, damit wir alle ausgeruht starten, allerdings sehen die analytischen Daten nicht gut aus, die Traumsequenz ist stark an unser Zielgebiet vorgedrungen. Morgen früh könnte die Lüftungsanlage überrannt werden. Deswegen befinde ich mich im Crash-Lernmodus. Von mehreren Seiten erhalte ich Anweisungen und versuche, mir wenigstens eine Hand voll davon zu merken.

»Jetzt hätte ich auch gerne ein Aspirin«, sage ich, nachdem die Hinweisbeschallung vorbei ist und wir eine Garage mit vielen Geländewagen betreten.

»Soll ich Josh für dich zum Kaffeeholen schicken?«, fragt Ben Duke.

Es hat sich herausgestellt, dass Ben derjenige ist, der Dave grob behandelt hat, als die Sequenzwacht mich von der Rettungsebene abgeholt hat. Deswegen kann ich ihn nicht leiden. Er scheint ein Draufgänger zu sein, der ständig an seinem Kaugummi kaut und sein frech ins Gesicht gestyltes Haar andauernd mit einer lässigen Kopfbewegung nach hinten wirft. Auch er hat so eine einseitige Brille erhalten, wie Mia. Der Stolz, mit dem er das Gerät trägt, verrät mir, dass es wohl eine große Ehre ist, so etwas zu bekommen.

»Betäuben kannst du dich, wenn wir fertig sind«, sagt Mia an mich gerichtet. »Steigt alle in den Jeep. Blair, du kommst zu mir nach vorn.«

»Ich wollte dieses Baby fahren!«, sagt Ben.

Mia wirft ihm nur einen Mach-kein-Drama-daraus-Blick zu und setzt sich dann ans Steuer. Ihr Fahrstil ist nicht so umsichtig, wie ich es vermutet habe, sie rast und geht scharf in die Kurven. Sogar Ben bejubelt diese Geschwindigkeit; er trommelt mit den Händen auf Mias Sitz, er wirkt, als wäre er auf irgendeiner puschenden Droge.

Wir fahren innerhalb der Grenzwache durch einen ewig langen, breiten Korridor, der mehrmals in die Kurve geht und uns unterwegs an ein paar kleineren Prüfstationen vorbei führt. Die Grenzwache besteht anscheinend aus einer ringförmigen Anlage, die die gesamte Untergrundstadt umfasst. Wie lange würde es wohl dauern, den kompletten Ring abzulaufen? Einen ganzen Tag? Zehn Stunden? Länger? Tief in mir hoffe ich, dass Mia das Fahrzeug nicht zu sehr strapaziert und er nicht liegenbleibt, denn der einsam wirkende Korridor macht mir Angst, trotz der vereinzelten Sonnengardisten, die an den Zwischenstationen Wache halten.

Ich trage die Uniform einer anderen Wächterin. Sie hat mehr Muskeln als ich, weswegen die Kleidung an mir nicht so eng anliegt wie bei Mia, deren Figur einfach perfekt betont wird. Aber ich will nicht auf den Sequenzwächter-Schönheitswettbewerb. Auch die Besitzerin der Uniform hat mich wegen der Tascheninhalte und der digitalen Funktionen unterwiesen, doch das Einzige, das ich in all meiner Aufregung mitbekommen habe, ist der Hinweis, dass der Anzug viele Taschen und Funktionen hat. Er dient als Schutz vor Sequenzangriffe, aber ich habe gesehen, wie toll das in Wirklichkeit klappt. Ich wünschte, ich hätte eine Waffe bekommen, bin aber gleichzeitig froh, keine mit mir zu führen; es wäre fatal, wenn sich jemand auf meine nicht vorhandenen Schießfähigkeiten verlassen würde. Und mit jemand meine ich Mia, Ben und Saab, den Techniker, der uns wegen der Lüftungsanlage zur Verfügung gestellt wurde.

»Was ist das mit diesen Anzügen? Womit sind sie beschichtet, dass sie so …« Ich kann diese wechselnde Metallic-Perlmuttfärbung nicht einmal in Worte fassen.

»Es handelt sich um einen Schutzmantel, eine hochtechnologische Nano-Lackierung«, sagt Saab, der seinen Kopf zwischen Mias und meinen Sitz steckt und aufgeregt spricht. »Winzige Datenempfänger, die im Lack integriert sind. Die Programme, die in den Rettungseinheiten gegen Träume wirken, stecken auch in der Beschichtung und sie schützt dich weitestgehend.«

»Wovor genau? Monster können uns überrennen.«

»Das stimmt, aber es gibt einen Strahlungsschutz, der die Traumkontaminierung abstößt. Bei hohen Stufen ist es leider kaum zu gebrauchen, dennoch lenkt es einen großen Teil der Strahlung ab.«

»Aber heute müssen wir aufpassen, in keine Sequenz zu geraten«, sagt Mia.

An einem kleinen Stützpunkt halten wir an. Ein Gardist kommt zu unserem Wagen und hilft uns mit dem Gepäck. Die Rucksäcke sehen nicht schwer aus, aber ich kann meinen kaum heben. Mit Bens Hilfe bekomme ich die Tasche auf meinen Rücken und hoffe, dass ich mir das unangenehme Knacken in der Wirbelsäule nur einbilde.

»Autsch.«

»Tja, Kleines, du wolltest diese Sache unbedingt mitmachen«, kommentiert Ben meinen Gesichtsausdruck. »Ja, nicht in die Knie gehen, sonst kommst du nicht mehr hoch.«

»Hey, Saab«, sagt der Gardist, der uns kurz darauf zu einem großen Tor neben dem Stützpunkt führt, in dem ich durch die geöffnete Tür weitere Violettuniformierte erkenne. »Bin mir nicht sicher, ob ihr da überhaupt hinausgehen solltet. Die Sequenz hat sich ausgebreitet und wurde in der Nähe der Lüftungsanlage lokalisiert.«

»Wie nah?«, fragt Mia.

»Nicht bedrohlich, aber ihr Sequenzler wisst ja, wie schnell die Lage kippen kann.«

Mia beginnt auf den Knöpfen ihrer Halbbrille herumzudrücken und als Ben ebenfalls damit anfängt, sagt sie grob zu ihm: »Lass es, Duke!«

»Warum?«, fragt er.

Sie sieht Ben finster an. »Nur weil Roger dir den Organizer zugeteilt hat, heißt es nicht, dass du ihn beherrschst. Bleib bei den Grundeinstellungen.«

»Hast du ein Problem mit mir?«

»Ist doch klar, warum er dich geschickt hat. Du handelst und denkst nicht, die perfekte Kampfmaschine als Schutz für seine Tochter. Also, du kämpfst, und ich bin für die Strategie zuständig.«

»Weiber.«

»Leute, so gehe ich da nicht raus«, meldet sich der Techniker. »Ich will meiner Eskorte vertrauen können. Die eine ist ohne Erinnerung und die anderen beiden streiten sich wie kleine Kinder.«

»Du hast keine Wahl«, geht ihn Mia an. »In deinem Arbeitsvertrag gibt es eine Risiko-Klausel, die erlaubt, der Sean-Corporation, dich zu den Wartungsarbeiten hinauszuschicken, sollte die Stadt in Gefahr sein. Und glaube mir, Elen sorgt mit ihren Juristen dafür, dass du leidest, wenn du uns heute im Stich lässt. Vermutlich wird die Anklage auf dreifachen Mord gehen, vielleicht sogar höher, denn nehmen wir an, die Menschen in den Rettungseinheiten sterben, wem klebt das Problem anschließend an der Backe? Dann wirst du erfahren, wie es so ist, die Träumerin zu sein. Schauen wir mal, ob dein Käfig in dem Fall auch aus Gold besteht.«

Die Stimmung ist drückend, nur ein falsches Wort und sie könnte explodieren. Doch es wird nichts mehr gesagt, offensichtlich entspricht das der Wahrheit.

Mia macht die letzten Einstellungen auf ihrer Organizer-Brille, dann gibt sie dem Gardisten das Zeichen uns durchzulassen.

»Die Traumsequenz ist weit weg, wir schaffen das«, sagt sie.

»Viel Glück«, sagt der Sonnengardist und tippt einen siebenstelligen Zahlencode ein, woraufhin das Tor sich mit einem zischenden Geräusch öffnet.

Als wir hindurchgehen, gelangen wir in einen langen Tunnel, der mir wieder einmal bewusst macht, wie massiv die Mauern der Grenzwache sind und dass wir diesen Schutz gerade freiwillig aufgeben.

Irgendwie habe ich mit einem Alptraum gerechnet, der sich jenseits des Tores aufbaut, sobald wir über die Schwelle treten, doch wir gelangen auf einen weiteren Gang, der in einer großen Halle endet, aus der mehrere verschiedene Korridore und Treppen wegführen, genauso wie auch auf dem Weg zur Grenzwache. Unter der Erde scheint alles so auszusehen. Wie die Untergrundstadt wohl ist? Leben die Bewohner in den Häusern, die zuvor aus der oberen Stadt evakuiert wurden?

Ich sollte Angst haben, mir sogar wünschen, auf der Stelle umzukehren, doch innerhalb des Schutzes wartet noch mehr Sport auf mich, aber niemand, den ich wirklich sehen will. Mir ist bewusst, dass ich Dave von dieser Seite der Grenzwache nicht finde, ohne garantiert auf Monster zu treffen, aber Vaters Reaktion war eindeutig: Auf Umwegen wäre es dennoch zu schaffen. Jetzt ist aber keine Zeit für naive Rettungsversuche. Unsere Aufgabe wird mehr helfen, das weiß ich.

Die Behälter mit dem flüssigen Solve sind verdammt schwer. Vielleicht wären ein paar weitere Sequenzwächter von Vorteil. Was Mia und Ben kaum in die Knie zwingt, ist für Saab und mich eine bremsende Herausforderung. Zum Glück drängt uns niemand. Die erfahrenen Wächter sehen sich gründlich um und tragen ihre Gewehre mit der Solveladung schussbereit.

Als ich mich ebenfalls etwas umsehen möchte, komme ich ins Straucheln und Mia ist es, die mich vor einem Sturz bewahrt, indem sie mich am Oberarm zu fassen bekommt und mich stabilisiert.

»Pass doch auf!«, zischt sie mir grob entgegen.

»Okay, ich habe keine Ahnung, was ich euch getan habe. Und es tut mir leid, dass meinetwegen eure Kameraden tot sind, aber …«

Mia lächelt arrogant und schaut auf mich herab.

»Sie sind nicht deinetwegen gestorben, Blair. Dein Vater hat sie auf diese beschissene Mission geführt, um deinen Hintern zu retten. Du wolltest nie eine Prinzessin sein, aber sieh dich hiermit als gekrönt an.«

»Was soll das bedeuten?«, frage ich.

»Das werden wir jetzt nicht klären. Es geht heute um etwas. Reiß dich zusammen, es wird nicht geplaudert. Wir sind keine Freunde, Blair.«

Ben prustet, woraufhin Mia ihm einen warnenden Blick zuwirft.

»Gilt auch für dich, Duke.«

»Uh, jetzt habe ich aber Angst.«

»Solltest du«, entgegnet Mia. »Solltet ihr alle. Wir sind nur zu viert, nehmt diese Aufgabe also ernst.«

Mir scheint, als hätte die Luft hier draußen eine gewisse Sättigung an Alpträumen in sich gespeichert und wir entladen sie in einem Streit.

»Ich mag es, wenn Miezen ihre Krallen ausfahren. Warum ist hier kein Schlamm? Das wäre die perfekte Gelegenheit«, fleht Ben und führt ab da ein Selbstgespräch, in dem er über hübsche, knappbekleidete Frauen spricht, die in Zeitlupe miteinander kämpfen.

Niemand fällt ihm ins Wort. Es ist keine gute Unterhaltung, aber besser als ein Streit oder die Stille, die ein Köder für unheimliche Gedanken ist.

»Hast du Angst?«, höre ich plötzlich eine Mädchenstimme. »Komm endlich zu mir!«

Ich schaue zu den anderen, ob sie ebenfalls auf die Stimme reagieren, doch sie scheinen sie nicht wahrzunehmen. Ben zählt weiterhin selbstzufrieden seine Lieblingsfarben für Bikinis auf.

Es ist also wieder nur mein Kopf. Konzentriert lausche ich in die Stille, ob ich noch mehr höre, doch es bleibt ruhig. Ich atme tief durch.

Der Weg, den wir gehen, hätten wir im Laufschritt innerhalb zwanzig Minuten geschafft, so sind wir allerdings gefühlt eine Stunde unterwegs, bis wir die gewaltige Lüftungsanlage aus der Ferne erkennen. Sie sieht genauso unspektakulär aus wie die gesamte

Außenanlage, im Grunde besteht sie nur aus einem großen Gebäude unter der Erde.

»Diese Brücke noch«, sagt Mia.

Sie meint die lange Steinbrücke, die über einen weiten Bereich führt. Als wir hinüberlaufen, stellt sich mir die Frage, ob ich überhaupt eine Chance habe, allein zur Grenzwache zurückzufinden, sollte mit den anderen etwas passieren. Die Gänge, Ebenen und Treppen sind wie ein Labyrinth aufgebaut. Ich finde mich hier doch niemals zurecht, wie könnte ich da jemals die Rettungsebene erreichen, die vermutlich Meilen von hier entfernt ist. Mein Vater hat mir viel zugetraut, warum?

»Wartet, da ist irgendetwas«, sagt Ben und deutet nach Osten.

Wir bleiben sofort stehen, denn das, was wir dort sehen, passt so gar nicht in diese statische Welt aus kahlen Wänden und Treppen. Es ist mehr ein gräulicher Rauch oder ein wehender Stoff in unvorstellbaren Ausmaßen.

»Das ist eine Sequenz«, sagt Mia, die wieder an ihrer Brille tippt.

»Und ihr glaubt mir nicht, was das ist«, sagt Saab.

Als ich mich umständlich mit dem gesamten Körper zu ihm umdrehe, um keine Rückenschäden zu riskieren, sehe ich, dass er eine Brille mit violetten Spiegelgläsern trägt, deren Gestell weich und elegant aufleuchtet.

»Kannst du etwas erkennen?«, frage ich.

Er nimmt die Gläser sofort ab und reicht sie mir. Seine Augen sind aufgerissen und sein Gesicht ist blass.

Schnell setze ich die Brille auf und blicke nach Osten. Sie ist eine Art Hightech-Vergrößerungsglas, das mit fließenden Übergängen zoomt und sich meinem Augenfokus anpasst.

»Es ist kein Rauch«, sage ich dann fasziniert.

Eine regelrechte Horde bewegt sich auf uns zu. Diese Wesen haben nichts mit den Monstern zu tun, die uns auf der Rettungsebene angegriffen haben. Das hier sind graue Kreaturen, die in gebückter, demütiger Haltung laufen. Sie tragen nur Lumpen und haben keinerlei Behaarung, jedoch viele tiefe Falten überall an ihrem dürren Körper. Weil sie so dicht beieinander gehen, stoßen sie sich unbeabsichtigt gegenseitig leicht zur Seite und fangen sich aber auch gleichzeitig wieder auf. Diese stolpernde, beinahe fallende Bewegung der Masse lässt sie von Weitem wie Rauch oder im Wind wehenden Stoff aussehen. Es ähnelt einer Welle, auf der ich ein Schiff vermuten würde, doch da ist etwas anderes: Etwa ein Dutzend heller Gestalten laufen über die Schultern der grauen Kreaturen. Sie ähneln uns Menschen, nur sind sie wunderschöner als jedes Model und irgendwie auch düster. Meine Augen fokussieren sich auf so ein Wesen und die Brille passt die Nähe an, sodass ich den leeren Blick und das tot wirkende Gesicht betrachten kann. Wie soll ich es anders bezeichnen? Es sieht aus, als wäre alles Leben aus ihm gewichen, obgleich es voller Energie und Perfektion erstrahlt. Wenn ich an Götter glauben würde, dann sähen sie für mich so aus.

Ich zoome heraus und mustere die Kleidung der Götterwesen, sie ist kaum fassbar; scheint aus unsichtbarer Luft zu bestehen, die Wesen sind jedoch nicht nackt, sondern natürlich wandelbar. In einer Sekunde scheinen sie Stoff zu tragen, in der nächsten nicht. Aber eine Sache führen sie zweifelsohne mit sich: Eine große Sanduhr, die sie locker unter dem Arm oder mit beiden Händen vor ihrem Herzen halten. Diese Uhren enthalten keinen Sand, winzige Kristalle rieseln herab wie kleine Diamanten. In der Uhr des Wesens, das die Truppe anführt, ist der Inhalt bereits komplett durchgelaufen.

»Was siehst du?«, fragt Mia.

Ich will gerade die Brille weiterreichen, als ich bemerke, dass das Wesen seine Uhr loslässt. Sobald sie auf die gräulichen Kreaturen unter ihm trifft, springt sie auseinander und entlässt die Kristalle in alle Richtungen. Dort wo sie landen, entstehen auf der Stelle weitere Untertanen – gewaltig viele. Wie aus dem Nichts tauchen sie auf und reihen sich in das Gedränge ein.

»Habt ihr das gesehen?«, frage ich stimmlos und Mia reißt mir die

Brille vom Kopf, sodass das Bild verschwindet, mein Gehirn dieses jedoch sofort in meine Erinnerungen einbrennt.

Die Menge ist noch immer weit von uns entfernt, aber wenn die sich so extrem vermehrt und ihre Richtung nicht ändert, erreicht sie uns möglicherweise schneller, als wir unsere Aufgabe erledigen können.

»Wahnsinn«, höre ich Mia sagen.

»Gib mir auch mal«, sagt Ben.

Mia läuft los und reicht ihm beim Vorbeilaufen die Brille. »Keine Zeit zu verlieren. Saab, mach dich bereit, wir sind gleich da.«

Der Techniker und ich laufen ihr hinterher, hastiger als zuvor. Es hieß, die Sequenz sei in der Nähe, aber ich habe nicht vermutet, dass wir schon Blickkontakt haben. Egal, was diese Wesen da anstellen und welche übernatürlichen Kräfte sie besitzen, es reicht lediglich aus, dass sie uns tottrampeln.

»Boah!«, höre ich Ben sagen. »Was für ein Jammer, dass wir das nicht in die Netzwerke stellen dürfen. Nicht einmal wir bekommen so etwas zu Gesicht. Diese Alpträume sind goldwert. Sawyer! Können wir eine Ausnahme machen?« Er läuft uns nach und hat keine Schwierigkeiten uns einzuholen und sogar zu überholen.

»Du kennst die Regeln«, sagt Mia knapp.

»Wann bist du so langweilig geworden, Sawyer? Wollen wir wenigstens wetten? Das liebst du doch. Fünfzig Mäuse darauf, dass die Biester uns heute noch hinterherrennen?«

»Wenn du deswegen extra langsam machst, dann vergiss es.«

»Nie wettest du mit mir!«

»Deine Einsätze sind nicht lukrativ für mich. Außerdem nutzt du die unpassendsten Begebenheiten. Weißt du noch, damals, in der Sequenz, in der ein Speerwerfer zwei Menschen getötet hat? Da wolltest du darauf wetten, dass es zehn Tote gibt. Checkst du dich noch?«

»Da hättest du gewonnen.«

»Passiert es oft, dass Sequenzen töten?«, frage ich.

»Nein, aber besonders solche Träume bleiben ewig in Erinnerung«, sagt Saab. »Der Speerwerfer ist zu einer Ikone aufgestiegen; ist schon abartig, wenn man bedenkt, wie viele Menschen schwer verletzt wurden.«

Es will mir nicht in den Kopf gehen, dass etwas so Gefährliches verehrt wird. Aber es sollte mich nicht wundern, denn Tabak, Drogen und Zucker werden ebenfalls verherrlicht.

»Was war denn so besonders an diesem Speerwerfer?«, frage ich. »Man hat ihn doch nicht wirklich wegen der Toten angehimmelt?«

»Er war der schwerstzufassende Traum aller Zeiten«, sagt Ben stolz, als hätte er ihn höchstpersönlich erschaffen. »Hat durch Teleportation ständig seine Position gewechselt, wie ein Geist.«

Mia schüttelt den Kopf. »Man hat ihn zu klein eingestuft – Stufe drei.« Sie lacht verächtlich. »Er war eine Zehn. Hat sich aber angefühlt wie eine Zwölf. Er hat übrigens die Stadt unsicher gemacht, kurz bevor du abgehauen bist.« Sie senkt ihre Stimme. »Die Zeit war ein regelrechtes Chaos.«

»Stimmt, das Ding hätte Blair fast den Schädel aufgespießt«, ruft Ben aus.

»Was?«, frage ich entsetzt und greife mir an den Kopf. »Kein Wunder, dass ich hier wegwollte.«

»Dir ist ja nichts passiert, Kleines. Sag mal, Blair, was ist mit dir? Fünfzig Mücken?«

»Ich habe nicht einmal Kleingeld für den Snackautomaten«, entgegne ich und versuche, die Vorstellung meines aufgespießten Kopfes zu vertreiben – oder einer Kristalluhr, die schwere Monster über mich schüttet, die mich ersticken.

»Was denn, hat dir Daddy das Taschengeld gestrichen?«

»Vielleicht bin ich eine Minimalistin?«

»Das ist doch längst out. Horten ist das Umweltbewusstsein von heute.«

»Schließ von dir nicht auf andere, Ben«, sage ich. »Für mich zählt dieser Trend bestimmt nicht.«

»Ich denke doch«, sagt Mia. »Du kannst dich von nichts trennen. War deswegen überrascht, dass dir die Flucht aus dem Königreich so leichtgefallen ist.«

»Wow, ein persönliches Gespräch«, sage ich und will eigentlich nicht so sarkastisch klingen.

»Und damit ist erst einmal Schluss«, sagt sie, als sie vor der Tür der Lüftungsanlage stehenbleibt. »Saab, jetzt bist du dran.«

Sobald wir die Lüftungsanlage betreten, wird der Techniker aktiv. Zunächst setzt er seinen schweren Rucksack ab und verwandelt sich in jemanden, der sich hier zuhause fühlt. Seine Handgriffe sitzen, er legt hier einen kleinen Schalter um, gibt dort Zahlen ein, dreht an Ventilen und klettert eine Leiter hinauf, um irgendwelche Messungen durchzuführen. Sobald er wieder unten ist, sieht er uns schelmisch an. »Wollt ihr eine Führung?«

»Nicht heute«, sagt Mia. »Was genau sollen wir jetzt machen?«

»Ich habe die Filteranlage für zwei Stunden ausgeschaltet, ihr könnt das Solve direkt in den Lüftungskanal geben. Da gibt es sieben Schachtsysteme, ihr könnt sie alle nutzen, dann verteilt sich das besser.«

»Wir brauchen nicht alle. Zeig uns nur die für die befallenen Areale.«

»Das wären zwei Bereiche. Hier entlang.«

Saab nimmt seinen Rucksack und schleift ihn leicht über den Boden. Ben und Mia stürzen sich fast schon panisch darauf und helfen ihm, die Tasche auf den Rücken zu befördern.

»Solve ist für uns nicht direkt gefährlich, aber im Körper willst du es nicht haben«, erklärt Ben.

»Was genau ist das Solve?«, frage ich.

Ben sieht mich mit einem zweideutigen Blick an. »Das ist unser Traum-Inferno, Babe.«

»Ja, so wird es auch genannt«, sagt Mia knapper. »Wir lösen die Träume nicht wirklich auf, wir zerstreuen sie in der Zeit.«

»Genaugenommen sind es winzige Programmspeicher«, erzählt Saab. »Sie manipulieren die Zeit der Traumsequenz und verbrauchen sie dadurch. Eine Art Alterungsprozess.«

»Das Zeug sollte nicht in deine Anti-Aging-Creme geraten«, sagt Ben kaugummikauend. »Nicht, dass du es nötig hättest, Blair.«

»Erzähl keinen Unsinn, Duke«, entgegnet Mia. »Auf Menschen wirkt das nicht auf die gleiche Weise, aber es löst gelegentlich Allergien aus. War bei dir immer so.«

Wir tauschen einen Blick aus, er ist tief und kitzelt in mir etwas wach, ein bekanntes Gefühl der Vertrautheit. Dann löst Mia diese Verbindung, in dem sie ihre harte Miene aufsetzt und wegsieht.

Das Labyrinth der Außenanlage verläuft hier weiter. Ben schlägt mir vor, Nachhilfeunterricht in Ortskunde zu geben, mit dem kleinen zweideutigen Zusatz: »Du weißt schon, was ich meine.«

Welchem Zweck dient diese Bauweise? Befürchtet die Sean-Corporation ein persönliches Massaker der Träumerin, sollte sie es schaffen, aus dem Goldenen Käfig auszubrechen? Oder hat das Königreich mehr Feinde?

Glücklicherweise kennt sich Saab hier so gut aus, dass er durch die Gänge gleitet, als tanze er auf seinem ganz persönlichen Ball. Er ist vollkommen in seinem Element. Selbst der schwere Rucksack scheint ihm kaum noch etwas auszumachen.

»Hier kann die eine Gruppe arbeiten«, sagt er und bleibt neben einem größeren Metallkasten stehen. »Und einer begleitet mich.«

»Duke geht mit dir«, ordnet Mia an. »Was machen wir?«

Saab öffnet den großen Kasten, der mehr einem hochtechnologischen Schrank ähnelt oder einem luxuriösen Zugang zum begehbaren Kleiderschrank einer High Society Dame. Selbst hier gibt es ein silbern glänzendes Kronen-Logo der Sean-Corporation. Wozu verschwendet die Organisation das Geld für so eine edle Verzierung der Lüftungsanlage? Das ist übertrieben und fühlt sich falsch an.

Als ich die Krone skeptisch betrachte, flackert die Umgebung auf und im nächsten Moment finde ich mich in einem schwach erleuchteten Raum wieder. Verbeulte, flaschengrüne Spinde weisen auf einen Umkleideraum einer Turnhalle oder Ähnliches. Weiter hinten scheint ein undichtes Rohr stetig Wasser zu verlieren, ein penetrantes Tropfen ist zu hören. In einem geöffneten Schrank erkenne ich eine Tarnjacke, sie hat einen sandigen Farbton. Ich gehe einen Schritt auf diese Jacke zu, um sie mir genauer anzusehen, doch plötzlich knallt die Spindtür von allein zu und gibt mir die Sicht auf ein kleines Namensschild frei.

D. Warren.

Diesen Namen zu lesen, versetzt mir einen Schock, der mich aus meiner Erinnerung stößt.

»Hab's verstanden«, höre ich Mia sagen.

»Was war das?«, frage ich stimmlos.

»Gut«, sagt Saab und führt Ben daraufhin weiter.

Ich sehe ihnen eine Weile nach, ohne sie wirklich anzusehen. Ich war während Saabs Erklärung abwesend, doch was genau war das? War das eine Erinnerung? Eine Vision? Zeitreise? Was war das für ein seltsamer Ort und was hat es mit Dave zu tun?

»Trödele nicht«, ruft Mia.

Sie geht gerade durch den geöffneten Schrank und holt mich in die Realität zurück. Der Schrank ist tatsächlich eine massive Tür, die durch einen kurzen, schmalen Korridor in einen hellen Raum führt.

Mia setzt bereits ihren Rucksack ab und dehnt sich, während sie ihre Schultern und Arme massiert.

Ich folge ihr und halte mich an allem, was ich finde fest, an der massiven Tür und an den Wänden im kurzen Gang. Beim Betreten des Raumes blicke ich automatisch hoch, denn mir fallen die Luken an der Decke auf; sie sind deutlich größer als bei einem Flugzeug. Hinter dem Glas erkenne ich Dunkelheit, vermutlich ist dort ein gewaltiger Schacht.

»Ich glaube, davon hat Saab gesprochen.«

Mia geht zu einem Ventil an der Wand. Ein leichter Luftzug streichelt meine Haut, sobald sie am Rad dreht. Die Luken gleiten dabei zur Seite, was den Luftzug noch verstärkt.

»Runter mit dem Rucksack, jetzt brauchen wir ein Traum-Inferno«, sagt Mia, die auf mich zugeht und mir dann mit der Tasche hilft.

Als die Last nicht mehr meinen Körper beschwert, nehme ich eine Leichtigkeit wahr, die mich aufrichtet und gedanklich sogar mit dem Luftzug zu den Luken hebt. Mir entfährt ein glücklicher Seufzer und ich schließe die Augen. Für einen Moment gebe ich mich dem Sog hin und sobald ich meine Augen wieder öffne, befinden sich meine Arme auf Brusthöhe; ich ähnele einem Vogel, der gleich losfliegt.

»Freiheit«, flüstere ich.

»Würdest du mir bitte helfen, Free Bird?

Ich wende mich Mia zu, schlage überflüssigerweise mit meinen Schwingen ein paar Mal durch die Luft und erhalte einen von Mias inzwischen berühmten abwertenden Blicken.

»Ich helfe dir«, sage ich mit dem Gefühl, mich lächerlich gemacht zu haben.

Die Solve-Behälter sind mit einer Zeitöffnung versehen, so kann sich das Gas freisetzen, wenn wir längst weg sind. Falls etwas schiefgeht, bin ich froh, nicht in dem grünen Ekelzeug zu stehen, der Spritzer, den ich vor wenigen Tagen abbekommen habe, war schmerzlich.

»Sind das wirklich alle Solve-Vorräte?«

»Überhaupt nicht. Wir haben noch genug, um später die komplette Sequenz aufzulösen. Wir machen sie platt – bis zum kleinsten Zombiepups.«

Während wir die Behälter auf die gleiche Uhrzeit einstellen, bemerke ich, dass Mia mich mustert.

»Was ist?«, frage ich sie, als ich es nicht mehr ignorieren kann.

»Ich versuche mich an dein Umstyling zu gewöhnen. Die dunkle Farbe steht dir gut, aber es ist nicht so vertraut. Warum hast du es gefärbt? Das wolltest du früher ums Verderben nicht.«

Ich zucke mit den Schultern, was ich sofort bereue, denn der schwere Rucksack hat vermutlich irgendetwas gezerrt, was schmerzlich ist.

»Wollte sicher nicht erkannt werden«, antworte ich.

»Hmmm«, ist das Einzige, das Mia daraufhin sagt. Dann senkt sie ihren Kopf und kümmert sich wieder um die Solve-Behälter.

»Lassen wir das Zeug hier so stehen?«, frage ich, obwohl ich eigentlich etwas Persönliches wissen will. Warum traue ich mich nicht?

»Ja, das Solve wird einfach da hochgezogen.« Mia deutet mit ihren Augen zur Decke.

Nachdem wir und die Jungs fertig sind, machen wir uns auf den Rückweg. Auf der Brücke gehen unsere Blicke automatisch nach Osten. Uns erwartet eine schreckliche Überraschung: Die Horde ist weiter vorangerückt, wir können sie sogar mit dem normalen Auge erkennen. Selbst die leeren, toten Gesichter der Kristalluhr-Wesen sind so nah. Sie lösen in mir ein Gefühl der Traurigkeit aus.

»Ich glaube, deren Kristalle erneuern sich«, sage ich. Das Wesen, dessen Glas ich vorher noch zerspringen sah, hält ein neues in den Händen.

»Oh Gott, oh Gott, oh Gott!«, sagt Saab, der nun völlig verkrampft. Von einem selbstbewussten Techniker verwandelt er sich innerhalb von Sekunden in eine menschliche Rosine: klein und in sich zusammengezogen.

»Lauft einfach«, sagt Mia und holt eine grüne Kapsel aus der Tasche. »Duke, Barrieren bereithalten.«

Auch Ben greift nach so einer Kapsel.

Weil wir noch immer wie angewurzelt auf der Brücke stehen, sieht Mia uns fordernd an. »Los jetzt!«

Wie auf Knopfdruck setzen wir uns in Bewegung. Ohne die Last auf dem Rücken bin ich schnell und fühle mich federleicht.

Die beiden Sequenzwächter werfen ihre Kapseln über die Brücke. »Barrieren gezündet«, ruft Mia, als wäre unsere Truppe mehrere Dutzend Mann stark. Sie ist in ihrem Wächter-Modus.

Auf dem Weg zurück zum Stützpunkt aktivieren sie und Ben weitere Kapseln. Nach einer Zündung bleiben wir stehen, weil Mia mit ihrer Brille überprüfen will, ob die Solve-Behälter freigesetzt wurden.

»Sie öffnen nicht«, flüstert sie.

»Was?«, fragt Saab. »Auf keinen Fall sehen wir nach. Das schaffen wir nicht. Sie sind da!«

Aus der Richtung, aus der wir gerade kommen, ergießt sich die Masse grauer Kreaturen über den weiten Korridor und mündet dann in die große Halle.

»Ja, abhauen!«, sage ich.

»Scheiße«, sagt Mia. »Sie öffnen noch immer nicht.«

»Ist egal!«, schreit Ben.

»War das alles umsonst?«, frage ich.

Wir sind nicht mehr nervös, wir sind voller Panik, denn die Kreaturen sind verdammt schnell, keiner von ihnen stolpert über die eigenen Füße wie zu Beginn. Wenn unser Plan wirklich gescheitert ist, wird dieser Alptraum stärker und lässt uns nicht in Ruhe.

Träumerin, warum tust du uns das an?

Als Antwort überschlagen sich die Ereignisse so rasant, dass die Zeit für einen Moment zur ohrenbetäubenden Stille wird und sich dann mit einer plötzlichen Explosion wieder entfaltet.

Die Verwirrung steht uns ins Gesicht geschrieben.

»Was war das?«, fragt Mia, die nun so wild auf ihrer Brille herumdrückt, dass sie mehrfach eine Fehleingabe macht und sie das sichtlich frustriert. Sie keucht durch zusammengebissene Zähne und ballt eine Hand zur Faust.

»Sind die Behälter etwa explodiert?«, frage ich.

Keiner kann die Detonation einordnen, sie scheint weit weg zu sein.

»Nein«, antwortet Ben. »Das war südlich. Hauen wir jetzt ab?«

»Ja!«, sagt Mia nun erleichtert. »Alle Behälter geöffnet!«

In dem Moment treffen die grauen Kreaturen auf unsere Barriere, nur dass sie sich nicht gegen sie werfen und sich opfern, wie die Zombies auf der Rettungsebene. Sie bauen stattdessen eine Pyramide, in dem sie sich gegenseitig auf die Schultern stellen.

»Wie hoch ist die Barriere?«, frage ich.

»Nicht hoch genug«, sagt Mia. »Bewegung!«

Also laufen wir weiter. Ich sprinte wie eine Wilde und bin Rick unglaublich dankbar dafür, dass er mich in den letzten Tagen körperlich so stark angetrieben hat.

Der rettende Stützpunkt ist in Sichtweite und als ich sehe, dass das Tor bereits aufgeht, wage ich einen Blick zurück. Die Kreaturen haben das obere Ende der Barriere erreicht und überwinden die unsichtbare Schranke. Wie ein Schwarm kleiner Käfer stürzen sie auf unsere Seite. Ich sehe nicht mehr hin, mir ist es egal, ob diese Monster am Boden zerschellen oder uns weiterhin nachjagen. Ich sprinte nur noch zum rettenden Stützpunkt, erreiche den tiefen Gang und werde von einem Sonnengardisten am anderen Ende aufgefangen. Der Aufprall unserer Körper presst mir die Luft aus den Lungen und ich halte mich panisch an dem Mann fest.

»Doppeltor verriegelt!«, höre ich einen anderen Mann rufen, was jedoch nicht dazu führt, dass ich sofort von meinem Gardisten ablasse. Er hält mich auch weiterhin in den Armen und klopft mir aufmunternd auf den Rücken.

»Hast es geschafft«, sagt er und seine Stimme vibriert durch meinen Körper und beruhigt mich dadurch.

Ich stabilisiere meine Atmung und lasse ihn dann mit einem dankbaren Blick los. Er packt mich an den Schultern und nickt mir zuversichtlich zu.

»Alles gut?«, fragt er.

»Bin okay.«

»Schön.« Er lässt mich stehen und gibt dann die Anweisung, weitere Schutzmaßnahmen für den Stützpunkt zu aktivieren.

Wir bleiben eine halbe Stunde bei den Sonnengardisten, um zu Kräften zu kommen. Man bringt uns Wasser, an dem wir schweigsam nippen.

»Es hat geklappt, oder?«, frage ich schließlich noch mal nach.

»Hat es«, antwortet Mia und ich erkenne wieder diese Vertrautheit in ihrem Gesicht. »Jetzt müssen wir abwarten, ob alles verläuft, wie wir es uns vorgestellt haben.«

»Und was ist mit der Explosion?«

»Da werden sich andere drum kümmern. Ich habe schon die Sonnengarde gefragt, hier im Stützpunkt weiß keiner darüber Bescheid. Fragen wir in der Hauptwache nach, sobald wir zurück sind.«

Ich lehne mich erschöpft in meinen Stuhl und sehe zur Deckenleuchte. »Müssen wir wieder in Quarantäne?«

»Es gab keinen direkten Kontakt mit der Sequenz«, antwortet Ben.

»Das ist eine gute Nachricht. Puh. Ich werde diesen Ort immer mit Wegrennen von komischen Horrormännchen in Verbindung bringen.«

»Warts ab«, sagt Mia und lächelt mich sogar an. »Übrigens gute Arbeit, Leute. Ihr könnt stolz auf euch sein.«

Auf der Rückfahrt spricht keiner, alle haben starre Blicke, selbst Ben, den ich durch den Rückspiegel betrachte, ist jede Leichtigkeit und Arroganz abhandengekommen. Kaum vorzustellen, dass dieser Mann noch auf der Hinfahrt ein Speedjunkie war. Saab hat es psychisch stärker getroffen, seine Haltung ist verkrampft, die Hände hat er zwischen die Oberschenkel geklemmt und er wippt wie ein Verrückter vor und zurück. Und ich selbst? Ich bestehe nur aus Bildern und Zittern, aber auch Zuversicht. Die Mission ist geglückt, es geht bald bergauf.

Vielleicht irre ich mich aber auch. Mit der Explosion hat in der Grenzwache ebenfalls niemand gerechnet, sie hat die gesamte Sonnengarde aufgeweckt. In der Hauptwache ist es wie in einem Ameisenhaufen, alle laufen chaotisch durch die Gänge, was dennoch eine gewisse Ordnung mit sich bringt, denn jeder scheint zu wissen, wo er hin muss und was seine Aufgabe ist. Nur ich nicht – wieder einmal.

Mia und Ben verschwinden, sobald sie das Chaos sehen – auch sie scheinen ganz genau zu wissen, was zu tun ist. Ich will zur Kantine gehen, um das vergessene Tablet zu holen und damit ich Dave von der Lage erzählen kann, doch dann sehe ich Saabs apathisches Gesicht. Ihn hier alleinzulassen kommt nicht in Frage. Aber was soll ich mit ihm anstellen? Er steht unter Schock und braucht sofort Betreuung. Da kommt mir nur Dr. Parker in den Sinn.

»Komm mit, Saab, ich möchte dir jemanden vorstellen.«

Zum Glück schreit er nicht los, als ich seine Hand nehme und ihn zur medizinischen Notstation führe. Unterwegs fällt nicht ein einziges Wort, aber um uns herum ist es auch so ziemlich laut.

Die medizinische Notstation ist das Kontrastprogramm zur Grenzwache, denn hier herrscht eine andere Art von Anspannung. Niemand rennt, die Gänge sind leer, es ist alles wie ausgestorben, bis wir zur Rezeption kommen und auf eine Wand aus Ärzten und Pflegern stoßen. Worauf warten sie? Auf eventuelle Verletzte von der Explosionsstelle?

»Jessi!«, sagt Lukes. Er löst sich aus der Medizinermeute und kommt auf uns zu. »Was fehlt euch?«

»Das ist Saab, unser Techniker – ich glaube, er hat einen Schock erlitten.«

»Schockpatient!«, ruft der Pfleger in die Meute und eine Ärztin nickt dann einem Mann zu, der Saab daraufhin in einen Rollstuhl setzt.

»Behandeln Sie ihn gut«, sage ich zu ihm. »Er ist ein Held.«

Der Mann lächelt mich freundlich an und rollt Saab zu der Ärztin, die beide gleich in einen Behandlungsraum führt.

»Ihr wisst, dass das hier unheimlich ist?«, frage ich Lukes und schaue zu den anderen Wartenden. Ich fühle mich beobachtet.

»Es ist besser, wir warten sinnlos, als dass bei einem Notfall niemand da wäre. Mit dir alles in Ordnung?«

»Ja. Wo ist Dr. Parker?«

»Er wurde in die Stadt gerufen. Soll ich ihm etwas ausrichten?«

Lukes sieht mir so direkt in die Augen, dass man meinen könnte, dass er über die Kontaktlinsen Bescheid weiß. Und das bereitet mir Unbehagen.

»Nein, eigentlich nicht. Aber weißt du, was es mit der Explosion auf sich hat?«

»Es gibt Vermutungen. Geldgeile Horrorjunkies haben wohl versucht, in die Stadt einzudringen. Alpträume filmen, verstehst du? Die haben das Außen-Kommunikationssystem flachgelegt.«

Ich ziehe die Luft scharf in meine Lungen.

»Ja, oder?«, fragt er anklagend. »Wenn diese Trottel nicht sterben, dürfen sie so richtig blechen.«

»Lukes, das Kommunikationssystem?« Für mich sind die Eindringlinge im Moment nicht wichtig, denn ich weiß, dass sobald sie die Alpträume sehen, von selbst das Weite suchen werden. Doch wenn Dave niemanden mehr von der Grenzwache zu sprechen bekommt, dann …

»Verlier dich nicht im Traumland, *Jey*«, denke ich an die Worte, die er als Letztes an mich gerichtet hat.

Seit Daves Krönchenkeks-Überraschung haben wir nicht mehr videotelefoniert. Wie soll ich unter diesen Umständen die Grenzwache verlassen? Ich bereue es, nicht häufiger mit ihm gesprochen zu haben und auch, weil ich ihm nicht von meiner Aufgabe erzählt habe. Die Information über eine baldige Linderung hätte ihm Mut gemacht.

»Entschuldige«, sage ich und renne los.

Ich muss jemanden sprechen, der Genaueres weiß. In dem Durcheinander entdecke ich kaum Sequenzwächter. Die Uniform ist fast ausschließlich violett. Es ist Mia, die ich deswegen aufsuche und aus der Menge ziehe.

»Fakten bitte«, sage ich.

Mia schiebt mich in eine ruhigere Ecke.

»Die Kommunikationsverteilung ist beschädigt«, sagt sie leise. »Hör zu, dein Vater will, dass du im Aufenthaltsraum auf ihn wartest.«

»Wie ein kleines Mädchen, das aus allem rausgehalten werden muss?«

»Die Meisten werden aus vielen Dingen herausgehalten, Jessica.« Es ist das erste Mal, dass sie mich mit meinem Namen anspricht. »So läuft das hier ab und siehst du uns weinen? Such den Aufenthaltsraum auf und warte, ich muss noch etwas erledigen.«

Sie wendet sich von mir ab, bleibt jedoch stehen und kommt zurück. »Du brauchst Nervennahrung.« Sie drückt mir ein paar Münzen in die Hand. »Kauf dir einen Karamell-Twinkie, den hast du am liebsten, falls du das nicht mehr weißt.«

»Mia?«

Sie sieht mich geduldig an.

»Sind wir beste Freundinnen?«

Ein Lächeln stiehlt sich auf ihre sonst strenge Miene und lässt sie anmutig aussehen. Jetzt erst bemerke ich, dass sie lange Wimpern und volle Lippen hat.

»Sind wir.«

Ich nehme ihre Hand und drücke sie freundschaftlich. Sie blinzelt mir aufmunternd zu und geht.

Ein Rätsel ist gelöst, jetzt folgt nur noch eine Milliarde anderer.

Ich habe nicht vor, in den Aufenthaltsraum zu gehen, sondern suche die Quelle, mit der ich über die Kommunikationsstörung reden kann. Als Erstes entledige ich mich der Sequenzwacht-Uniform und fühle mich mit meiner bekritzelten Einheitskleidung freier. Auf dem Weg zur Kommunikationszentrale bleibe ich an einem Snackautomaten stehen und kaufe mir tatsächlich einen Karamell-Twinkie, auch wenn ich gerade keinerlei Appetit habe.

Die Kommunikationszentrale ist so groß wie zwei Sporthallen; von allen Seiten starren mich gewaltige Bildschirme an. Die Mitarbeiter sitzen angestrengt vor ihren Screenmodulen und aus den Gesprächen, die ich mitbekomme, finde ich heraus, dass sie gerade Kontakt zu verschiedenen Stationen aufzunehmen versuchen.

Ich suche Kate Connors Platz, sie ist neben Josh Faine die Einzige, die ich hier kenne. Sie begrüßt mich mit einem Lächeln und dann mustert sie meine Kleidung.

»Wer hat dich denn freigelassen?« Sie macht ein abwehrendes Kreuzzeichen mit den Fingern und faucht dabei. »Steck mich nicht an.«

»Nette Begrüßung.«

»Ich kann es besser.« Sie räuspert sich und setzt eine gespielt bedeutende Haltung an. »Willkommen im Kommunikationsbereich!«, sagt sie überschwänglich. »Hier treffen alle Funksprüche und Telefonate ein, werden ausgewertet und weitergeleitet.«

»Das klingt irgendwie einstudiert.«

»Ist es auch. So begrüße ich jeden unserer Gäste.«

»Und das freiwillig«, murmelt Josh Faine, dessen Arbeitsplatz nur ein paar Schritte von Kates entfernt ist.

»Schick siehst du aus. Sieht so die Beschäftigungstherapie auf der Quarantäne aus?«

Ich zupfe den bemalten Stoff meiner Leggings und schaue kurz darauf. »Hast du etwas von Dave gehört?«, frage ich dann.

»Zu keinem aus der Rettungsebene. Wir sind im Grunde komplett abgeschnitten von der Außenwelt.«

Das ist nicht ermutigend. Ich habe gehofft, dass sie mir rosige Aussichten verkündet.

Kate bemerkt meine Beklommenheit und klopft auf den Stuhl neben sich, auf den ich mich dann setze. Vor mir erhebt sich ein Berg aus Bildschirmen mit Programmiercodes, Videoübertragungen und jeder Menge Programmfenster.

»Was ist mit dem Funkgerät?«, frage ich.

Kate schaut sich verstohlen zu allen Richtungen um.

»Ich will dich nicht beunruhigen«, flüstert sie.

»Genau das tust du gerade.«

»Dave geht nicht ran. Was aber noch nichts bedeutet! Funkstörungen gibt es hin und wieder. Wir können keinen Gardisten auf der Rettungsebene erreichen. Es ist wie eine Kommunikationsbarriere.«

»Kate«, sage ich direkt. »Hör auf, mich anzulügen. Was glaubst du, ist da passiert?«

Sie senkt den Blick auf ihre Knie und fährt mit den Fingernägeln über ihre Nylonstrumpfhose. »Es handelt sich vermutlich um keinen Einbruch von irgendwelchen Horrorfreaks«, spricht sie kaum hörbar, sodass ich an sie rücke und ihr blumiges

Parfüm wahrnehme. »Es ist die Traumsequenz, die die komplette Kommunikation zu uns stört.«

»Wieso?«

»Vermutlich als Antwort auf euren Solve-Angriff.«

»Haben wir es etwa schlimmer gemacht?«

Kate sieht wieder zu mir auf und schüttelt lächelnd den Kopf. »Nein, gar nicht. Die Träumerin schickt oft Zeichen, wenn sie sich unterlegen fühlt.«

»Und du willst mich nicht einfach nur beruhigen? Wieso sollte sie auch die Rettungsebene vor uns abschotten?«

»Vielleicht schützt die Träumerin dadurch ihre Kreationen.«

Ich schnaube. »*Kreationen.*«

»Es gibt auch schöne«, sagt Kate und greift nach einem winzigen, rosafarbenen Plüschtier, das zwischen zwei ihrer Monitore geklemmt ist. »Hier, das ist *Red Tea*, das Maskottchen der Träumerin.«

Ich halte das Spielzeug, es handelt sich hierbei um einen Flamingo.

»Dieser Vogel?«, frage ich.

»Von ihm träumt sie andauernd. Und als Begleiterscheinung zu den Flamingos verwandelt sich unser See immer zum roten Tee, auf dem die Vögel schwimmen, daher der Name Red Tea.«

»Irgendwie kommt mir das bekannt vor«, sage ich leise und streichle das weiche Plüschtier.

Vor meinem inneren Auge erscheint ein Zoogehege mit einem niedrigen Zaun und viel Wasser, in dem hunderte von Flamingos auf einem Bein stehen und ihr rosafarbenes Gefieder putzen oder aus ihrem Teich trinken.

»Ich liebe Flamingos«, sagt das blonde Mädchen, das ich neulich erst in meinen Erinnerungen gesehen habe. Dieses Mal trägt sie ihr Haar offen und die hüftlangen Locken fallen ihr auf den Rücken. Sie sieht glücklich aus und deutet lachend auf einen Vogel, der gerade seine Flügel durchschüttelt.

»Papa hat gesagt, dass die Zoos bald verboten werden«, sagt eine andere Stimme, die vermutlich mir gehört.

»Warum?«, fragt das blonde Mädchen.

»Weil Tiere in Freiheit leben sollen.«

»Was passiert dann mit den Käfigen?«

»Man steckt dich hinein«, sagt mein jüngeres Ich, woraufhin die beiden zu kichern beginnen und schieben sich gegenseitig den Käfigplatz zu.

»Nein, du kommst rein.«

»Nein, du«, höre ich noch nachhallend, nachdem die Bilder verschwunden sind.

Eine Träne kullert über meine Wange und fällt auf Red Tea.

»Jessi, wir schaffen das. Wir bekommen die Kommunikation wieder hin«, sagt Kate beruhigend und streicht mir die Träne aus dem Gesicht. »Meine Aufgabe ist es, aus diesem Raum heraus zu retten. Und ich gebe mein Bestes. Ich bin Super-Kate.«

»Was ist mit den Schutzprogrammen?«, frage ich.

»Rick und ich haben Dave und die Menschen in anderen Rettungskabinen gut versorgt. Ich bin mir sicher, sie überleben die restliche Zeit auch ohne unser Zutun. Nur die fehlende Ablenkung könnte einige verrückt machen.«

»Was können wir noch tun?«

»Jessi, du hast mehr getan als geplant war.« Kate stellt sich hinter meinen Stuhl und massiert meine Schultern, dadurch merke ich überhaupt, wie verspannt ich bin. »Deinetwegen sinkt die Intensität der Sequenz bereits. Im Nu wird sie Stufe elf erreichen. Mit dieser Geschwindigkeit fahren wir in wenigen Tagen vermutlich schon die Stadt hoch und sichten die Rettungsebene.«

Ihre gute Laune und Zuversicht färbt auf mich ab. Wenn Kate so sorglos ist, dann glaube ich ihr, dass alles gut wird.

»Wenige Tage«, wiederhole ich.

Sie setzt sich wieder und sieht mich lange an. »Ich habe etwas für dich. Du machst dich fertig, wenn du hierbleibst. In der Stadt gibt es viel Ablenkung und ich verspreche dir, dass ich dich rufe, sobald ich mehr weiß. Nimm das hier mit.« Sie holt eine schmale Plakette aus ihrer Schublade heraus und tippt mit dem Finger darauf. »*iChip 7*. Ist so ein alter Media-Außenchip. Kleb es einfach hinter dein Ohr. Ist nicht gerade das neueste Modell, behandle es trotzdem gut, es war eine Millenium-Ausgabe – äußerst wertvoll.«

»Dringt es in meinen Kopf ein?«

»Nein, die Außenchips reagieren auf Muskelkontraktion, Akustik und GPS. Das letztere kannst du hier unten aber vergessen.«

Ich nehme den Außenchip und halte ihn zwischen den Fingern. Da ist kein Kronen-Logo zu sehen, sondern ein abgebissener Apfel.

»Kann ich nicht einfach ein Funkgerät haben? Oder ein Tablet?«

»Warum traust du der modernen Technik nicht? Nimm es, das ist deutlich besser.«

»Na gut.«

»Willst du dir nicht bald mal einen neuen Mediachip implantieren?«

»Nein.«

»Ist vielleicht auch besser. Ich habe gerade wieder eine Freundschaftsanfrage von Rick Morales erhalten, dabei habe ich sie schon zehn Mal abgelehnt.«

»Du solltest sie annehmen«, sage ich.

»Zwischen Rick und mir läuft ein kleines Spielchen …«

»Er bewundert dich«, sage ich. »Redet ständig von dir.«

Kate lacht in sich hinein. »Der Spinner. Flirtet wie ein Weltmeister, aber denkt nicht einmal daran, mich auf ein Date einzuladen.«

»Soll ich ihm den Tipp geben?«

»Auf keinen Fall! Der muss selbst draufkommen. Aber das ist jetzt nicht so wichtig. Willst du den Chip austesten?«

»Ich frage Rick später, wie der funktioniert.«

Noch traue ich mich nicht, den Außenchip hinter mein Ohr zu kleben, aber ich möchte auch, dass Kate mich jederzeit informieren kann, weswegen ich dieses winzige Gerät nicht ablehne.

»Wo ist Rick überhaupt?«, will ich wissen.

»Die Sequenzwacht wurde heimgeschickt. Ihr braucht Ruhe, damit ihr für die Auflösung der Träume fit seid.«

Kate nimmt mir Red Tea aus der Hand und wirft ihn auf Josh Faine, der gerade mit einem hochkonzentrierten Blick an ihrem Arbeitsplatz vorbeiläuft. »Hey Josh, mach mir einen Kaffee!«

Er bleibt stehen und sieht sie genervt an, dann geht er weiter.

»Ist unser klügster Kopf, lässt sich aber andauernd von allen ärgern. Wäre zu gerne dabei gewesen, als Elen Sean ihn zum Kaffeeholen geschickt hat.«

»War gar nicht so witzig«, sage ich.

»Aber nur, weil du unseren Joshi nicht kennst.«

»Ich hole dir gleich Spezial-Limonade aus dem Herrenklo!«, wirft Josh ein.

Sie sieht mich grinsend an und hebt ihre Schultern hoch, um sie dann wieder fallenzulassen. »So werden Überstunden erträglicher.«

»Jessica?«, ruft eine junge Frauenstimme durch den Raum.

Kate und ich machen lange Hälse. An einem Schreibtisch mit weniger Bildschirmen winkt eine rothaarige Frau mit einer dicken Nerdbrille auf der Nase.

»Gerade ist eine Nachricht eingegangen, dass ich dich ausrufen soll, aber da du hier bist, dachte ich mir, ich teile dir die Info gleich mit. Dein Vater wartet im Aufenthaltsraum auf dich.«

»So war es viel dezenter, Gwen!«, ruft Kate zurück.

Der rote Schopf verschwindet unbeeindruckt hinter den eigenen Bildschirmen.

»Mein Stichwort. Danke Kate«, sage ich und hebe beim Aufstehen meine Hand. »Mach es gut, Josh!«

»Hmm«, nuschelt der Angesprochene.

Der Blick meines Vaters fällt auf meine Kleidung.

»Nicht zu fassen, dass du so vor Hauptmann Malor und Elen Sean getreten bist. Eine große Künstlerin warst du noch nie. Bleib lieber bei Naturwissenschaften«, sagt er zum Gruß und läuft bereits an mir vorbei. »Komm mit, ich bringe dich zu deiner Wohnung.«

»Ich darf wirklich die Stadt betreten?«

»Deswegen bin ich hier. Eigentlich sollte Rick dir alles zeigen, aber ich wollte mich persönlich für den heutigen Einsatz bedanken. War dämlich, keine Frage, aber die Stufe sinkt ab, also – Danke.«

»Habe ich nicht für dich getan«, entfleucht es meinen Lippen.

»Wie auch immer.« Er eilt schnell durch die verwinkelte Grenzwache, weit weg von dem allgemeinen Chaos. »Du brauchst jemanden, der dir hilft, dich zurechtzufinden, der dich in deine Aufgaben und in das Stadtleben wieder eingliedert.« Die Ungeduld in seiner Stimme ist nicht zu überhören.

»Ich soll eingegliedert werden? Ich weiß nicht einmal, ob ich den Job gern getan habe und ob er mich nicht erst in meine Lage gebracht hat.«

»Hattest du heute keinen Spaß?«

»Es war aufregend, klar. Aber ein Traumjob ist es nicht.«

Die Schritte meines Vaters werden langsamer und ich hole auf. Neben seiner gewaltigen Statur komme ich mir wie eine zerbrechliche Zuckerstange vor.

»Eines kannst du mir glauben, du hast den Job so sehr geliebt, dass du damals in die Gefahrenzone gegangen bist, weil du jemanden retten wolltest. Du warst dir so sicher, dass du es packst.« Seine Stimme ist ruhig und doch voller Trauer.

»Wen?«

»Deine Mutter.«

Das trifft mich. Irgendwo tief in mir öffnet sich eine fest verschlossene Büchse und entlässt den Verlustschmerz in meine Brust. Die Erinnerung dazu bleibt jedoch aus.

»Wo ist sie?«, fragt er. »Konntest du sie ausfindig machen? Oder hast du mich angelogen? Wo warst du wirklich?«

»Ehrlich, ich weiß es nicht. Könnte eine Lüge gewesen sein oder ein weiterer Teil einer großen Aufgabe.«

»So wie ziemlich alles an diesem verfluchten Ort.«

»Habe ich dir viel Kummer bereitet?«

Daraufhin erhalte ich keine Antwort, aber das Gesicht meines Vaters führt einen Kampf zwischen Gleichgültigkeit und Frust.

»Ich werde mir das mit der Sequenzwacht überlegen, …« Ich halte inne und füge leise hinzu: »Dad.«

Auch darauf erhalte ich keine Reaktion. Nach etwa zehn Schritten bleibt mein Vater allerdings stehen und mein Magen macht einen kleinen Hüpfer. Wird er sich jetzt dazu äußern? Doch er zeigt nur auf ein Schild über einer Glastür, durch die ich bereits eine beleuchtete Brücke erkenne.

Die Stadt, in der Träume Realität werden.

»Das ist der Leitspruch von *Königreich der Träume*«, sagt er. »Und diese unscheinbare Tür hat es in sich. Sie ist voller Sensorik. Solltest du noch Restkontaminierung in deinem Körper aufweisen, erfahren wir es sofort.«

Sein Blick ist durchdringend und ich fühle mich ertappt. Mein Herz schlägt gegen meine Kehle und ich wage es nicht zu schlucken.

Mein Vater öffnet die Tür und hält sie für mich auf. »Nach dir, Jessica.«

Soll ich durchgehen oder mich gleich schuldig bekennen?

»Hast du etwa Angst? Dr. Parker hat dich als sicher eingestuft.«

»Dr. Parker, ja«, sage ich unsicher und trete endlich hindurch.

Es passiert nichts. Keine Sirene, keine heransausende Säge, die meinen Hals durchtrennt, keine herunterstürzende Axt, die meinen Schädel spaltet. Dafür stehe ich auf der längsten Brücke, die mir in der Zeitspanne meiner neuen Erinnerung begegnet ist und vor allem sehe ich die Stadt.

Wer das Gefühl schon mal hatte, nie jemals irgendwo gewesen zu sein, kann nachvollziehen, wie ich mich gerade fühle. Meine Augen sind schneller als meine Füße, die mich fremdgesteuert über die breite Metallgitterbrücke ziehen.

Zu beiden Seiten sind nahtlose Glasscheiben installiert, allein das muss ein Vermögen gekostet haben. Durch sie scheinen die Lichter der Stadt auf mich. Mit einem Blick nach oben vergewissere ich mich, dass wir uns tatsächlich unterirdisch befinden, denn ich habe das Gefühl, draußen unter einem spätabendlichen Himmel zu stehen.

Es sieht vollkommen anders aus als die Irrgärten aus Korridoren und Treppen, die ich hier vermutet habe. Das hier ist eine richtige Stadt.

Freiheit.

Das ist das Wort, an das ich plötzlich denken muss. Heute hängt die Freiheit wie ein bedrohlicher Schleier über mir. Gerade in der Kommunikationszentrale und vorher in der Lüftungsanlage, bei Dr. Parker, als ich die Kontaktlinsen eingesetzt habe und jetzt, da ich endlich die Untergrundstadt betreten darf.

Ich drücke meine Nase an die Scheibe, um alles noch besser aufzusaugen, und folge meinem Vater in kurzen, aber schnellen Sprintetappen, was dazu führt, dass er sich gemütlich wie ein Bär fortbewegt, um mir genug Zeit zu geben. Es ist wie ein Zoobesuch, an den ich heute erst gedacht habe.

»Diese Aussicht«, sage ich.

Die Stadt hier unten unterscheidet sich stark von der, die ich oben erlebt habe; um Platz zu sparen, wurden bestimmte Bereiche, so wie Brücken und Parkdekorationen übereinandergestapelt, so als wäre das hier unten eine Kulissenansammlung und das *Königreich der Träume* eine gigantische Bühne. »Es ist alles nur eine Inszenierung.«

Mein Vater hält neben mir an und legt seine schwere Hand auf meine Schulter. Auch wenn ich kleine Funken der Freundlichkeit ihm gegenüber empfunden habe, fühle ich jetzt keinerlei familiäre Nähe oder Zuneigung. Er fühlt sich fremd an, wie ein Schauspieler. Dieser Ort ist trotz der Faszination, die er ausstrahlt, so falsch. Nicht nur die Stadt, auch deren Bewohner.

»Es ist eine reine Touristenstadt – ein Multimilliarden-Unternehmen, Jessica. Und wir sind dazu da, dieses Kapital zu beschützen.«

Ich gehe einen Schritt zur Seite, um seinen Arm von meiner Schulter zu schieben.

»Ich dachte, wir schützen die Menschen«, sage ich.

Mein Vater sieht plötzlich unsicher aus, er wirkt, als ob er nicht weiß, womit er seinen Arm jetzt beschäftigen soll, also schaukelt er ihn hin und her und lässt ihn dann einfach runterhängen. Schlechter Schauspieler, also womöglich doch mein echter Vater.

»Wenn wir die Menschen nicht beschützen, gibt es Klagen. Gerichtsverfahren schaden dem Unternehmen.«

»Ich habe es verstanden.«

»Gefällt es dir hier?«

Diese Stadt ist ein wahrer Traum. Ich mag sie trotz der Falschheit. Sogar lieber, als die überirdische Version.

»Es hat eine gewaltige Außenwirkung – ja, es ist unglaublich.«

»Deinen Enthusiasmus hast du von deiner Mutter«, sagt er dann mit einem ernsten Gesichtsausdruck. »Das ist genau die Eigenschaft, die ihr den Kopf gekostet und die dich beinahe umgebracht hat. Lass uns hier nicht einfach herumstehen, ich habe einen vollen Terminkalender.«

Mit diesen Worten wendet er sich von mir ab. Ich lege meine Hand auf die Scheibe und werfe noch einen Blick herunter, dann folge ich ihm, ohne weitere Pausen zu machen.

Am Ende der Brücke steigen wir in einen zylinderförmigen, gläsernen Fahrstuhl, der uns schwindelerregende hundertdreizehn Stockwerke nach unten bringt.

Mit meinem Vater im Fahrstuhl zu stehen, ist ganz merkwürdig. Es ist der geschlossene, enge Raum und zu viele Etagen, die in mir eine Anspannung erzeugen. Ich will keinen Smalltalk führen, aber so geht es ihm wohl auch, wir schweigen uns mehrere Stockwerke lang an, während ich die fantastische Aussicht genieße, die an uns vorüberzieht. Gewaltige Häuser stehen eng neben den niedrigeren Gebäuden und den Groß-Event-Einrichtungen, wie dem Sportstadion. So als hätte die Träumerin ihre Traumstadt nach dem Spielen in eine Truhe gestellt. Die Aufstapelung und Platzierung erinnert mich auch an ein Tetris-Spiel. Sämtliche kleinere Häuser stehen übereinander und sind miteinander gekoppelt, sodass sie sich zu kunterbunten Hochhäusern türmen. Wie mögen sie wohl innerlich verbunden sein? Durch Keller- und Dachgeschosse?

Zwischen den großen Gebäuden habe ich einen Blick auf Eigenheime mit Vorgärten und Swimmingpools, die momentan aber leer sind. Einzig die verschiedenen Schlösser haben mehr Platz von allen Seiten, vermutlich, damit sie nicht beschädigt werden oder weil sie selbst hier unten einen märchenhaften und marketingwirksamen Effekt haben.

Den meisten Platz hat allerdings nur ein Gebäude, und zwar handelt es sich hierbei um das gewaltige Schloss, das ich bei der Busfahrt in der Mitte der Stadt gesehen habe: das *Schloss der Glasträume*. Und so wie der Name es andeutet, ist es komplett aus Glas oder klarem Kunststoff – keine Ahnung. Auf jeden Fall durchsichtig und glänzend wie ein Diamant. Es ist lichtdurchflutet, sowohl von innen beleuchtet wie auch von außen angestrahlt. Der Inbegriff vom Prinzessinnentraum.

»Das ist der Sitz der Sean-Corporation«, erklärt mein Vater.

»Dort drin lassen sie Buchhalter und Anwälte arbeiten? Ich hatte angenommen, das könnte die Hauptattraktion sein.«

»Die Träume sind die Hauptattraktion. Das *Schloss der Glasträume* ist dennoch ein Touristenhauptpunkt. Die meisten Selfies entstehen davor und das gesamte Erdgeschoss und der Keller sind der Öffentlichkeit zugänglich. In dem Ballsaal heiraten oft Prominente oder Töchter von Multimillionären.«

»Klingt romantisch, bei der Hochzeit die Büros eines Konzerns über dem Kopf zu wissen.«

»Du hast dich nicht verändert.«

»Kommt jetzt eine Jessica-Lektion? Inwiefern habe ich mich nicht verändert?«

»Die meisten deiner Freundinnen wollten immer Prinzessinnen sein, doch du hast darauf bestanden, die Kontrolle zu behalten. Du warst die geborene Regentin. Ich war mir sicher, dass du eines Tages meinen Posten als Chief übernehmen würdest.«

»Aus der Sache wird wahrscheinlich nichts mehr, was?«

Er schnaubt. »Gott bewahre! Wie fühlt es sich an, dem Gedächtnisverlust ausgeliefert zu sein?«

»Freut es dich, dass ich die Kontrolle verloren habe? Ist es das, was du wolltest?«

»Nein. Diese Eigenschaft habe ich an dir immer geschätzt. Hattest stets einen klaren Kopf und große Ziele. Dadurch wusste ich, dass du dir aus Jungs und Romantik lange Zeit nichts machen würdest und du dir zu viel wert bist, als dich vom Erstbesten schwängern zu lassen. Nun bist du einundzwanzig, jetzt ist es mir egal. Hauptsache, keine Teeniemutter, wie der neueste Trend es wohl verlangt.«

Ich glaube nicht, dass ich über solche Themen mit einem Mann reden möchte, der mir ein Fremder zu sein scheint.

»Bitte keine persönlichen Gespräche«, sage ich.

»Du hast recht, das war wohl das persönlichste Gespräch, das wir jemals geführt haben.«

Das klingt merkwürdig, aber auch nicht sonderlich überraschend. Meine Kindheit muss ja großartig gewesen sein.

Wir bewegen uns rasant Richtung Boden und ich betrachte, wie alles größer und farbenfroher wird. Ich erkenne die Menschen, ihre lockere Flanierart oder den schnellen Gang nachhause.

Ich verschränke meine Arme vor der Brust und lasse meinen Blick weiterhin über das Diamantschloss wandern. Doch ich betrachte es nicht mehr ausgiebig, ich habe andere Bilder im Kopf: Das blonde Mädchen, das sich darüber freut, ein Prinzessinnen-Bonbon abbekommen zu haben, während ich das der Königin ziehe. Zunächst habe ich nur gedacht, die Blonde sei eine Zicke, die mir ihre Süßigkeit nicht gönnt, doch was, wenn ich die Furie war und ihr übergestellt sein wollte? Hat mich mein Kontrollzwang aus der Stadt getrieben? Oder hat Mia recht? Gibt es mehrere Gründe dafür? Diese Speersequenz hat mir ganz sicher Angst eingejagt, aber bestimmt nicht so viel, dass ich weggehe. Heute Nacht träume ich garantiert von einem Speerwerfer, der Dave den Speer ins Herz rammt. Großartige Vorstellung. Mir kommen die Spinde und Daves Schrank wieder in den Sinn. Was hat das auf sich? Und was ist mit dieser Schrift? Ich schiebe mein rechtes Bein vor und betrachte den Oberschenkel, an dem noch immer mein Name geschrieben steht. Wer hat den Motelzimmerspiegel beschmiert?

Das Puzzlespiel beginnt; welche Ironie, dass ich ausgerechnet in der Spielzeugstadt der Träumerin gelandet bin, um mein Rätsel zu lösen.

Als der Fahrstuhl hält und die Türen aufgleiten, atme ich die wohlduftenden Essensgerüche ein. Mir kommt es plötzlich vor, als hätte ich seit einer Ewigkeit nicht gegessen.

»Weinst du?«, fragt mein Vater unsicher und zieht mich am Arm sanft nach draußen.

Jetzt erst bemerke ich, dass mein Gesicht komplett nass ist. Ich schmecke das Salz meiner Träne, die ich mit mehrmaligem Blinzeln aus den Augen vertreibe.

»Was ist dir in den letzten zwei Jahren nur zugestoßen, Jessica?«, fragt mein Vater, der ernsthaft besorgt und etwas verängstigt klingt.

»Wen interessiert es?«, frage ich.

Meine Aufmerksamkeit fällt auf zwei blonde Teenagermädchen, die am Fahrstuhl vorbeilaufen und meine Kleidung belächeln. Das eine Mädchen verliert sofort wieder das Interesse an mir, das andere lächelt mir jedoch schüchtern zu. Dann kichern beide und verschwinden in der Menge.

»Fehlt sie dir?«, fragt mein Vater.

»Wer?«

Er sagt lange nichts, dann hebt er einen Finger hoch. »Warte kurz, ich bekomme Nachrichten.« Er geht zur Seite und starrt einfach ins Leere. Funktioniert so die Kommunikation mit dem Mediachip? Ich beobachte ihn eine Weile. Wen hat er gemeint? Hatte es etwas mit den zwei Mädchen zu tun?

Mit einem Grunzen kommt er zurück.

»Ich muss noch einmal in die Grenzwache«, sagt er und tippt mit dem Finger hinter sein Ohr. »Ein paar Touristen haben versucht, sich aus der Untergrundstadt zu schleichen. Nicht gerade schlau. Sie haben mich als Kontaktperson angegeben, vermutlich um ein Selfie mit mir abzugreifen, nach dem Motto: Dreist siegt. Jetzt muss ich sie ent- oder belasten.«

»Wieso sollte jemand die Sicherheit verlassen?«, frage ich.

»Weil das in unserer Natur liegt, Jessica. Wir glauben, dass wir allen anderen überlegen sind. Ich schätze, die Detonation hat so einige neugierig gemacht. Es wird weitere Zwischenfälle dieser Art geben.«

Er sieht sich hektisch um, dann fällt sein Blick auf meine Hand, in der ich noch immer die Süßigkeit aus dem Snackautomaten halte.

»Gut, zu Essen hast du schon. Zur Not –« Er holt seine Brieftasche heraus und reicht mir eine goldene Kreditkarte. »Kauf dir, was du brauchst.« Er verbeugt sich. »Eure Majestät.«

Ich betrachte das Kärtchen und weiß, dass ich das verwöhnte Töchterchen war, das alles bekam, was es wollte. Und was will ich jetzt? Ich schaue zu meinem Vater.

»Weißt du, Dad, die Idioten sind selbst schuld. Lass sie eine Nacht über ihre Fehler schlafen. Wir sind doch im *Königreich der Träume*, schlafen ist hier wertvoll.«

Da lacht mein Vater auf. »Einverstanden. Dann zeige ich dir jetzt deine Wohnung. Sehr seltsam. Ich war selbst noch nie da.«

»Nie?«

»Wir haben ein beschissenes Verhältnis, wenn ich das mal sagen darf. Es gab keine Einladung deinerseits.«

Mein Appartement befindet sich im zwanzigsten Stockwerk eines Hochhauses, es ist ein Loft mit einer großen Fensterfront, die gerade mit einer langen weißen Gardine zugezogen ist. Die Stadt ist so hell, dass die Vorhänge kaum einen Verdunkelungseffekt haben. Selbst ohne das Licht anzumachen, erkenne ich hier alles ziemlich gut. Besonders die vielen Bilderrahmen. Die sind überall: Massenweise stehen sie auf den Kommoden, in den Regalen, auf Tischen und die Wände sind von oben bis unten damit behängt. Der gesamte Flur ist sogar mit einer Zusammenstellung Schwarzweiß-Fotografien tapeziert. Das sind Bilder aus meinem früheren Leben. Als mein Vater »Licht« sagt und die komplette Wohnung beleuchtet wird, begreife ich, warum alle so überrascht wegen meiner Haarfarbe sind. Auf den Fotos habe ich strahlend blondes Haar.

»Gefällt dir das Objekt?«, fragt mein Vater, als wären wir bei einer Wohnungsbesichtigung.

»Magst du es denn?«, frage ich zurück.

»Sieht ganz nett aus. Zumindest verstehe ich jetzt die hohe Rechnung deines Vermieters.«

»*Du* bezahlst die Wohnung?«

»Schon immer. Du bist die Tochter des Chiefs der Sequenzwacht, man erwartet von dir, dass du ein It-Girl bist, oder wie heißt das?«

»Grässlich«, sage ich. War ich wirklich so ein verwöhntes Kind?

Heute wäre ich ungern mit meinem damaligen Ich befreundet. »Sind es nicht zu viele Räume?«

»Laut Vermieter hast du einen großen Wohnbereich, deine eigene Bibliothek, einen Schlafbereich und ein Ankleidezimmer. Viele Frauen wären gern an deiner Stelle.«

»Gibt es in dieser Stadt keine angemessenere Wohnung für eine einzelne Person? Ich brauche nicht viel Platz.«

»Seit wann? Warum beschwerst du dich? Das Loft ist großartig, außerdem ist es für das nächste Jahr bezahlt, du kannst danach umziehen und für deinen Unterhalt selbst zahlen, wenn du unbedingt darauf bestehst.«

»Ich will nicht undankbar sein, es ist eine schöne Wohnung, Dad.«

Er grunzt besänftigt. »Ricks Loft ist zwei Stockwerke über dir, müsste jetzt zu Hause sein.«

»Hat er auch so einen Palast?«

»Er wohnt in einer Wohngemeinschaft mit ein paar anderen Sequenzwächtern.«

»Mit Mia?«

Mein Vater zuckt mit den Schultern, was seltsam unbeholfen wirkt. »Kann sein, ich kenne meine Kameraden nicht persönlich. Von Rick habe ich es heute erfahren, weil ich mit ihm ein Gespräch über dich hatte.«

Ich setze mich auf ein Sofa und streichele den robusten Stoff. »Weswegen?«

Mein Vater bleibt stehen und lehnt sich an die Wand.

»Na, er wird dich wieder eingliedern.«

»Stimmt, fast vergessen.«

»Ist bei dir doch nichts Neues.«

Wir schweigen uns an und wirken beide unsicher. Also lasse ich meinen Blick über die vielen Bilderrahmen schweifen und stehe sogar auf, um sie besser betrachten zu können. Im Moment interessieren mich die Fotos nicht, ich werde mich um sie kümmern, wenn ich allein bin, aber ich bin zu nervös, ich muss mich mit meinem Vater einfach noch einspielen und wir sind beide nicht gut darin.

Auf den meisten Bildern sehe ich glücklich aus. Das ist aber normal, wer lässt sich schon weinend fotografieren? Ich wundere mich darüber, dass die Bilder in altmodischen Rahmen stecken und nicht digital in Szene gesetzt sind. Mir wird dadurch bewusst, was mir wichtig ist. Mich von der Technik nicht kontrollieren zu lassen und das Leben zu genießen. Jedes Foto-Motiv zeigt mich an verschiedenen Orten, Tätigkeiten oder Veranstaltungen – ich bin oft in Kostümen abgelichtet, war also auf der Flucht vor mir selbst, vermute ich.

An einem Foto bleibe ich hängen. Es sticht so stark heraus, dass ich die anderen Bilder ausblende. Darauf sind zwei blonde Mädchen zu sehen. Das eine bin ich als Kind. Mein Arm liegt über der Schulter des zweiten Mädchens und ich kenne es! Das ist das Kind, das ich mehrmals in meinen Erinnerungen gesehen habe. Ich nehme den Bilderrahmen und wende mich meinem Vater zu.

»Wer ist das?«, frage ich.

Er atmet schwer.

»Das ist sie«, sagt er leise und unsere Blicke begegnen sich. Wir sehen uns lange an, ich neugierig, er bedauernd. »Das ist Lyri, die Träumerin.«

Meine Augen huschen sofort zurück zum Foto.

Ich habe so viele Fragen. Sie weichen zunächst der Gänsehaut auf meinen Armen und tauchen dann erneut auf.

»Was habe ich mit der Träumerin zu tun?«

»Ihr seid Cousinen.«

All die Erinnerungen an das Mädchen … ich habe schon geahnt, dass ich zu Lyri eine persönliche Verbindung haben könnte. Dennoch trifft mich diese Information. Mir wird klar, dass mein Verschwinden und der Gedächtnisverlust viel mehr Geheimnisse überdecken, als ich zunächst angenommen hatte. Kein Wunder, dass alle zu gern wissen würden, wo ich die Zeit über gesteckt habe.

»Bin ich eine Gefahr?«, frage ich mehr mich selbst, als meinen Vater. »Was ist damals passiert?«

»Da gibt es tausend Geschichten und die einzig richtige, ist irgendwo tief in deinem Unterbewusstsein vergraben.«

»Ist es das, was du gemeint hast, als du fragtest, ob ich sie vermissen würde? Hast du von meiner Cousine gesprochen?«

»Ich weiß es nicht, wir haben viele Jahre nicht wirklich persönlich miteinander geredet. Ich habe immer gedacht, du gibst mir die Schuld dafür, dass …«

»Dass, was?«

»Jessica, du solltest erst ankommen. Über diese Sachen können wir uns noch später unterhalten.« Er wirkt unruhig, berührt einen Bilderrahmen an der Wand und lässt ihn sofort wieder los.

»Gibt es denn einen geeigneteren Zeitpunkt, als der Augenblick, an dem das Thema angesprochen wird? Erzähl es mir. Ich habe es satt, wie eine Fremde in meinem Körper umherzuirren.«

»Deine Situation verstehe ich.«

»Unsinn, das kannst du nicht!«

»Es wäre besser, wenn ich mich in der Grenzwache sehen lasse. Wir vertagen unser Kennenlernen, Jessica. Ich – geh dann mal.«

»So willst du mich stehenlassen?«, frage ich.

Er läuft zur Eingangstür und verlässt stürmisch die Wohnung. »Schuld wofür?«, rufe ich, doch er ist schon im Fahrstuhl und die Tür geht bereits zu, als ich beschließe, ihm hinterherzurennen.

Ich erreiche den Fahrstuhl zu spät und ramme gegen die Metalltür. »Dad!«

Dann sprinte ich die Treppen herunter. Das Wegrennen habe ich eindeutig von ihm geerbt. Ich wollte meinem Vater zwar aus dem Weg gehen, doch nach dieser Aktion kann ich nicht anders, als ihm auf die Finger zu schauen. Dieser Mann hat mich zwei Jahre lang gesucht, mit allen Mitteln, die ihm zur Verfügung standen. Ich will wissen, wieso.

Drei Stockwerke lege ich zurück, als ich aus dem Augenwinkel etwas Goldenes aufblitzen sehe. Ich ignoriere es. Beim zweiten Mal fliegt sogar ein goldener Schmetterling an meinem Gesicht vorbei. Ich bleibe so plötzlich stehen, dass es mich heftig herumreißt, weil ich mich am Geländer festhalte. Mein Kopf schnellt zum Schmetterling und durch meine Kopfbewegung fliegen drei weitere golden leuchtende Exemplare aus dem Haar.

»Was zum Geier?«

Erschrocken betrachte ich diese flatternden Erscheinungen. Die Schmetterlinge sind nicht echt, das sehe ich sofort. Vorsichtig berühre ich einen davon. Er gibt meinem Druck nach und bewegt sich in die andere Richtung. Und dann gesellen sich weitere Schmetterlinge hinzu. Sie scheinen aus mir zu entstehen. Ich drehe mich um meine eigene Achse, eine beklemmende Neugier wächst in mir heran. Dass ich meinem Vater hinterherrennen wollte, entfällt mir plötzlich, oder dass ich vor wenigen Stunden erst von Monstern gejagt wurde. Selbst der fehlende Kontakt zu Dave rückt in eine Sphäre des Vergessens. Ich betrachte nur diese faszinierende Erscheinung, während immer neue Schmetterlinge aus mir heraus geboren werden und mich umschwirren, als wäre es meine Aura – ein Kleid aus goldenem Licht.

»Dr. Parker«, flüstere ich. »Was haben Sie getan?«

Diese Worte bringen mich in die Realität zurück. Mir wird bewusst, dass es etwas mit meiner Traumkontaminierung zu tun hat. Sollte mich hier jemand mit einem Schwarm vergoldeter Schmetterlinge entdecken, sitze ich schnell wieder in der Quarantäne fest.

Ich mache mich deswegen sofort auf den Weg zu meiner Wohnung und achte darauf, dass die Schmetterlingserscheinungen mir folgen. Als der letzte von ihnen in dem Loft ankommt, schließe ich die Tür und lehne mich an sie, während ich angestrengt überlege, was zu tun ist.

»Verschwindet«, flüstere ich.

Das Licht in der Wohnung erlischt. Einzig die Schmetterlinge erleuchten noch die Räume, aber sie glimmen eher schwach.

»Licht an!«, rufe ich meinen Wänden zu, doch es bleibt dunkel.

Ich bekomme Gänsehaut und werde ganz still; höre meinen Herzschlag und das leise Flügelschlagen, obwohl ich mir das vermutlich nur einbilde.

»Die Vergangenheit hat verschiedene Facetten, Jessica«, höre ich jemanden sagen. »Jedes Mal eine neue.«

Ich scheuche die Schmetterlinge aus dem Weg und gehe mehrere Schritte in den Wohnbereich.

»Wer ist da?«, rufe ich. »Dad, bist du das?« Unwahrscheinlich, dass er zurückgekommen ist, aber wer könnte es sonst sein? »Rick?«

Ein leises Kichern kriecht aus einer Ecke in einer rasanten Geschwindigkeit an meine Ohren und ich halte sie zu. Dabei suchen meine Augen die Umgebung ab. Es scheint niemand da zu sein.

Ein Bilderrahmen fällt von der Kommode und zerbricht. Dem folgen zwei weitere, die am Beistelltisch am Fenster stehen.

»Das ist nicht lustig.« Meine Stimme zittert. »Wer ist hier?«

Statt eine Antwort zu erhalten, fallen mit einem Mal alle Bilderrahmen um mich herum von ihren Plätzen. Das Glas splittert und fliegt kreuz und quer.

Ich werfe mich auf die Knie und drücke mein Gesicht auf die Oberschenkel, während ich meine Arme schützend über den Kopf lege. Durch diese Haltung sehe ich nicht, was geschieht, ich rechne mit schmerzlichen Glasschnitten, die jedoch ausbleiben.

»Vergiss nicht, warum du da bist«, ruft eine Mädchenstimme in meinen Gedanken.

Ich hebe meinen Kopf und zucke vor einem Schatten zurück, der nur wenige Schritte von mir entfernt steht und sich auf mich zubewegt. Ich bewege mich seitwärts von der Gestalt weg und spüre Glassplitter unter meinen Händen und Beinen; ich habe Schmerzen. Das Blut verschmiert den Teppich und meine weiße Kleidung.

»Kommst du wegen des Traumsplitters?«, frage ich. »Bist du eine wandernde Sequenz?«

Der Schatten lacht daraufhin. Das Lachen dringt in meine Knochen und durchbebt meine Glieder. »Vor mir brauchst du keine Angst zu haben. Mach dem ein Ende. Beende es schnell!«

Löschen der Traumsequenz eingeleitet …

Die träumende Prinzessin

Wenn du nach der Ursache für ein Problem suchst,
vergiss nicht in den Spiegel zu schauen.

Es gibt schon seltsame Träume. Zum Beispiel die, in denen die Zähne jegliche Verwurzelung mit dem Zahnfleisch verlieren und auszufallen drohen. Eine winzige Bewegung des Mundbereiches reicht vollkommen aus und sie sind alle raus. Auch wenn man vom Fliegen träumt, ist es selten so schön wie in den eigenen geheimen Vorstellungen. Oft schweben die Träumenden wenige Zentimeter über dem Boden und müssen wild mit den Armen flattern, damit sie überhaupt ein paar Schritte vorwärtskommen. Das sieht nicht nur unterbelichtet aus, sondern weist zudem auch noch auf einen tiefgreifenden psychischen Schaden hin.

Und ist es nicht irgendwie seltsam, dass wir uns in voller Größe sehen, wenn wir in den eigenen Träumen auftauchen? Das Merkwürdige dabei ist, dass wir meist nicht so aussehen wie in der Realität. In der heutigen Nacht bin ich ein Kind im Alter von zehn – ein Mädchen, das mir nicht ein bisschen ähnelt und doch zweifle ich nicht daran, dass das ich bin. Selbst die Personen, die mir im Traum begegnen, unterscheiden sich von den realen Leuten, oft verhalten sie sich sogar anders. Warum sind die Wahrnehmungen so verschieden? Hat das womöglich mit der zwanghaft oberflächlichen Welt zu tun, in der wir auf Teufel komm raus das Äußere verändern möchten und unseren Körper so stark ablehnen, dass der Geist uns in Träumen endlich das präsentiert, was wir auf so ungesunde Weise zu erreichen versuchen? Oder schlüpfen wir da lediglich in eine Rolle, um auf der Traumbühne zu performen?

Wenn wir schlafen, fabrizieren wir oft unlogische Klumpen an Ereignissen, die uns nachvollziehbar erscheinen, wir sie aber in der Wachphase – falls wir es schaffen, uns überhaupt daran zu erinnern – beim Erzählen automatisch in eine sinnvolle Struktur bringen und sie somit verfremden. Ich glaube, es ist kaum möglich, sie eins zu eins nachzuerzählen. Nicht zuletzt, weil die meisten Details dem Vergessen zum Opfer fallen.

Diese Gedanken kommen mir, als ich mehrmals zwischen den Phasen von Traum und Wachsein hin und her gleite. Der Dämmerzustand lässt mich eine Sache erkennen: Ich habe nichts vergessen, er fällt mir lediglich schwer, mich an alles zu erinnern. Das macht mich nicht gleich zu einem unvollkommenen Menschen. Ich sollte es mehr als einen Neuanfang sehen. Wer weiß, vielleicht habe ich mir die Auslöschung meiner Vergangenheit sogar gewünscht. Ich finde nur, ich hätte mir einen Hinweis auf den Arm tätowieren sollen.

Sorry für die Lücke in den Erinnerungen. War deine Idee, alles zu löschen, oder so etwas in der Art. Denkbar, dass dies trotzdem nicht dazu beigetragen hätte, die Suche nach mir selbst aufzugeben, aber ich wäre mir wenigstens sicher, dass das Vergessen auf freiwilliger Basis geschehen ist. So muss ich davon ausgehen, dass es doch fremdverschuldet ist und ich keine andere Wahl habe, außer weiterhin mit der Leere in meinem Kopf zu kämpfen.

Zum Glück hat mein Gehirn nicht alles ausgelöscht. Allgemeinbekanntes ist mir geblieben. So weiß ich zum Beispiel, dass Träume der Zugang zu unserem Unterbewusstsein sind und dieses vergisst nie. Er speichert sogar unangenehme Dinge ab, wie unsere Geburt, die definitiv kein Spaziergang war. Durch einen Geburtskanal gepresst zu werden, ist möglicherweise unser aller erstes Trauma auf dieser Welt. So etwas wird gern verdrängt. Vielleicht begegnet mir in dieser Stadt ja ein Neurowissenschaftler, der erklären kann, was da genau passiert ist.

Wenn ich mein Gedächtnis nicht freiwillig verloren habe, hätte auch ein besonders traumatisches Erlebnis ein Auslöser sein können.

Am besten wäre es, ich würde ein paar Tage durchschlafen und mit meinen Träumen mein Unterbewusstsein anzapfen, um mich zu erinnern. Das würde sicherlich alles beschleunigen. Leider hasse ich, was ich träume. Meine kranke, verängstigte Fantasie schaltet sich oft zwischen den Wachzustand und den erkenntnisreichen Schlaf. Daves Tod ständig zu sehen, hilft mir kein bisschen und die geringe Erholung versetzt mich in einen Zombiemodus. Und da ist eine weitere Sache, die mich zumindest heute Nacht nicht im Bett schlafen ließ: Noch immer geht mir die Schattenerscheinung in meiner Wohnung nicht aus dem Kopf.

Beende es schnell, hallt es in meinen Gedanken nach. Dabei ist die Stimme in meinen Erinnerungen zischender und furchteinflößender, als sie vermutlich war.

Das Zischen hat mich aus der Wohnung getrieben. Ich achtete nicht darauf, ob meine Tür ins Schloss gefallen war, ich eilte die Treppen nach unten, als müsste ich mich vor dem Zusammenstürzen des Hauses retten. Dabei war es mir egal, ob erneut Schmetterlinge aus meinem Haar geflattert waren. Ich hatte nur Angst vor dem bedrohlichen Schatten. Seit mehreren Stunden sitze ich nun auf einer Parkbank, die in einer engen Gasse zwischen zwei Hochhäusern steht. In einem dieser Gebäude wohne ich.

Hier stehen viele Bänke dicht beieinander. In der Oberstadt werden sie sicherlich in einem größeren Abstand zueinander in einem Park verteilt. Gerade bin ich aber froh, dass sie hier sind und ich bis zum Morgen darauf sitzen kann.

Mehrfach döse ich ein und schrecke genauso oft mit quälenden Gedanken aus Dämmerträumen auf. Als mich die Müdigkeit letztlich übermannt, lege ich mich auf die Bank und blicke auf eine teilweise von der Hausecke verdeckte Laterne, die den Weg vor der Gasse erhellt.

Wo Licht ist, ist auch Schatten, kommen mir die Worte in den Sinn. Irgendwo habe ich sie mal gelesen. Ich wiederhole sie und gleite mit meinen Gedanken dann in eine Überlegung. Was, wenn der

Schatten in der Wohnung ein Teil von mir ist? Ich hätte mir diese Gestalt einbilden können. War ich wegen des Traumsplitters in den Augen möglicherweise so durcheinander, dass ich meinem eigenen Trugbild geglaubt habe? Ich möchte mit dem Kopf schütteln, doch er liegt weich auf meinem gebeugten Arm. Ich will mich auch nicht bewegen. Jede kleine Rührung könnte mich aus meiner Einschlafphase reißen und mein Körper müsste einen unangenehmen Aufwachschock vertreiben, was den Schlaf unnötig lang hinauszögern würde.

Der letzte Gedanke, bevor ich in Träume abdrifte, ist das Wegschieben meiner Zweifel, die mir einreden, dass die Schattengestalt nur Einbildung war.

Es war die Träumerin. Ich weiß, dass es meine Cousine Lyri war. Auf welche Art auch immer, aber sie hat versucht, mit mir zu kommunizieren. Sie ist ein Teil von mir. Vermutlich sogar mehr als ich glaube.

Ich höre Rick meinen Namen sagen. Schon erwarte ich, dass er in meinen Traum stolpert und irgendwelchen Unsinn anstellt. Bis ich merke, dass das Gegenteil geschieht. Er schüttelt mich wach. Ausgerechnet als der Traum klar und real zu werden scheint, verblasst er und verschwindet hinter dem Schleier des Vergessens.

Nein, noch nicht!

Der Traum war wichtig, das spüre ich, doch da ist nichts, das ich in den Wachzustand holen kann, nur ein goldenes Licht umhüllt mich sanft, wie eine weiche, süßduftende Wolke.

Instinktiv greife ich danach und reiße es mit mir in die Realität, die aus einem dunklen, kalten Morgen und einer harten Parkbank besteht. Neben dem Schmerz in meiner Schulter, den ich mir beim falschen Liegen zugezogen habe, ist da noch etwas, nein, jemand anderes.

Eine Person hockt direkt vor mir, es ist Rick, ich erkenne ihn an ein paar sanft blau leuchtenden Piercings, die ihr gedimmtes Licht auch an den umgebenden Schmuck abgeben. Es ist wie ein kleiner Sternenhimmel im Gesicht.

Ich richte mich in eine halbliegende Sitzposition auf und will schon fragen, was er hier macht, da spüre ich etwas Leichtes von meiner Haut gleiten. Sofort schaue ich an mir herab und erkenne glitzernden Staub. Das Licht der Laterne reicht aus, um diesen golden aufglitzern zu lassen.

»Hast du deinen Kostümschminkkoffer entdeckt?«, fragt Rick, nachdem ich das Zeug von meinen Armen streiche. Noch mehr Glitzer fällt von mir ab. Es fühlt sich wirklich an, als hätte ich eine kleine Dose Feenstaub über mich gekippt. Jetzt erkenne ich ihn überall: an der Kleidung, auf der Haut. Er ist auch im Haar, Rick hilft mir dabei, ihn aus dem Locken zu schütteln.

»Warum zitterst du?«, fragt er.

Ich betrachte meine Finger, das Zittern ist nur minimal, durchzieht aber meinen ganzen Körper.

Ist das das goldene Licht, das ich aus dem Traum gerissen habe? Durch den Traumsplitter ist es in die Realität gelangt!

Mit einem erstickten Laut springe ich auf und klopfe noch mehr Glitzer von mir, ich kratze regelrecht über meine Haut, es darf nichts an mir haftenbleiben.

Für einen Außenstehenden mag es aussehen, als versuche ich eine Spinne abzuschütteln und würde vor Ekel wie eine Wahnsinnige tanzen, in der Hoffnung, das Mistding gleich totzutreten. Nur ist da keine Spinne und mein einziger Zuschauer ist Rick – Rick Morales, ein Sequenzwächter, der nicht wissen darf, dass ich noch immer traumkontaminiert bin.

»Was ist denn los?«, fragt er und lacht bei meiner Vorführung. Er packt mich am Arm und zieht mich zur Seite, so als würde die Stelle, auf der ich durchdrehe, mein Verhalten ändern. Ich stand aber nicht auf einem Ameisenhaufen, ich höre deswegen nicht auf zu zappeln. Es sind meine Gedanken, die mich in Panik versetzen. Der Grund für mein Verhalten ist nicht etwa der Goldstaub, der hartnäckig an mir haftet, nicht die Tatsache, dass ich ihn aus dem Traum herausgeholt habe oder dass Rick mich für verrückt erklären könnte; auch nicht der Schatten, der mich aus meiner Wohnung vertrieben hat; es ist die Angst. Mir wird klar, dass ich mir das alles nicht einfach einbilde. Rick sieht den Glitzer auch, was bedeutet, dass der Traumsplitter in meinen Augen nicht nur mich betrifft.

Rick legt seine Arme um mich und drückt meinen Körper so fest an sich, dass die Befürchtung, keine Luft mehr zu bekommen, meine Panikattacke überlagert. Sein Shirt ist vom Laufen ganz verschwitzt, ist aber eines meiner geringeren Probleme. Ich beruhige mich, und da ich nicht weiter zappele, lockert er die Zwangsumarmung, bis er mich schließlich ganz loslässt und eine Hand auf meine Schulter legt.

»Alptraum?«, fragt er, dieses mal ohne Gelächter oder dumme Sprüche.

Er bietet mir damit eine Vorlage für meine Lüge, dennoch überlege ich, ob ich die Sache nicht lieber doch beichten sollte, bevor sie mir über den Kopf wächst.

Mein Schweigen deutet Rick glücklicherweise nicht als eine Art Schuldbekenntnis. Für ihn bin ich hoffentlich nur das vom Alptraum geschockte Mädchen. Er sieht zum Gasseneingang und verzieht dabei sein Gesicht zu einer fragenden, beinahe zweifelnden Miene – er hält mich für durchgeknallt, zumindest für ein bisschen gaga.

»Hast du etwa hier geschlafen? Was ist mit deinem Loft?«

»Es hat schlechtes Feng Shui«, lüge ich.

»Schlechter als in den Absteigen, in denen du die letzten zwei Jahren gewesen bist?«

»Woher weißt du, dass ich in Bruchbuden gewohnt habe? Vielleicht lebte ich in einem Schloss.«

»Die einzigen Schlösser, die es noch gibt, befinden sich in dieser Stadt, außerdem hast du mir vor kurzem erst über dieses Motelzimmer erzählt, in dem du aufgewacht bist.«

»Was sagst du?«, frage ich etwas benommen.

»Motelzimmer. Ehrlich Jessi, auf einer Parkbank zu übernachten ist so pennerlike. Komm, ich koche uns einen Kaffee, Schlaf wirst du jetzt eh nicht mehr finden.«

Er führt mich mit sanfter Gewalt aus der Gasse. Einmal werfe ich meinen Blick zurück zur Bank und sehe, wie der Goldstaub aufgewirbelt wird. Gänsehaut breitet sich auf meinen Armen aus, da mir bewusst wird, dass in der Untergrundstadt gar kein Wind entstehen kann.

Doch dieses nichtvorhandene Naturphänomen wirbelt den Glitzer weiter auf, sodass dieser wie ein Faden aus winzigen goldenen Sternen zu den Dächern steigt.

Es ist nur Staub, da passiert nichts Schlimmes.

Das rede ich mir ein, bis Rick mich in den Eingang des Appartementgebäudes führt und wir in den Aufzug steigen.

Ich nehme mir selbst einen Schwur ab, dass ich sofort Rick oder jemandem von der Sequenzwacht über meinen Traumsplitter berichte, falls es zu einem schlimmeren Traum kommt, der Menschen gefährdet.

Jemandem von der Sequenzwacht, denke ich. *Jemandem wie mir*! Nein, ich will mich in dieser Sache nicht selbst belügen, weswegen ich meine Aufmerksamkeit auf Rick zu lenken versuche, was nicht gerade leicht ist. Die Ereignisse der letzten Zeit drängen sich mehrmals wieder in meine Gedanken, zudem bin ich nicht sonderlich gut in Smalltalk. Ich nehme an, dass ich das früher besser beherrscht habe, denn die vielen Bilder an den Wänden des Lofts verraten mir, dass ich ein recht kommunikativer Mensch war.

Jetzt reicht es leider nur für: »Und was machst du so um diese Uhrzeit?«

Jeder vernünftige Mensch hätte »schlafen« gesagt, doch Rick ist nicht normal.

Er grinst mich an und antwortet: »Na laufen, was denn sonst?«

»Richtig, was denn sonst?«, sage ich resigniert.

»Ich trainiere täglich, das habe ich dir doch gesagt. Ist auch gut, so habe ich dich überhaupt auf der Bank entdeckt, als ich zurückkam. Übrigens solltest du deinen Lauffortschritt nicht kaputtmachen.«

»Weißt du, das ist eher so dein Ding, ich brauche das nicht.«

»Ausreden, Ausreden, Ausreden. Ich hole dich morgen früh ab«, sagt er und pikst dabei in meinen Bauch. »Du lässt sonst nach.«

»Habe eine einzige Trainingsstunde verpasst.«

»Eine Einheit kann Erfolg oder Niederlage bedeuten.«

»Aus welchem Ratgeberbuch hast du das denn her?«

Er zuckt nur mit den Schultern.

»Gehen wir in deine Wohnung?«, frage ich hoffnungsvoll.

»Nein, erst in deine. Wenn du nie dort bist, gewöhnst du dich nicht an sie.«

Der Fahrstuhl hält in der zwanzigsten Etage und als ich die weit aufgerissene Tür erblicke, wird mir wieder bewusst, wie übereilt ich meine Wohnung verlassen habe. Das Licht brennt wieder, als hätte es den Stromausfall gar nicht gegeben. Doch was ist mit den Glassplittern und meinem Blut überall?

Ich halte Rick an seinem verschwitzten Shirt fest.

»Was ist? Wieso ist die Tür offen?«

»Muss wohl schlafgewandelt sein«, sage ich.

Mein Herz klopft bis in die Kehle. Was, wenn die Schattengestalt und die goldenen Schmetterlinge noch immer dort sind? Rick wird sich fragen, wie das Chaos entstanden ist und ob das mein Blut ist.

Schnell sehe ich auf meine Arme, weil mir jetzt erst etwas klargeworden ist. Da sind keinerlei Verletzungen, nicht ein Tropfen Blut!

Mit einem noch heftiger schlagenden Herzen betrete ich das Loft an Ricks Seite, gehe dann jedoch voran, denn obwohl ich Angst habe, will ich nicht, dass er die Traumerscheinungen sieht. Das ist ein dämlicher Plan. Er wird das Durcheinander sehen, ebenso wie die Schmetterlinge, sollten sie noch da sein.

Doch die Schmetterlinge sind weg. Sie und der zischende Schatten sind fort. Auch gibt es keinerlei Glassplitter auf dem Boden. Die Bilderrahmen sind an ihrem Platz, nirgends ist Blut. Habe ich mir alles nur eingebildet? Doch was ist mit dem goldenen Glitzer? Diesen habe nicht nur ich gesehen.

»Kein Einbrecher?«, ruft Rick.

Niemand antwortet. Trotzdem sieht er erst in sämtlichen Ecken nach, bevor er zu mir zurückkehrt und endlich die Wohnungstür schließt.

Er geht gezielt in die Küche und öffnet wahllos Schranktüren und den Kühlschrank. Dadurch bemerke ich, dass jemand für mich eingekauft hat. Auf dem Tisch liegt ein Zettel mit einer Notiz.

Liebe Jessica,

in Roger Blairs Auftrag habe ich Ihre Wohnung auf Vordermann gebracht und einen Einkäufer damit beauftragt, Ihre Vorräte aufzufüllen. Um Ihren Geschmack besser kennenzulernen, rufen Sie mich doch bitte die Tage an und teilen Sie mir Ihre Einkaufsliste mit. Ihr Loft werde ich zweimal die Woche reinigen, jeweils dienstags und freitags ab zehn Uhr.

Willkommen zurück.

Amelie Pan.

»Ich habe eine Reinigungskraft?«, frage ich skeptisch.

Rick seufzt verträumt. »Du Glückspilz.«

»Und einen Einkäufer«, füge ich hinzu.

»Hör auf anzugeben, du Königin.«

»Königin«, schnaube ich. »Dieses ganze Prinzessinnen- und Königinnenkram nervt langsam.«

»Wieso? Was meinst du?«

»Die Krönchen überall!«

Ich hebe Amelies Notiz hoch, unter ihrem Namen hat sie eine kleine, dreizackige Krone gemalt. »Die sehe ich andauernd.«

»Das sind vermutlich Hinweise«, sagt Rick und holt eine Box mit Kaffeepads heraus.

»Welche Geschmacksrichtung?«

»Was hast du gesagt?«, frage ich alarmiert.

Er blickt hoch und dann wieder zu dem Kaffee.

»Wir haben Vanille-Aroma, Chili-Himbeere, Karamell-«.

»Nein, davor!«

Rick spielt mit der Zunge an einem seiner Lippenpiercings und sieht dabei nachdenklich aus.

»Weiß nicht. Nichts Wichtiges, denke ich.«

»Du meinst, die Kronen wäre Hinweise.«

»Welche Kronen?«

»Na diese!«

Ich deute auf die Notiz der Reinigungskraft doch als ich selbst darauf schaue, ist da keine Kronen-Kritzelei mehr.

Erstaunt starre ich das Blatt Papier an. Wie kann das sein? Gerade eben war sie noch da und Rick hat eindeutig das Wort *Hinweis* benutzt.

»Ich bin doch nicht verrückt! Sie ist weg. Einfach verschwunden.« Ich wedle mit der Notiz in der Luft. »Was für Hinweise, Rick?«

Sein Blick wird milde, etwas, was ich bei seiner coolen Art bis eben nicht gesehen habe. Er schaut mich an, wie ein besorgter Bruder.

»Bloß kein Mitleid! Du hast es selbst gesagt, halt mich jetzt nur nicht für bekloppt. Du hast es gesagt, du hast ganz eindeutig *Hinweis* gesagt!« Ich atme tief durch, merke, wie warm es mir wird.

»Ich bin Programmierer, ich sehe überall Codes. Ich glaube, du hast zu wenig geschlafen und reagierst auf alles sensibel. Du solltest dich vielleicht hinlegen. Ich sage deinem Dad, dass du noch ein paar Tage Ruhe benötigst und erst später –«

»Mein Vater!«, unterbreche ich ihn. »Ich will zu ihm. Ich pfeife auf den Schlaf, ich muss dringend mit ihm sprechen.«

»Um nach weiteren Hinweisen zu suchen?«, fragt Rick mit zusammengebissenen Zähnen, aber mit erhöhter Stimme, so als würde er mich wirklich für irre halten.

»Können wir sofort zur Sequenzwacht?«

Er holt amüsiert zwei Kaffeepads aus der Box. »Für dich also Chili-Himbeere, du Workaholic.«

Nach dem Kaffee, von dem ich einen kleinen Schluck runterwürge und den Rest stehen lasse, führt Rick mich in meinen Ankleideraum. Dieser ist hell und geräumig und besteht praktisch komplett aus hochglänzenden oder verspiegelten Schranktüren. Ich betrachte mich im Spiegel. Noch immer trage ich die weiße Einheitskleidung, die ich auf der Grenzwache vollgemalt habe. Mein Name steht drauf und auch das Wort *traumkontaminiert.* Es ist wie ein Geständnis.

Ich bin blass. Nicht nur das, ich scheine vollkommen farblos zu sein, so als wäre der Schatten, vor dem ich mich verstecke, längst in mich eingedrungen; oder schlimmer: in mich zurückgekehrt. Mein Haar ist glanzlos und die Lippen sind fahl. Neben mir wirkt Rick trotz seiner verschwitzten Laufkleidung wie das Leben höchstpersönlich. Er überstrahlt mich. Ich könnte seinen gesunden Teint auf seine Herkunft, die flippigen Farben seiner Kleidung oder die aufregenden Piercings schieben, aber ich weiß, dass das nicht stimmt. Nur in einer Sache schlage ich ihn um Längen: meine Traumkontaminierung, die sich hinter meinen Kontaktlinsen versteckt. Allein das Wissen um die violetten Flecken in meiner Iris, erweckt in mir das Gefühl, meine Augen würden wie riesige Scheinwerfer strahlen.

Du hast ein Geheimnis, schreien sie mir entgegen. *Du bist eine Gefahr für die Stadt, für deine Freunde, deine Familie.*

Ich senke beschämt den Blick und reibe mit den Fingern über meine Wangen, versuche etwas Farbe in mein Gesicht zu bekommen, während Rick eine Schranktür nach der anderen öffnet und die Garderobe dahinter offenbart. Bunte Freizeitkleider, elegante Arbeitsanzüge und eine Menge Schuhe kommen zum Vorschein. Der helle Raum explodiert auf einmal vor Farbintensität.

Das Wort, das mir in den Sinn kommt, ist Überladung. Es ist wie Osmose für mein Gehirn; wie eine Hungrige nehme ich jeden Reiz auf. Nur wo soll das enden? Zu viele Räume, zu bunte Kleidung und Wände voller Zeitzeugenfotografien. Was für ein übertriebenes Leben habe ich eigentlich geführt? Diese Wohnung ist kein guter Ort, um zu heilen. Jemand, der ein unfreiwilliger Erinnerungs-Minimalist ist, so wie ich, kann bei einer Reizübersättigung nur mit Flucht und einer Schwindelattacke reagieren. Ich fange mit dem Letzteren an. Der Raum beginnt plötzlich zu schwanken, und erst als ich mich an Ricks Schulter festhalte, hört es auf.

»In der Sequenzwacht darfst du alles tragen, wozu du Lust hast. Später kannst du auch eine eigene Einsatzuniform aussuchen, mal sehen, ob ich heute Zeit dafür finde, aber gerade ist es eh nicht so wichtig.«

»Warum?«

»Weil wir die nächsten Tage keinen Einsatz haben.«

»Sicher? Gestern hatte ich einen.«

Rick holt ein rotes Kleid aus einem der Schränke heraus und hält es missbilligend auf Armeslänge von sich. »Und du hast deine Sache gut gemacht. Aber jetzt müssen wir warten.« Mit einem Kopfschütteln verfrachtet er den roten Fetzen ganz nach hinten in den Schrank und zieht dann ein weißes Sommerkleid hervor.

»Mir bereitet der Kommunikationsverlust Kopfschmerzen«, sage ich.

»Verständlich. Wir alle sorgen uns darum. Aber keine Angst, Dave ist gut geschützt.« Er mustert das Kleid vor sich. »Das ist vielleicht zu dick aufgetragen für deinen neuen ersten Tag.«

»Sag mal, suchst du gerade die Garderobe für mich aus?«

»Mit drei Models in der WG bin ich ein Profi darin. Die Mädels schwören sogar, ich kann Klamotten besser kombinieren als sie selbst und ich gebe zu, dass ich darauf stolz bin.«

»Rick, bist du zufällig … du weißt schon.«

»Schwul? Nein. Dafür liebe ich die Frauen einfach zu sehr. Wie du vielleicht mitbekommen hast, stehe ich total auf Kate.«

»Apropos Kate. Hast du Kontakt zu ihr? Weiß sie irgendetwas über die Kommunikationsstörung?«

Rick zuckt mit den Schultern. »Sie lehnt ständig meine Freundschaftsanfragen ab. Sie ist schwer zu knacken.«

Wieder greift er in den Schrank und macht ein überlegendes Gesicht. »Ich hoffe, du bist in den letzten Jahren nicht gewachsen. Ist einfach nur nicht die neueste Mode.«

»Roger hat mir eine Kreditkarte gegeben«, sage ich.

»Warum nennst du ihn so?«

»Er ist irgendwie fremd. Ist ein seltsames Gefühl, ihn Dad zu nennen. Manchmal flutscht mir sein Vorname über die Lippen.«

»Klingt plausibel. Hier, zieh das an.«

Er hält mir eine schwarze, ärmellose Bluse hin, die oben eine fliegenartige Schleife hat, und dazu einen gelben, weiten Rock, der durch ein paar fluffige Unterröcke mädchenhaft und verspielt wirkt. »Und diese Schuhe.« Rick reicht mir schwarze, mit Spitze verarbeitete Ballerinas.

Bevor wir gehen, trage ich noch etwas Make-up auf, um Farbe im Gesicht zu bekommen. Dabei entdecke ich eine große Palette an Lippenstiften. Ich schaue den Spiegel an und glaube fast, die Botschaft darauf zu sehen, die ich vor ein paar Tagen im Motel-Badezimmer entdeckt habe. In meinen Gedanken fühle ich mich mit dem roten Lippenstift verbunden, weswegen ich ihn auf meine Lippen auftrage.

Es ist seltsam, eine Frau anzukleiden und zu schminken, die ich nicht als mich selbst erkenne. Ich habe mich zwar inzwischen an ihren Anblick gewöhnt, aber sie ist mir mehr eine Leidensgenossin, die brav mit mir alles durchsteht, eine Art unfreiwillige Freundin.

Eins der Models ist die beste Freundin von Ricks Cousine. Durch diese Verbindung ist er überhaupt erst an die Model-WG gekommen, erzählt er, nachdem wir gemeinsam meine Wohnung verlassen und zwei Stockwerke hochlaufen, um in seine zu gehen. Dort muss ich ganz leise in einem abgedunkelten Wohnzimmerbereich darauf warten, bis Rick geduscht und sich angezogen hat, was zum Glück schnell geht.

Die Models schlafen noch. Als wir wieder draußen sind, erklärt er nur, dass die Mädels alle etwas später zu arbeiten beginnen. Wo sie angestellt sind, kommt nicht zur Sprache, aber in dieser Stadt kann es einfach alles sein, von der Bäckerin, bis hin zur Social Media Managerin; hier sind die Menschen alle zum Kotzen schön. Ich verstehe, dass Schönheit in Dream City Vorteile auf dem Arbeitsmarkt verschafft, das habe ich im gestrigen Meeting in der Grenzwache bereits mitbekommen. Trotzdem zieht sich mein Magen bei dieser Vorstellung zusammen, ich will nicht einmal darüber sprechen, so ätzend finde ich das. Dabei hat der Schönheitswahn dem It-Girl, das ich früher mal war, sicherlich gefallen. Das Leben in einer Stadt, in der nicht nur die Träume wahr werden, sondern in der auch alle fleißig daran arbeiten, die Oberflächlichkeit tiefenlos zu halten, hat die alte Jessica garantiert bis zur Ekstase gebracht. Schneller, weiter, höher, glänzender, verrückter, wilder, schöner, reicher. Nur eben nicht weltbewegend oder tiefgründig. Falsche, glitzernde Welt.

Mir kommt der goldene Staub in den Sinn. Hat er etwas mit meiner Ansicht zu tun? Ich schaue auf meinen Unterarm, da ist kein Goldstaub mehr, ich lasse ihn also gleich wieder fallen und konzentriere mich auf meinen ersten Arbeitstag.

Bei einer so wichtigen Institution wie der Sequenzwacht, müsste deren Gebäude doch auffallen. Ich stelle mir gewaltige Glasfronten vor, ein schickes Logo, das in eleganten verchromten Lettern die Fassade ziert. Möglicherweise haben sie ihren Sitz ja sogar in einem Schloss, in einem der gruseligeren, vielleicht dem mit den abgeknickten Dachgiebeln. Ich stelle mir eine moderne, aber auch edle Trainingshalle vor, in der ich heute noch ein paar Kampftechniken erlerne und dann noch in die dunklen Geheimnisse der Sequenzwacht eingeweiht werde.

Was für eine überladene Vorstellung. Als ich das tatsächliche Gebäude betrachte, bröckeln meine Träume von mir ab, wie der Hausputz von den Wänden jener Einrichtung. In dieser oberflächlichen Welt ist das wohl das ehrlichste Gebäude dieser Stadt. Es ist hässlich, keine Frage, ein nichtssagender, schmuckloser Quader ohne Fenster. Es könnte auch eine Logistikhalle sein oder ein veraltetes Archiv.

»Das ist es?«, höre ich mich enttäuscht sagen.

Rick führt mich schweigsam durch die schwere, knarzende Tür aus Massivholz. Nach dem Eingang folgt ein muffiger Korridor mit vielen dunkelgrün angestrichenen Bürotüren und nervig flackernden Neonröhren an der Decke. Mehrere der Lampen haben längst den Geist aufgegeben, der Flur wirkt insgesamt zu dunkel und alles andere als einladend.

Rick betritt das Büro, das sich hinter der letzten Tür befindet und ich folge ihm zögernd. Das Zimmer ist eine schwachbeleuchtete, enge Rumpelkammer, in der zwei Arbeitsplätze mit uralten Rechnern stehen, die vermutlich schon hundert Jahre vor meiner Geburt schrottreif waren. Ich muss unweigerlich an ein uraltes Kinderbuch denken, in dem ein Zaubererjunge in einem Schrank unter der Treppe gewohnt hat. Ich glaube mich wirklich daran zu erinnern, dass Lyri und ich die Bücher als klassische Literatur in der Schule lesen mussten. Ich warte auf weitere Erinnerungen aus meiner Kinderzeit, aber es folgen keine.

In einer Ecke steht ein massiver Metall-Aktenschrank, der fast den gesamten Raum einnimmt. Um zu dem Bürotisch zu gelangen, hinter dem ein vergilbtes Poster mit einem blauen Meer und ein paar kitschigen Palmen hängt, muss man sich an diesem Koloss vorbeizwängen. Wie ist es möglich, dass eine Organisation, die auf Hightech angewiesen ist und mit Nanotechnologie arbeitet, so rückschrittlich ist?

Beim Anblick der babybreigelben Wände gehen meine Mundwinkel nach unten.

»Ich habe nichts erwartet und bin doch enttäuscht«, sage ich.

»Was soll ich sagen? Die Mittel werden ständig gekürzt und so stecken wir jeden Cent in die Forschung und die Technik, die Einrichtung ist uns dabei egal«, erklärt Rick.

»In die Technik, ja?«

Mein Finger fährt über eine dicke Schicht auf der Tastatur vor mir. »Das sollte im Archäologiemuseum stehen, mit dem Verweis *ausgestorben*.«

Rick lacht leise, zwängt sich am Archivschrank vorbei und verschwindet einfach hinter der anderen Seite.

Erst nehme ich an, dass er sich nur hingehockt hat, um mich zu ärgern, doch dann fahre ich zusammen, weil Rick von innen des Aktenschranks an die Metallwand klopft.

»Folge mir«, höre ich seine gedämmte Stimme.

»Bist du da drin?«, frage ich und klopfe ebenfalls.

»Ja. Mach einfach, was ich getan habe.«

Gut, dann zwänge ich mich also in die Lücke zwischen Schrank und Arbeitstisch vorbei und als ich auf der Seite stehe, die mir zunächst verborgen war, sehe ich nicht nur, dass die Seitenwand des Aktenschranks, sondern auch ein großes Stück der babybreigelben

Bürowand fehlt. Ich blicke in einen hellen Korridor mit vielen Glastüren. Rick wartet auf mich.

»Ich gebe zu, dass wir eine kleine Tarnung vor den neugierigen Touristen benötigen«, sagt er. »Sie sind wie die Geier, wollen alles sehen und erleben. Deswegen diese Absteige. Und die Technik ist wirklich aus einem Museum, unser Exponat-Verwalter wird stinksauer, sobald er mitbekommt, dass jemand seine kostbare Tastatur angefasst hat. Komm mit.«

Er geht den Korridor entlang und ich folge ihm erneut, dabei schaue ich durch die Glastüren in die Büros und irgendwelche Labors mit einem weichen, angenehmen Licht. Einige Räume sind leer, in den anderen sitzen Frauen und Männer in zwangloser Kleidung. Sie sehen nicht auf, als wir an ihnen vorbeilaufen. Wer in einem Aquarium sitzt, gewöhnt sich mit der Zeit an die Beobachter von außen, vermute ich.

Am Ende des Korridors ist eine mit weißer Mattfolie bezogene Metalltür, die Rick nun aufhält.

Dahinter ist eine riesige Halle, die fast nur aus gewaltigen Bildschirmen zu bestehen scheint. Es sind sogar mehr, als ich in der Kommunikationszentrale der Grenzwache gesehen habe. Die Bilder, die die Monitore übertragen, zwingen mich, stehenzubleiben. Ich sehe Horrorszenarien, die mir nur zu bekannt vorkommen. Die Gewitterwolke, die über den Boden kriecht, die weißen, geisterähnlichen Wesen, die lebendigen Leichen, die aggressiv in der Stadt wüten, und viele andere absonderliche Dinge, die ich nicht in Worte fassen kann. Alles ist so wirr und unlogisch wie in einem echten Traum.

»Könnt ihr etwa sehen, was da oben vor sich geht?«, frage ich entsetzt und einige Köpfe drehen sich zu mir um. Hier arbeiten mehr Menschen, als ich vermutet habe, also stimmt es nicht, dass die gesamte Sequenzwacht nach mir geschickt wurde.

»Das ist unsere Technik«, sagt Rick und winkt ein paar seiner Kollegen zu. Er geht nicht auf meine Frage ein.

Die meisten sitzen vor eigenen kleineren Bildschirmen, auf denen Tabellen geöffnet sind und keine Horrorerscheinungen flimmern.

»Habt ihr etwa Kameras da oben?«, lasse ich nicht locker.

»Wir haben eine Drohnen-Armee«, sagt Rick schließlich. »Die werden von den Jungs da gesteuert.«

In einer Ecke der Halle sitzen ein Dutzend Nerds auf gemütlichen Polstern, futtern zu dieser Tageszeit Chips und entsprechen dabei nicht den Standards dieser Stadt. Sie tragen alle eine große Virtual Reality Brille und scheinen dadurch von uns komplett abgekapselt zu sein. Sie sind mit ihren Augen und dem Kopf bei den Alpträumen. Einige von ihnen sind nicht nur durch ihre VR-Brillen abgeschottet, sondern haben zusätzlich dicke Kopfhörer auf ihren Ohren. Ihre Lockerheit verwundert mich. Wie kann man bei dem Erlebten so gelassen bleiben und dabei noch irgendetwas futtern?

»Wieso schockt sie das nicht?«, frage ich.

»Das sind waschechte Zocker. Das Meiste, was sie hier sehen, verwenden sie dann in ihren Spiele-Produktionsfirmen, eine Win-win-Situation. Fast alle von denen bringen Horrorspiele heraus. Bei schönen Träumen sitzen in der Ecke übrigens unsere Spieler-Ladys, die Anwendungen für Mädchen und Frauen entwickeln, mit Horror haben sie nichts am Hut, in solchen Zeiten machen sie die Wellness-Hotels unsicher.«

»Hier wird aus allem Profit gemacht, was?«

»Klar. Die Zocker sind übrigens der Grund, aus dem es der Sequenzwacht nicht erlaubt ist, Horrorszenarien der Träumerin aufzuzeichnen und in die Öffentlichkeit zu tragen. Bei schönen Träumen ist es unumgänglich, dass sie durch die Touristen nach draußen gelangt, aber die Alpträume sind pures Cash. Der Schrott, der da oben gerade passiert, geht sofort an die Jungs. Du wirst merken, dass dieser Ort zu Tode bürokratisiert und lizenziert ist. Jeden Tag verstoßen wir gegen viele Regeln, die sich irgendwelche hirnlose Kasper ausdenken. Abmahnanwälte lieben diese Stadt, vor allem weil vor ein paar Monaten die neuen Datenschutzverordnungen in Kraft getreten sind. Und wir sind das Pulverfass.«

»Klingt sehr romantisch.«

»Nicht wahr?«

»Aber eine andere Frage. Können die Jungs auch Drohnen in den Untergrund senden?«

Rick legt mir den Arm um die Schultern. »Sie kommen nicht auf die Rettungsebene.«

»Bist du dir sicher?«

»Das ist ihnen nicht gestattet. Den unteren Bereich zu filmen, ist verboten. An vielen Orten verhindert eine Störfrequenz die Aufnahmefunktion der Mediachips. Es gibt Königreich-Gegner und Industriespione, die nur darauf warten, Pläne oder Bilder vom Untergrund zu erhalten, um ein eigenes Traumland zu kreieren. Es gab schon Versuche, die Träumerin zu stehlen.«

»Zu entführen oder zu …«

Rick schüttelt unmerklich den Kopf. Richtig, dieses Rettungsthema ist ja tabu.

»Können die Drohnen nicht in so einem Sonderfall da runter? Scheiß auf Regeln!«

»Glaube mir, bevor du eine Genehmigung erwirkst, ist der Alptraum vorbei.«

»Ich hasse Bürokratie«, sage ich und schaue wieder zu den Bildschirmen. Was mir zunächst beängstigend vorkam, wirkt auf mich bei genauer Betrachtung irritierend. All die Alpträume sind auf eine seltsame Art harmlos. Die Zombies wirken verängstigt und träge, sie haben die Aggressivität verloren und fallen der Reihe nach um. Die Bewegung, die den Anschein macht, die Monster würden sich regelrecht auf etwas stürzen, stellt sich als Ungeschicklichkeit heraus, sie stolpern über eigene Beine und gehen mit voller Wucht zu Boden.

Ich trete näher an die Bildschirme heran und erkenne Geister, die wie Luftballons in sich zusammenschrumpfen, sie sind klein und verschrumpelt. Die schwarzen Wolken wirken jetzt so gefährlich wie Zigarettenrauch und die Tentakel, die vom Himmel herabhängen, verlieren ihre Knochenglieder, wie bei einer zerrissenen Perlenkette, deren Glieder nacheinander vom Faden rutschen.

Die Sequenz löst sich auf.

»Das ist unglaublich«, sage ich erfreut und wende mich den Leuten zu, die an ihren Arbeitsplätzen sitzen. Die meisten ignorieren mich, andere lächeln verhalten, eine Frau sieht mich sogar prüfend an, als müsse sie einschätzen, ob ich vertrauenswürdig bin.

»Wo ist Roger Blair?«, frage ich daraufhin und werde erneut misstrauisch und spöttisch gemustert. Diese Menschen halten nicht sonderlich viel von mir. Mir kommt es vor, als sei es eine Ewigkeit her, seit die Sequenzwacht mich von Dave getrennt und bei meiner Rettung ein paar Männer verloren hat. Was geht in den Köpfen dieser Leute vor? Sehen sie in mir eine Wildfremde, die nur aufgrund ihres einflussreichen Vaters hier reinplatzt und sich wie eine schräge Anführerin im Befehlston mit ihnen spricht? Mir kommt der Gedanke, dass ich möglicherweise früher diese Rolle eingenommen habe.

»Bitte, ich muss ihn dringend sprechen«, füge ich deswegen hinzu. Ob mir das mildernde Umstände verschafft?

»Dann haben wir das Gleiche vor«, höre ich eine Stimme an der Eingangstür. Gerade kommt eine kleine Gruppe Businessleute durch die Metalltür und eine blonde Frau sieht mich dabei direkt an. Es ist Elen Sean. Sie trägt einen engen, weißen Damenanzug mit goldenen Aussparungen an den Ärmeln. In diesem technischen Großraumbüro mit den lässig angezogenen Angestellten wirkt sie wie eine Königin, die ihrem Gefolge einen Besuch in der heruntergekommenen Schlossküche abstattet.

»Wo ist Roger Blair?«, fragt sie in die Runde, dabei dringt ihre klare Stimme in jede Ecke der Großbüroraumhalle.

Anmutig schreitend und von ihren Begleitern umringt, kommt sie zu mir. Zwei der Männer bestehen optisch nur aus Muskelfleisch und aufmerksamen Augen, die den Raum nach möglichen Gefahren scannen. Der Dritte hat eine normale Statur und fällt selbst neben Elen auf, denn er hat fuchsrotes Haar. Als sich unsere Blicke treffen, kommt mir sein überlegenes Lächeln vage bekannt vor. Daran, wie vertraut er mir zulächelt, glaube ich zu erkennen, dass ich von ihm eine Menge über meine Vergangenheit erfahren kann. Nur ist da noch Elen, die mich in einen ruhigen Bereich zieht, die knochigen Finger wie eine Grillzange um mein Handgelenk gekrallt.

»Wo ist er?«, fragt sie, als mein Blick weiterhin auf dem Rothaarigen ruht. Er nickt mir zum Gruß zu, macht mir dann jedoch mit einer dezenten Handgeste bewusst, dass ich mich erst um seine Chefin kümmern muss – ich vermute, sie ist sein Boss, sie ist der Boss von uns allen.

»Ich suche ihn auch«, sage ich.

»Er reagiert nicht auf meine Anrufe und Nachrichten«, sagt sie einen Ton zu vertraut. »Ich hasse es, wenn er mir aus dem Weg geht. Aber ich bin da auch nicht besser, muss ich gestehen. Dieses Katz- und Mausspiel, wie sehr ich das verachte.«

Diese Nähe macht mich nervös, sodass ich nicht weiß, wie ich reagieren soll.

»Vielleicht fragen Sie jemanden, der ihn besser kennt?«, schlage ich unsicher vor.

Sie rollt amüsiert mit den Augen. »Das ist noch immer ein Insider zwischen euch, was? Wann trefft ihr euch endlich auf ein Bier und redet über alles, was euch aneinander stört. Ich war neulich in der Fisher Street bei einem Krisenmanagement-Seminar, da durften mich meine engsten Angestellten mit Schaumsticks verprügeln. Sie haben natürlich auch ein paar Hiebe von mir einstecken müssen, aber im Ganzen war es ein herzöffnendes Erlebnis, das deinem Vater und dir guttun würde.«

»Hat Ihre Frisur gehalten?«, ist das einzige, was mir bei diesem Bild einfällt.

»Selbst wenn nicht, niemand der Anwesenden würde das jemals verraten. Und Jessica, hör bitte auf, mich zu siezen, wir stehen uns viel näher.« Sie zwinkert mir zu. »Nun gut, wenn du nicht weißt, wo Roger sich aufhält, frage ich die anderen.«

Sie tätschelt meine Hand und winkt ihre Aufpasser zu sich, die sofort zu ihr aufschließen und sie zu einer Frau mit einem kurzen Haarschnitt begleiten. Ich sehe ihnen nach, bis ich bemerke, dass sich jemand neben mich stellt.

»Du bist also wieder da«, begrüßt mich der Rothaarige mit einer angenehmen Stimme, die mir noch stärker verdeutlicht, dass wir uns kennen.«

»Okay, wer …«

»Ryan Jenkins«, antwortet er sofort. »Hab schon gehört, dass dir jemand das Gedächtnis weggepustet hat.«

Ohne Vorwarnung legt er seine Hand liebevoll auf meine Schläfe und ist mir plötzlich so nah, dass ich seine dezenten Sommersprossen und die rötlichen Wimpern erkenne.

Ich unterbinde diese Überschreitung, indem ich meine Hand leicht aber bestimmt abwehrend auf seine Brust lege und er auf der Stelle von mir ablässt.

»Nichts passiert«, beruhigt er mich.

»Kannst du mir etwas über mich erzählen?«

»Wir waren mal zusammen.«

»Diesen Witz haben schon fünf Kerle von der Sequenzwacht versucht und eine Frau.«

»Echt? Eine Frau? Etwa Mia? Ich wusste, zwischen euch war irgendetwas.«

»Nicht Mia.«

»Schade. Hör zu, es ist auch für mich eine neue Situation. Weißt du, wir waren wirklich …« Er zeigt mit dem Finger zwischen sich und mir. Diese Geste ist nicht schwer zu entziffern, dennoch mustere ich ihn erst noch intensiv, dann schüttele ich den Kopf.

»Entschuldige – Ryan – aber …«, ich mache die gleiche Fingergeste wie er, »… was auch immer da war, ist Geschichte.«

Das überrascht ihn sichtlich. Er sieht aus, als hätte ich ihm eröffnet, dass Haifütterung mein neuestes Hobby sei.

»Vieles hat sich verändert, Jessica, aber diese Zurückweisung werde ich nicht ohne ein ausführliches Gespräch akzeptieren. Du bist wortlos abgehauen und hast nicht einmal eine Nachricht hinterlassen. Die Sonnengarde und die Polizei haben mich tagelang verhört. Alle dachten, ich hätte etwas mit deinem Verschwinden zu tun. Man hat angenommen, ich hätte dich in kleine Stückchen gehackt und im Wald verbuddelt. Entschuldige bitte, dass ich mich jetzt nicht einfach so abspeisen lasse.«

»Wow«, bringe ich hervor. »Darauf war ich echt nicht vorbereitet.«

»Etwa ich? Ich wollte dich in der Grenzwache besuchen, aber ich habe keinen entsprechenden Sicherheitsstatus, was seltsam ist, weil ich die Träumerin …«

»Störe ich?«, fragt plötzlich eine ernste Frauenstimme.

Es ist Mia, ihr Haar ist wie immer zu einem strengen, glatten Pferdeschwanz zurückgebunden. Eigentlich bin ich mir sicher, die Anspannung zwischen uns hat sich nach der gestrigen Solve-Mission bei der Lüftungsanlage gelöst, doch jetzt ruht ihr Blick kalt auf mir. Ryan bekommt diese Verachtung ebenfalls ab, weswegen ich vermute, dass ihre Laune etwas mit ihm zu tun hat.

»Warte, was meinst du mit Sicherheitsstatus und Träumerin?«, hake ich nach, doch er sieht mich nicht mehr an.

»Mia«, sagt er höflich. »Strafst du mich immer noch mit Missachtung?«

»Ich habe keine Zeit für solche Spielchen«, sage ich. »Mia, wo ist mein Dad?«

Sie starrt Ryan weiterhin an, als hofft sie, ihn in eine Kröte verwandeln zu können. Ich habe das unschöne Gefühl, dass wir in Zukunft durch diese Dreierkonstellation noch häufiger Schwierigkeiten haben werden.

Elen lockert diese seltsame Anspannung auf, als sie mit ihren Gorillas zurückkommt. »Sag deinem Vater, dass ich nicht ewig auf ihn warten kann, er kennt meinen Terminkalender. Aber er und du solltet in den nächsten Tagen zum Dinner bei mir vorbeikommen. Ich hoffe zwar, die Stadt ist bis dahin wieder oben, aber ich empfange euch beide jederzeit.«

»Ich richte es ihm aus, wenn ich ihn sehe.«

»Dein Vater weiß, wie man vor Schwierigkeiten davonrennt. Das hat er dummerweise an dich vererbt.«

»Meinetwegen«, sage ich. »Nur bin ich verwirrt. Wo kann er denn bitteschön sein? Aus der Stadt kommt er nicht raus, oder?«

»Vermutlich ist er in der Grenzwache«, sagt Mia. »Bei hoher Stufe ist er oft dort.«

»Erarbeitet er mit Hauptmann Malor neue, kostspielige Strategien?«, fragt Elen.

»Ich bin nicht befugt darüber …«

»Schon gut, Sawyer«, unterbricht sie Mia gleichgültig und wendet sich mir zu. Ihre Hände rahmen mein Gesicht ein und sie lächelt zufrieden. »Wie sehr ich mich freue, dass du endlich wieder da bist. Mir haben unsere Unterhaltungen gefehlt.«

Etwa Gespräche wie dieses hier? Ich muss mich wohl auf Monologszenarien vorbereiten.

Als sie mich loslässt und zum Ausgang geht, beugt sich Ryan zu mir vor und sagt: »Ich freue mich auch.«

Mia starrt uns nieder und Ryan wirft ihr einen zweideutigen, flirtenden Blick zu, als er nach Elen die Halle verlässt.

»Was war das zwischen uns?«, frage ich, doch Mia antwortet mir nicht.

»Komm mit, ich habe eine Aufgabe für dich«, sagt sie.

Das klingt nicht erbaulich. Ein paar Minuten später verstehe ich auch den Grund für meine Annahme. Sie führt mich viele Gänge weiter, vorbei an noch mehr Büros und Bildschirmen jeder Größe. Hätte Mia währenddessen Fakten zur Sequenzwacht erzählt, hätte das Ganze eine Art Führung sein können, doch die beste Freundin aus meiner Vergangenheit schreit mich nonverbal an. Ihre großartige Laune hat definitiv etwas mit Ryan zu tun. Vielleicht erfahre ich mehr, sobald sie sich abreagiert hat.

Mia steckt mich in eine nach Lösungsmitteln müffelnde Lagerhalle, in der hohe Regale stehen. Die Kisten haben keine verständlichen Bezeichnungen, nur Zahlencodes und Strichnummern.

»Was ist das alles?«, frage ich.

»Vorräte«, antwortet sie knapp.

»Meinst du, Essen?«

»Auch. Zudem technische Ersatzteile, jede Menge Akkus und Massen an Solve. Und das hier wird dich heute beschäftigen.«

Wir bleiben vor einer Maschine stehen, die so groß ist wie sechs zusammengebundene, in zwei Reihen stehende Snackautomaten. Viele Knöpfe und Anzeigen hat sie nicht, sie ist wie ein überdimensionaler Kaffeeautomat, ich erkenne die Hähne, aus denen vermutlich eine andere Flüssigkeit als Kaffee rauskommt.

Mia verschwendet keine Zeit für Erläuterungen, sondern geht zu einem Regal und kommt mit einer Gasflasche zurück. Dabei handelt es sich um eine Solve-Flasche, wie wir gestern schleppen mussten, nur ist diese deutlich größer, sie reicht Mia bis zum Oberschenkel.

»Deine Aufgabe besteht darin …« Sie stellt die Flasche auf ein niedriges Podest an der Maschine und drückt sie leicht in eine Einbuchtung. Daraufhin erklingt ein einrastendes Geräusch, als die Flaschenöffnung von der Vorrichtung umfasst wird. »… das flüssige Solve aus diesem Gefäß …« Sie legt ihre Finger auf die Solve-Flasche, geht dann zu einem anderen Regal und holt einen Karton heraus, den sie vor mir abstellt. »… in diese Spraydosen zu füllen.«

Ich öffne die Kartonklappen und sehe die kleinen Dosen an, die mich an Medikamentenkapseln erinnern, nur dass sie aus Metall bestehen und die Größe eines Baguettebrötchens haben. Ich hole so ein Hightech-Ding heraus, es ist kühl und liegt gut in der Hand.

»Sklavenarbeit«, sage ich bedauernd.

»Das ist wichtiger als du denkst und es ist die einzige Aufgabe, die ich dir geben kann, ohne dich groß einarbeiten zu müssen. Wir stecken in den Vorbereitungen für das Hochfahren der Stadt. Die anderen haben keine Zeit. Du hast ja gesehen, was in der Stadt los ist. Die ganzen Traumreste werden wir bald auflösen, damit die Besucher nicht über Traumleichen stolpern.«

»Was für eine Vorstellung.«

»Unser Job ist nicht immer so glorreich und aufregend, wie du ihn bis jetzt gesehen hast. Oft sind wir einfach nur überteuerte Putzfrauen.«

»Warum muss denn alles umgefüllt werden? Kann man diese Dinger hier«, ich wackel mit der leeren Spraydose, »nicht schon befüllt bestellen?«

»Wegen der Instabilität des Solve.« Sie geht nicht auf Details ein und verkörpert damit die Grundkommunikation in dieser Stadt: Im *Königreich der Träume* gibt es Informationen in Häppchen.

»Für den Anfang reichen fünfhundert Dosen.«

»Das erledige ich, nachdem ich mit Roger gesprochen habe.«

Mia kräuselt die Mundwinkel.

»Was ist?«, frage ich sie.

»Es ist faszinierend, dass du heute die gleichen Fehler machst wie früher.«

»Könntest du bitte weniger kryptisch reden?«

»Die Suche nach deinem Vater … lass es einfach.«

»Ich verstehe nicht.«

»Seit ich euch beide kenne, rennt ihr andauernd vor einander weg. Entweder läufst du ihm hinterher oder er dir und nie habt ihr den Mumm, wirklich miteinander zu sprechen. Ich will gar nicht wissen, wie fett eure Liste ist, die ihr abarbeiten müsst.«

Von Mia geht eine Mischung aus Sehnsucht und Verbitterung aus.

»Wie lang ist die Liste zwischen dir und mir?«, frage ich.

Ein minimaler Funke blitzt in ihren Augen auf und wird von Mia sofort mit einer ernsten Miene abgedeckt.

»Kürzer«, sagt sie leise doch auch bestimmt. Mias Augen deuten zur Maschine, dann geht sie zum Ausgang.

Ich lausche ihren Schritten, die Gummisohlen ihrer Stiefel quietschen auf dem Linoleumboden und verklingen bald.

Mia hat mir nicht einmal erklärt, wie das Umfüllen des Solve genau funktioniert, es ist so einfach, dass es ein blinder Hamster hinbekommen würde. Auf dem Display wird immer die nächste Handlung eingeblendet:

Schritt eins: Solvemodul *Klasse ZF* in die dafür vorgesehene Vorrichtung drücken.

Hat Mia schon erledigt.

Schritt zwei: Drei Sprayeinheiten *Klasse G* in das dafür vorgesehene Fach legen.

Schritt drei: Den blauen Knopf betätigen.

Schritt vier: Bis zum Signalton warten.

Schritt fünf: Den gelben Knopf betätigen.

Schritt sechs: Bis zum Signalton warten.

Schritt sieben: Die Sprayeinheiten entfernen.

Ich wusste es doch, diese Praktikantenaufgabe habe ich nur bekommen, weil Mia mein Verhalten gegenüber Ryan missfallen hat.

Insgesamt dauert eine Befüllung eine Viertelstunde mit einer zusätzlichen fünfminütigen Aufladezeit der Maschine; ach ja, dann vergeht noch Zeit, in der ich die leere Solve-Flasche gegen eine volle austausche. So eine Zeitvergeudung.

Heute lerne ich keine coolen Kampftechniken oder erfahre schräge Geheimnisse. Unweigerlich denke ich an den armen, hochgebildeten Josh, der zum Kaffeejungen degradiert wurde.

Die Arbeit ist eintönig, die Minuten schleichen vor sich hin. Ist es da ein Wunder, dass meine Konzentration in alle möglichen Richtungen abschweift?

Manchmal drifte ich so ab, dass ich glaube, mich an Details aus meinem Leben zu erinnern. Sobald ich überrascht aufschrecke und dem Gedanken hinterherjagen will, ist er schon dem weißen Kaninchen in sein Versteck nachgerannt. Ich frage mich, warum ich die Suche nach meinen Erinnerungen nicht stärker erzwinge. Glaube ich daran, dass alles von allein zurückkommt? Die vielen kurzen Gedankenfetzen der letzten Tage haben mir gezeigt, dass das so ist. Wie auch jetzt, da ich einfach loslasse und das Rattern der Befüllungsmaschine mich in einen leicht meditativen Zustand versetzt.

Plötzlich sehe ich Mia vor mir im Schneidersitz auf dem Boden sitzen. Sie ist jünger, ein Teenager mit einem einnehmenden, verschmitzten Lächeln und einem schulterlangen, fluffigen Haarschnitt. Das Haar ist auch damals schon schwarz gewesen, aber einige knallpinke Strähnen lockern ihre Strenge auf. Allgemein sieht sie mädchenhafter aus, nicht so kantig und kontrolliert, eher wild, rebellisch und sich ihrer Reize bewusst. Ihre Jeans ist am Knie aufgeschnitten, sie wackelt mit ihren Beinen im rhythmischen Takt zur Musik, die nur sie zu hören scheint. Dabei dreht sie Zigaretten, die sie auf dem Boden aufreiht.

»Ryan mag zwar spießig aussehen, aber er küsst so stürmisch, als wäre er ein Bassist einer verruchten Rockband.«

»Woher willst du wissen, wie so jemand küsst?«, fragt meine jüngere Stimme. »Und könntest du bitte außerhalb der Arbeit auf Wolke sieben schweben? Ich habe keine Lust, alles allein zu machen.« In dieser Erinnerung rattert die Befüllungsmaschine ebenfalls und ich bin diejenige, die sie am Laufen hält.

»Sobald du verliebt bist, schleppe ich die Last für dich«, entgegnet Mia.

Also war sie mit Ryan zusammen. Oder ist es immer noch? Ich glaube nicht, dass sie noch liiert sind, sonst wäre heute keine unangenehme Stimmung zwischen ihnen entstanden. Möglich, dass sie eifersüchtig ist, weil ich ihr in der Vergangenheit den Freund ausgespannt habe, oder so. Brauche ich denn wirklich weitere Hinweise dafür, dass ich offensichtlich ein Miststück war? Ich habe den Praktikantenjob verdient!

»Wo ist eigentlich Rick?«, fragt Mia. »Er sollte die Solvemodule herumschleppen. Stattdessen beschäftigt er sich mit seinen bekloppten Verschwörungstheorien.«

»Ich weiß nicht, für mich klingt das alles logisch.«

Mia schnaubt belustigt. »Du *willst nicht*, dass sein Kram wahr ist. Ich steh nicht auf den Gedanken, dass ich nicht existiere. Du etwa?«

»Nein, auch nicht. Aber das würde so vieles erklären.«

»Was denn so?«

»Die Stadt zum Beispiel. Ist doch unlogisch, was hier so geschieht. Was tun wir hier? Wir füllen Nanos von der einen Flasche in die andere, um dann Träume aufzulösen? Träume, Mia! Wir hätten auch Buchhalter oder – keine Ahnung, Postzusteller werden können. Warum sind wir Sequenzwächter?«

»Gibt schlimmere Jobs – was zum Teufel machen Influencer? Sie hätten vor hunderten von Jahren aussterben sollen, aber sie krallen sich noch immer an den echten Erfolg von wirklichen Stars fest.« Sie zuckt mit den Schultern. »Wenn sie existieren, dann wir doch erst recht. Punkt.«

»Von mir aus«, sage ich.

Beim Anlecken des Papiers fällt die unfertige Zigarette aus ihren Händen und verstreut Filter und Tabak auf den Boden.

Damit verschwindet die Erinnerung, so schnell, wie sie gekommen ist, nur dieses Mal ist etwas anders. Die kaputte Zigarette bleibt da. Ich bekomme Gänsehaut und möchte fliehen, doch ich zwinge mich, den Tabak zu berühren. Ich hebe einen Krümel auf und zerreibe ihn zwischen den Fingern, die ich anschließend unter die Nase halte. Den Geruch bilde ich mir nicht ein. Lag das vorher schon alles da, bevor ich die Halle betreten habe? Oder haben mich die

Zigarettenüberreste aus meiner Erinnerung heraus in die Realität verfolgt? Stellt der Traumsplitter auch dafür ein Portal zur Verfügung? Eine weitere Sache fällt mir auf: Als ich meine Hand sinken lasse, glimmt die Haut golden auf. Ich erhebe mich und betrachte meine Hände genauer. Es ist kaum zu erkennen, doch das Glimmen ist wirklich da. Auf den Armen, den Beinen – ich schiebe die Bluse hoch, mein Bauch weist das gleiche Phänomen auf.

Instinktiv versuche ich, das diffuse Leuchten abzustreifen, doch wie schon heute Morgen bei dem Goldglitzer, lässt sich diese Erscheinung nicht abwerfen. Sofort höre ich auf damit. Zwischen den beiden Ereignissen besteht bestimmt eine Verbindung. Mir fallen die Schmetterlinge von gestern Abend ein. War der Glitzer vielleicht deren Flügelstaub, der meine Haut verzaubert hat?

Ich muss hier raus! Unter keinen Umständen will ich allein in einer unüberschaubaren Halle sein. Was, wenn der Schatten wiederkommt?

Panisch lasse ich alles stehen und schalte nicht einmal die Maschine aus. Die macht ohne mein Zutun sowieso nicht weiter.

Vor der Halle verringere ich meine Geschwindigkeit, weil drei Personen den Gang vor mir blockieren. Sie plaudern miteinander und halten Kaffeebecher in den Händen. Wie spät ist es? Pausenzeit?

Wie eine Verbrecherin will ich unauffällig an ihnen vorbeilaufen, doch die sind nicht blöd, ihnen wird meine Haut sofort auffallen.

Vielleicht ja nicht, rede ich mir ein. Der Vorteil an einer selbstsüchtigen Stadt könnte deren Ignoranz und Ichbezogenheit sein. Ich achte auch nicht drauf, was diese Personen anhaben, die mich mit ihrer bloßen Anwesenheit in Beklemmung bringen.

Ich schaue erneut auf meine rechte Hand und stelle überrascht fest, dass das Glimmen verschwunden ist. Es ist auch nicht auf dem linken Arm zu sehen. Nirgends mehr! Trotzdem hat sich meine Haut verändert, sie schimmert etwas golden, wie ein ebenmäßiges Körper-Make-up.

Gefahr gebannt? Trotzdem laufe ich nicht an den Personen im Gang vorbei. Auf dem Weg zu ihnen entdecke ich eine geöffnete Tür zum Pausenraum und schlüpfe hindurch. Auch ohne eine goldene Aura wirke ich zu nervös, habe keine Lust auf blöde Fragen.

Der Geruch vom Kaffee dringt mir unwiderstehlich in die Nase und meine zitternde Hand greift nach der vollen Kanne.

Nein, kein Koffein! Der verschlimmert meine Aufregung nur noch, ich brauche etwas Beruhigendes, also lasse ich die Kaffeekanne wieder los und beginne, alle Schränke zu öffnen.

»Interessant«, höre ich eine Stimme hinter mir und fahre herum.

Ben steht an einem der runden Stehtische und stützt sich mit dem Oberkörper lässig an der Tischplatte ab, während seine Fingerkuppen auf der Kaffeetasse vor ihm ruhen.

»Du bist ein ganz schöner Junkie«, sagt er.

»Wie bitte?«

»Du greifst zum Kaffee und jetzt kramst du vermutlich nach Keksen oder Schokolade. Ich hoffe nichts Härteres, denn weder Alkohol noch Drogen wirst du in diesem Gebäude finden.«

»Ich suche Tee.«

Ben deutet zum Schrank hinter meinem Rücken, und als ich die Tür öffne, starrt von jeder Teepackung eine verniedlichte Flamingozeichnung zu mir herunter.

Red Tea steht auf den Packungen.

»Du siehst so angespannt aus, Sweety. Stresst dich die Arbeit?«

Ich weiche seiner Frage aus und koche Wasser, das ich dann auf meinen Teebeutel gieße.

»Nein«, antworte ich schließlich.

»Was nein?«

Habe mir wohl doch zu lange Zeit gelassen. Gerade will ich ihn an seine eigene Frage erinnern, da fällt mir eine Bewegung in meiner Teetasse auf. Ich habe angenommen, es ist der Teebeutel, der sich durch meine Schritte zu Bens Tisch bewegt hat. Aber ich sehe etwas anderes: Einen winzigen Flamingo, der mit einem Bein im Tee steht. Ungestört putzt sein Schnabel das rote Gefieder.

Vor Schreck gleitet mir die Tasse aus den Fingern und zerspringt auf dem Kachelboden. Für eine Sekunde glaube ich, dass die Teespritzer sich in rote Federn verwandelt und verlangsamt zu allen Seiten schweben, womit sie den Pausenraum in ein gescheitertes Kissenschlachtszenario verwandeln. Mit einem Blinzeln verschwinden sie wieder, der Tee nimmt seine natürliche Geschwindigkeit an und bespritzt meine Beine und den Boden. »Scherben bringen Glück – sagt man«, kommentiert Ben.

Er sieht mich an, als sei ich ein Dummchen.

Schnell hocke ich mich hin und will das Durcheinander beseitigen, da kommt Ben auf mich zu, tritt die gröbsten Scherben beiseite und zieht mich zurück auf die Beine.

»Lass es einfach liegen, wir haben Putzroboter. Komm mit, ich schaffe es, dich zu beruhigen.« Dabei grinst er zweideutig.

»Mir geht es gut«, sage ich und versuche, mich aus seinem Griff herauszuwinden, doch erneut wird mir seine Stärke bewusst, mit der er mich schließlich auf den Gang befördert.

Offensichtlich nimmt mich in der Sequenzwacht keiner ernst, die eine steckt mich in eine Lagerhalle und der nächste schleppt mich in einen Umkleideraum. Ich habe ein komisches Gefühl dabei, weswegen ich mehrere Schritte Abstand zu Ben halte. Die Umkleide ist nicht außergewöhnlich, Sitzbänke umschlossen von hellen Spinden. Mir wird sofort klar, dass dieser Raum nicht der aus meiner Erinnerung ist, Dave ist ja auch kein Sequenzwächter. Aber wo befindet sich der Raum, den ich gesehen habe? In der Grenzwache vielleicht? Die Anlage ist groß, möglich wäre es also. Bedeutet das, dass ich Dave wirklich von früher kenne? Er ist mir nicht das erste Mal in einem Flashback erschienen.

Ben führt mich zu einem Gemeinschaftsschrank, in dem Sequenzwacht-Uniformen hängen. So eine habe ich gestern bei unserem Einsatz getragen.

»Das sind Ersatzanzüge für den Fall, dass an unseren etwas kaputtgeht. Such dir einen aus, der dir passt.«

Soll ich die Anzüge etwa vor ihm anprobieren? Sein Grinsen verrät mir, dass es wohl sein Wunsch ist, dennoch zeigt er Anstand und will mich allein lassen.

»Bitte bleib«, spricht mein Mund aus, bevor ich nachdenke.

Bens Grinsen wird noch breiter, wenn das denn überhaupt möglich ist. »Ich wusste doch, man kann mit dir Spaß haben«, sagt er und kommt direkt auf mich zu, während er beginnt, seinen Gürtel aufzumachen, und dabei diesen lüsternen Blick aufsetzt. »Und Mia hat darauf gewettet, dass du nicht auf mich stehst.«

»Du solltest ihr das Geld sofort geben«, sage ich und hebe abwehrend meine Hand. »Behalte die Sachen bitte an.«

»Was?«, fragt er irritiert, lässt aber von seinem Gürtel ab.

»Schätzchen, verarschst du mich?«

»Wieso gehst du gleich davon aus, dass ich mit dir schlafen will? Ich brauche lediglich etwas Gesellschaft – ist mein erster Tag und er ist nicht gerade cool.«

Dass ich Angst vor neuen Traumerscheinungen habe, verschweige ich lieber.

»Fängst du gleich an zu heulen?«

»Versprochen, ich mache kein Drama. Bleib einfach hier.«

Er ist nicht glücklich darüber, er sieht mich sogar stinkig an, setzt sich aber doch auf eine Bank.

»Von mir aus, dann sehe ich eben nur zu. Eines Tages wirst du mich anflehen, dich …«

»Irgendetwas sagt mir, dass das nie geschieht.«

Ich hole den ersten Sequenzwachtanzug aus dem Schrank. Bens Begaffen ist ätzend, und mir wäre Rick in dem Fall lieber, selbst Mias genervter Blick wäre erträglicher, aber so ist es besser als irgendwelche zischenden Schatten.

»Wieso soll ich hierbleiben?«, fragt Ben, nachdem ich mich bis auf die Unterwäsche ausgezogen habe und nun in den Anzug zu steigen versuche. »Machst du dir gleich in die Hosen?«

Seltsamerweise habe ich das Gefühl, ich könnte vor Ben über meine Angst sprechen. Er ist einer dieser Kerle, die nie Emotionen zeigen, weswegen sie auch die Gefühlsduselei der anderen nicht mit Außenstehenden auswerten oder sich lästernd darüber auslassen. Ist ihnen einfach nicht wichtig und oft zu peinlich, so etwas überhaupt zur Sprache zu bringen. Mir kommt es vor, als würde ich Ben schon eine Ewigkeit kennen und wissen, wie er tickt. Er ist wie ein Vetter vom Lande, der nicht von der modernen Stadt verklemmt wurde und stets frei ausspricht, was durch seinen Kopf geht. Ist nicht immer geistreich, aber wenigstens ehrlich.

»Es fällt mir schwer, meine Alpträume zu verarbeiten«, vertraue ich ihm deswegen an. Ich rechne nicht damit, dass er mich besorgt oder gar mitleidig ansieht. »Und mein Kopf ist gerade so löchrig, dass er sich Dinge ausdenkt, um diese Leere zu füllen. Passiert oft, wenn ich allein bin.«

»Klingt anstrengend, das mit deiner Hohlbirne. Was aber die Alpträume angeht, kann ich dich beruhigen, das geht schnell vorbei.«

Ich verschließe den Anzug mit mehreren Reißverschlüssen und prüfe meine Beweglichkeit darin, in dem ich mich strecke und ein paar Schritte umherlaufe. Bens Augen sind dabei die ganze Zeit auf mich geheftet. »Lass dich bloß nicht zu einem Psycho-Doc schicken«, redet er weiter. »Der stopft dich mit Pillen voll, wird dir nicht gefallen.«

Unsere Blicke treffen sich. Ist ihm das passiert? Wurde er mal mit Psychopharmaka ruhiggestellt?

Ein Bild von einem sich auf einer Krankenliege windenden Ben taucht in meinem Kopf auf. Zunächst erkenne ich ihn wegen seiner langen, verschwitzten Mähne nicht, doch die Augen und das Kinn sind markant. Er ist mit dicken Gurten an die Liege gefesselt. Sein Gesicht ist rot und nass vor Schweiß. Der Schrei ist so entsetzlich, dass ich Gänsehaut bekomme.

»Beende es, beende es!«, sind dabei seine Worte.

Das Bild verschwindet und ich schlucke schwer. Es war nicht Ben, zumindest nicht der, den ich kenne. Denn da jetzt die Erinnerung weg ist, und ich noch immer in Bens Augen blicke, fällt mir auf, dass der Gefesselte mindestens ein Jahrzehnt älter war.

Stimmt es, was ich ihm über meinen Kopf gesagt habe? Konstruiere ich eine neue Realität, weil meine Vergangenheit fehlt? Aber es sah so echt aus. Noch immer spüre ich die Gänsehaut nach.

»Ist Calvin passiert«, sagt Ben.

Ich sehe ihn fragend an.

»Die haben Calvin mit Pillen kaputtgemacht, jetzt arbeitet er im Lyri Eliot Museum und passt auf, dass keiner die Exponate anfasst. Chemisch gegrillt haben sie ihn.«

Er tippt auf seine Stirn und setzt ein Lächeln auf.

Chemisch gegrillt.

Diese Worte gehen mir nicht aus dem Kopf, verknüpfen sich leider aber nicht mit irgendwelchen Erinnerungen.

»Ist dir eigentlich klar, dass ich das auf meinem Mediachip aufnehme?«, verfällt Ben in seinen lüsternen Ton zurück, als ich den etwas zu engen Anzug wieder ausziehe. »Dein Teint ist übrigens der Hammer. Die Kosmetiker in Dream City sind wahre Götter.«

Was ihn anturnt, bereitet mir Angst. Glücklicherweise glimmt meine Haut nicht mehr.

»Ich habe mich entschieden«, sage ich und ziehe schnell meine eigene Kleidung an. »War eine kurze Stripshow, tut mir leid.«

»Das reicht mir, meine Ansprüche sind nicht sehr hoch.«

Im Schrank tausche ich die Sequenzwacht-Uniform gegen eine Nummer größer und hänge sie in den Spind, den mir Ben zuteilt.

»Glaubst du, Roger ist in der Grenzwache?«, frage ich ihn währenddessen.

»Höchstwahrscheinlich. Wo soll er in so einer Zeit sonst sein?«

»Kann ich dahingehen?«

»Was fragst du mich? Bin nicht für dich zuständig. Bist du nicht Ricks Mädchen? Frag ihn, er müsste in seinem Büro sein.«

Ricks Büro ist wirklich abgespaced. Im Gegensatz zu den restlichen Bereichen der Sequenzwacht ist der Raum abgedunkelt und hat schwarze Wände. In jeder Ecke stehen Bildschirme, Servertower und sonstige Technik, die ich nicht einmal deuten kann. Aber vor allem fallen mir die unzähligen Stressbälle auf, die überall auf dem Boden und der Möbel liegen. Sie haben unterschiedliche Motive, einige zeigen Logos verschiedener Firmen und andere haben lachende oder wütende Gesichter.

Rick sitzt in der Mitte des Raumes und starrt hochkonzentriert auf einen Bildschirm, auf dem ich Programmiercodes sehe. Seine linke Hand quetscht dabei einen besonders wütend blickenden Stressball.

»Ich verstehe es nicht«, murmelt er, als ich an ihn herantrete und ein paar Bälle aus dem Weg kicke.

»Was denn?«, frage ich.

Rick zuckt zusammen und sobald er mich erkennt, atmet er erleichtert aus.

»Jessi, das Büro sollte keiner ohne Anklopfen betreten.«

Er wirft den Stressball gegen die Wand vor ihm und fängt ihn nach dem Abprall wieder auf.

»Ich habe geklopft.«

»Oh.«

»Oh?«

Rick winkt ab. Zum ersten Mal, seit ich ihn kenne, wirkt er ernst und besorgt.

Ich setze mich auf den Stuhl neben ihm und schaue ebenfalls auf seinen Code, als könnte ich dort etwas verstehen.

»Schwer beschäftigt«, ist mein Kommentar zu seinem mysteriösen Geschreibsel.

»Da ist irgendwas … nicht so wichtig. Was ist los? Bist du mit Mias Aufgabe durch?«

»Rick, ich will zur Grenzwache.«

Er atmet schwer aus und zieht seine Augenbrauen so hoch, dass seine Augen gewaltig werden. Und mit diesen sieht er mehrere Bildschirme nacheinander an. »Keine Zeit, Jessi. Ich muss die Liste für die Freicodierung vorbereiten und dann beschäftigt mich da so ein komisches Ding …« Er tippt auf eine Codezeile und schüttelt dabei seinen Kopf. »Sorry, kann dich gerade nicht begleiten. Frag Mia, die langweilt sich bestimmt zu Tode.«

»Ich gehe allein«, sage ich. »Die Grenzwache ist ja nicht zu übersehen, da führt der höchste Fahrstuhl hin und –« Ich breche ab, da Rick den Stressball zur Seite legt, seine Tastatur heranzieht und seine Finger darüber tanzen lässt, als wäre er schon mit dieser Fähigkeit auf die Welt gekommen. Er ist im Tunnel, komplett nicht ansprechbar. Auf dem Bildschirm rennen die Codes nur so dahin, was mich aufatmen lässt. Dave muss es gut gehen, wenn er von so einem obsessiven Programmierer geschützt wurde.

Bei der Grenzwache hält mich die Sensortür wieder auf. Wie wird die Tür jetzt auf mich reagieren, nachdem ich sämtliche Traumerscheinungen durch den Traumsplitter hinausgelassen habe?

Die Stadt, in der Träume Realität werden, lese ich den Leitspruch, der auch auf dieser Seite der Tür geschrieben steht. Seltsamerweise macht er mir Mut, denn er hat so viele Bedeutungen. Träume können genauso für Wünsche stehen und meiner ist es zu klären, aus welchem Grund ich hier bin. Also betrete ich die Grenzwache und halte Ausschau nach zwei Personen: meinen Vater und Dr. Parker.

Bei beiden hoffe ich, sie sofort zu finden, scheitere aber bereits auf der medizinischen Notstation. Lukes, der Pfleger erklärt mir, dass Dr. Parker seinen Urlaub eingereicht hat.

»Wo reist er denn schon hin? Nach Balkonien?«, will ich frustriert wissen. Geht mir hier jeder aus dem Weg?

»Kein Plan, der Doc erzählt nie Privates.«

»War ja klar.«

»Die Stadt hat er, nicht verlassen, ist klar, vielleicht triffst du ihn aber durch einen Zufall irgendwo.«

Als ob hier irgendetwas zufällig geschieht, denke ich und verlasse die Notstation.

Die Suche nach meinem Vater dauert nicht lange. Um genau zu sein, wird sie durch die Begegnung mit Hauptmann Malor unterbrochen.

»Ich bin überrascht, dich hier zu sehen«, sagt er.

Sein Lächeln strahlt Ruhe aus, von wegen überrascht, höchstwahrscheinlich haben mich die Überwachungskameras erfasst und man hat den Hauptmann informiert.

Irgendetwas an unserem Aufeinandertreffen sagt mir, dass die Freundlichkeit, die mir dieser Mann bis jetzt entgegengebracht hat, nicht seiner wahren Person entspricht. Ein Mensch, der ständig fröhlich ist, bekleidet nicht wegen seiner positiven Haltung so eine hohe Stelle wie der Hauptmann. Ich sah, wie andere ihm Respekt erwiesen haben, wie dabei unausgesprochene Furcht in ihren Augen funkelte, wenn sie ihm begegneten. Malors tiefgründiger Blick sagt mir, dass nun auch ich die Macht dieses Mannes kennenlernen werde.

»Was tun Sie hier, Jessica?«

»Nach Dave sehen«, sage ich. »Ich meine, ich wollte fragen, ob man wieder Kontakt …« Dieser durchbohrende Blick lässt mich verstummen.

»Ich habe es nicht so gern, wenn Sequenzwächter uneingeladen in die Grenzwache eindringen.«

»Ich …«

»Und noch mehr als das hasse ich das vermessene Herumstolzieren Unbefugter, die respektlos und ungefragt Nachforschungen in meinem Gefilde anstellen.«

Seine Autorität ist so heftig, dass ich das plötzliche Gefühl habe, er würde mich gleich verspeisen. Seine Züge sind befremdlich und die Schatten in seinem Gesicht breiten sich scheinbar bedrohlich auf die gesamte Umgebung aus.

Beende es, höre ich den Schatten aus meiner Wohnung zischen.

»Dass Sie sich durch den Erinnerungsverlust nicht an Konventionen gehalten haben, war amüsant, aber Unwissenheit schützt vor Strafe nicht. Sie haben keinen Freischein. Warum waren Sie auf der Notstation? Wieso suchen Sie Dr. Parker? Und lügen Sie mich nicht noch einmal an.«

Meine Ohren beginnen zu klingeln, fast schon spüre ich, wie mein Körper sich darauf vorbereitet, mich zu verraten.

»Ich wollte nach Schlafmitteln fragen. Nein, eigentlich will ich wissen, ob ich Beruhigungstabletten nach einer Traumkontaminierung überhaupt nehmen darf.«

Hauptmann Malor sieht mich beinahe enttäuscht an. Weiß er, dass ich lüge, oder hat er nur gehofft, ich enthülle ein Geheimnis?

»Und ich suche meinen Vater«, füge ich hinzu, damit er nicht auf die dumme Idee kommt, weiter auf die Traumkontaminierung einzugehen. »Man hat mir gesagt, er sei hier.«

»Nein«, sagt Hauptmann Malor und seine strahlende Art kommt dabei wieder zum Vorschein. Er wirkt auf mich wie ausgewechselt. Wieder machen die Sommersprossen ihn sympathisch. Das kann er einfach so umschalten, nicht gerade vertrauenserweckend. Er berührt mit seiner Hand meinen Oberarm und übt leichten Druck aus. Ich traue ihm inzwischen zu, dass er ohne Schwierigkeiten meinen Arm auskugeln könnte, sollte ich eine falsche Bewegung wagen.

»Ist er etwa mit Doc Zelten gefahren?«, frage ich. »Zusammen mit den Geistern und den Zombies eine Runde grillen?«

Hauptmann Malor verzieht sein Gesicht zu einer fragenden Miene. »Was meinen Sie?«

»Nichts.«

»Ihren Vater habe ich nicht gesehen.«

»Er wurde gestern hierher gerufen, ich war dabei, als er …« *Als er weggerannt ist.* Ob er wirklich zur Grenzwache gegangen ist, muss also nicht stimmen. Hier ist irgendwie alles eine einzige große Lüge.

»Er wurde herbestellt, schickte aber zwei Kollegen zu uns.«

»Ist so etwas typisch?«

»Nichts an diesem Ort ist typisch, Jessica Louis Blair. Das müssten Sie doch am besten wissen.«

»Wieso sagen Sie das? Würde bitte jemand Klartext mit mir sprechen?«

»Das hat vermutlich etwas mit Ihrer Mutter zu tun.«

»Wie meinen Sie das? Wo ist sie?«

»Die einzige Person, die darauf eine Antwort hat, sind Sie.«

»Ich?«

»Dieser Ort hat Ihre Mutter – Louis – verschluckt, sie ist einfach verschwunden. Das ist der Grund, aus dem Sie die Stadt verlassen haben. Sie sind gegangen, weil Sie wussten, wo sie sich aufhält. Zwei Jahre ist es her und jetzt sind Sie wieder da, ohne Erinnerungen und ohne Ihre Mutter. Hatte gehofft, Sie würden uns alle erleuchten, aber wie es aussieht, rennen Sie nun Ihren eigenen Gespenstern hinterher.«

»Habe ich Sie etwa ins Vertrauen gezogen?«

»Ist das so schwer nachvollziehen?«

»Um ehrlich zu sein, ja, Mr. Malor.«

»Hauptmann«, berichtigt er mich.

Ich nicke lediglich und verfalle in einen kurzen Gedanken über das, was Hauptmann Malor gerade gesagt hat. »Tut mir leid, da klingelt nichts bei mir.«

»Vielleicht ist Ihre Amnesie einer inneren Blockade geschuldet. Es würde Ihnen nicht schaden, einen Psychotherapeuten aufzusuchen. Hypnose wirkt Wunder.«

Bilder eines gefesselten, schreienden Bens kommen mir wieder in den Sinn. Hauptmann Malor nimmt seine Hand von meinem Arm und greift in die Brusttasche seiner Uniform. Er holt einen kleinen Notizblock heraus, an dem ein stumpfer Bleistift baumelt. Während er etwas notiert, sagt er: »Ich empfehle Ihnen Dr. Morrison, er hat meiner Frau die Naschsucht ausgetrieben, sie isst seitdem keinen Zucker mehr und sieht aus wie das Häschen, in das ich mich damals verliebt habe.«

»Hätten Sie Ihre Frau nicht auch mit der Naschsucht lieben können? Schließlich ist sie ein Teil von ihr, der jetzt nicht mehr da ist.«

»Kümmern Sie sich um Ihre Lücke im Kopf, bevor Sie über andere urteilen, Miss Blair.«

»Das ist es ja«, sage ich. »Mir fehlt auch ein Teil und macht mich zu einem anderen Menschen. Mir tut Ihre Frau leid.«

»Ich vergesse mich gleich«, sagt Hauptmann Malor mit einem warnenden Unterton. Er reißt den Zettel mit dem Namen und der Adresse – ober- und unterirdisch sind es unterschiedliche Standorte – und reicht ihn mir mit einem durchdringenden Blick. »Er wird die Erinnerung schon wachkitzeln, versprochen. Egal, ob Sie hingehen oder nicht, jetzt verlassen Sie die Grenzwache, verstanden?«

»Das werde ich, aber kann ich für fünf Minuten mit Kate sprechen?«

»Kate Connor?« Er steckt Notizblock und Stift zurück in die Brusttasche. »Sie ist beschäftigt.«

Okay, ich hätte nichts zu seiner Frau sagen dürfen, jetzt ist er sauer.

»Nur fünf Minuten«, bitte ich flüsternd.

»Soll ich Ihnen Geleit zum Ausgang zuteilen?« Das klingt nach einer Drohung.

»Ist nicht nötig.«

»Ich beobachte Sie, Jessica.«

Mit einem dezenten Blick deutet er zur Decke. Ich weiß, dass da eine Kamera auf mich gerichtet ist.

»Bin schon weg«, sage ich leise und unternehme einen Versuch zu salutieren, was mir seltsam vorkommt, da ich nicht einmal eine Uniform trage. Dass es nicht angebracht ist, merke ich an Malors amüsierten Lächeln, das er mir schenkt, kurz bevor er sich abwendet.

Ich gehe also Richtung Ausgang, immer die Kameras im Blick. Die Kommunikationszentrale ist zu weit weg. Selbst wenn ich jetzt losstürmen würde, wäre ich gefasst, bevor ich Kate zu Gesicht bekäme. Ich bin genauso schlau wie zuvor.

Wo ist nur mein Mut hin, der mich in einen Alptraum hinausgetrieben hat? Ich lasse mir von einem alten Mann etwas vorschreiben, der seine Frau optisch anpasst, bis sie seinen Vorstellungen entspricht. Was kann er mir schon antun? Ins Gefängnis stecken?

Eine leise Stimme in mir warnt mich davor, zurückzugehen oder Malor zu unterschätzen. Ich vertraue meiner Intuition und laufe weiter, dabei denke ich an den Außen-Mediachip, den ich von Kate erhalten habe. Auf diese Weise kann ich mit ihr Kontakt aufnehmen, auch wenn sich alles in mir dagegen sträubt, der Technik Zugang zu meinen Gedanken zu geben. Kate hat mir zwar versichert, dass er mit Muskelkontraktionen funktioniert, aber ist es nicht schon die Grenze zur Gedankenüberwachung? Warum zum Teufel sind Leute damit einverstanden, dass die Regierung, das Gesundheitswesen und irgendwelche Kriminelle sie kontrollieren? Die Menschen haben die gläserne Ebene längst verlassen, die heutige Welt ist neuronal. Da möchte ich nicht mitspielen.

Ich fühle mich schwach, als ich wieder durch die Ausgangstür gehe. Die verglaste Brücke, die mir gestern noch wie ein kolossales Wunder vorgekommen ist, bereitet mir den Weg des Versagens. Warum wurmt mich das so sehr? Was hindert mich daran, bis morgen auf ein klärendes Gespräch mit meinem Vater zu warten? Wenn ich zwei Jahre Geduld aufbringen musste, dann bringen mich ein paar weitere Tage nicht um, oder? Ich spüre eine innere Anspannung, die mich schneller über die Brücke gehen lässt. Dabei zerknülle ich den Zettel mit Dr. Morrisons Adresse und werfe ihn achtlos weg.

Ben mag zwar ein unsensibles Arschloch sein, aber auf eine unorthodoxe Weise vertraue ich ihm. Auf keinen Fall will ich mich in die Behandlung eines weiteren Arztes begeben, die verschriebenen Kontaktlinsen reichen mir aus.

Der Fahrstuhl braucht lange bis er da ist, und als die Tür aufgeht, kommt Josh mit einer Palette verschiedengroßer Kaffeebecher heraus. Seine Miene verfinstert sich, als er mich erkennt.

»Kein Wort«, sagt er und geht an mir vorbei.

»Josh, warte«, bitte ich ihn.

»Willst du mich aufziehen?«

Ich sehe mir den Kaffee an, auf einem der Becher steht *Kate – Kakerlake.* Auch die anderen Namen haben kleine Zusatzbetitelungen, wie *Anna – Hippietante, Steve – lausiger Skripter, Barbara – extra Zucker für deinen Hintern, …*

Wow, Josh ist echt gut gelaunt.

»Ich sitze auf dem Trockenen«, sage ich und bereue meine Wortwahl sofort. »Habt ihr Kontakt zur Rettungsebene?«

»Die Lage ist unverändert«, antwortet er ohne jegliche Gefühlsregung. »Allerdings sinkt die Stufe rasant ab, in drei Tagen fährt die Stadt hoch. Und jetzt entschuldige mich bitte, da warten ein paar Scherzkekse auf ihren ungenießbaren Kaffee. Guten Tag.«

Schon im Fahrstuhl merke ich, dass etwas nicht stimmt. Goldene Lichter blitzen über den Dächern der Stadt auf. Bei dieser Farbe bin ich sofort alarmiert. Ich lege meine Hände an die Glastüren und schaue auf das Königreich. Die Lichtblitze sind nicht permanent, tauchen nur hier und da auf, aber das Intervall ist zu hoch, als dass es sich um eine Spiegelung eines sich öffnenden Fensters oder einer angehenden Laterne sein könnte. Unten angekommen, eile ich in die Richtung, aus der ich mehrere, aufeinanderfolgende Lichtblitze kommen sehe. Ich bin allerdings die Einzige, die dorthin unterwegs ist, alle anderen rennen mir entgegen. Ich gerate in den Gegenstrom und muss mir den Weg freikämpfen.

»Was ist da los?«, frage ich die Wegrennenden, doch niemand fühlt sich angesprochen. In ihren Gesichtern erkenne ich eine Mischung aus leichter Verwirrung, Faszination und blanker Angst.

Ich kämpfe mich auf einen gut überschaubaren Platz durch. Er ist sehr groß, so als wäre er für Paraden konzipiert, die ich mir hier unten nicht vorstellen kann. Hier stehen mehrere Transporter und Baugerüste, die an eine Bühnenkonstruktion erinnern. Werden hier Feste gefeiert? In der Untergrundstadt ist es unlogisch, dass es diese extrem weite Fläche überhaupt gibt, aber viele Menschen nutzen sie, um offensichtlich ihre Wege abzukürzen.

Umringt ist dieser Platz von engstehenden Hochhäusern, um deren Dächer übergroße goldene Schmetterlinge kreisen.

Darauf war ich nicht vorbereitet. Sie haben jetzt die Größe geöffneter Bücher angenommen und ich frage mich, ob sie denn noch mehr wachsen können. Sind das dieselben Schmetterlinge, die gestern mit sanften Flügelschlägen aus meinem Haar herausgeflattert sind? Ich fürchte, die Antwort zu kennen.

Jetzt ist es soweit, meine Traumkontaminierung zeigt sich der breiten Masse. Was hat Dr. Parker sich davon versprochen, mich in die Stadt zu lassen und deren Bewohner zu gefährden? Sind diese Traumerscheinungen überhaupt gefährlich? Sie fügen keinen körperlichen Schaden zu. Aber sie verbreiten Angst und ist das nicht noch schlimmer als ein gebrochenes Bein?

Plötzlich jedoch stürzen alle Schmetterlinge wie auf Kommando in die Tiefe. Bei diesem Anblick presse ich meine Hände auf die Lippen. Panik ergreift mich. Ich will nicht, dass den Traumerscheinungen etwas geschieht. Als sie sich beim Aufprall in kleine Goldstatuen verwandeln, die den Menschen auf dem Platz flink nachrennen und sich mit den winzigen, spitzen Fingern brutal in deren Fleisch graben, wünsche ich mir, die Schmetterlinge wären in den Tod gestürzt.

Auf der Stelle suche ich Schutz hinter einem Bühnengerüst und betrachte die Situation aus der Ferne. Warum lässt mich das Gefühl nicht los, dass die Träumerin, noch immer ein kleines Mädchen ist? Ein rachsüchtiges, verspieltes Kind? Und wieso pocht die Überlegung gegen meinen Kopf, die schlafende Prinzessin gäbe es in Wirklichkeit gar nicht. Wie schafft ein Mensch, sich das alles, was ich gesehen habe, auszudenken? Ich möchte für einen kurzen Moment daran glauben, dass die Alpträume von den Spieleentwicklern kreiert werden, die sich in der Sequenzwacht hinter ihren Virtual Reality Brillen verstecken. Das hier ist keine Kreation einer jungen Frau. Vielleicht ist das alles auch nicht real? Kann doch sein, dass wir alle in einem Spiel stecken und ich nur ein Avatar für irgendeinen fetten Kerl bin, der Ende dreißig noch immer im Keller seiner Mutter lebt und seine unzähligen Comics einzeln in luftdichter Folie aufbewahrt. Es würde auch erklären, warum mein Haar gefärbt ist, blond hat ihm bei der

Charaktererstellung nicht gefallen und er hat mich kreiert, wie die Nachbarstochter, in die er schon seit der Highschool-Zeit heimlich verliebt ist.

Mein Bauchgefühl sagt mir, dass auch ich die Spielemacherin sein könnte und genau diese Überlegung gefällt mir nicht, ich möchte sie in der Dunkelheit meiner verborgensten Gedanken vergraben, da, wo meine Erinnerungen versteckt liegen.

Jetzt ist durch den Traumsplitter doch etwas Schlimmes geschehen. Ich muss jemandem erzählen, was ich darüber weiß. Mein Vater, Mia und Rick fallen mir dabei ein.

Die Menschen werden von den goldenen Statuen nicht wirklich aufgerissen, nicht einmal verletzt. Es gibt nirgends Blut. Bei genauer Betrachtung erkenne ich, dass das auch keine Statuen sind, denn die Figuren sind transparent. Sie sehen nur so aus, als wären sie stofflich, aber es sind so etwas wie Geister, die in den Menschen versinken und die Kontrolle übernehmen.

Kurz darauf verhalten sich diese Personen besessen. Eine betroffene Frau, die einen eleganten, jugendlichen weißen Anzug mit einem engen Rock trägt, schlägt auf einmal mit ihrer Handtasche um sich und erwischt dabei wegrennende Passanten. Dann hängt sie sich an einen Nerd mit Dreadlocks und jagt ihm hinterher. Sie bringt ihn zu Fall und verprügelt ihn mit ihrer Tasche.

Andere Besessene machen es ihr gleich, sie stürzen sich auf Passanten und beginnen Krawalle. Stühle vor einem Café dienen den Amokläufern als Wurfgeschosse, mit denen sie sämtliche Schaufenster demolieren.

Das ist allein meine Schuld! Ich muss was unternehmen!

Ich verlasse mein Versteck, renne auf die Frau in dem weißen Kostüm zu und reiße sie von dem Mann weg.

Diese Wucht bringt uns beide zu Fall, ich lande dabei unsanft unter ihr und verliere kurz die Orientierung. Dieser kleine Moment reicht aus, damit sie den langen Handtaschen-Träger um meinen Hals legen kann. Sie dreht mich gewaltsam auf den Bauch und zieht die Schlaufe um meine Kehle ruckartig zu.

Ich ringe vergeblich nach Atem, während ich darum kämpfe, die wildgewordenen Frau von mir zu stoßen. Der Winkel, in dem wir uns zueinander befinden, lässt kaum zu, dass ich mich befreie. Zudem ist sie auch so stark.

Ich sehe nichts, spüre nur den Luftmangel und kämpfe um mein Leben.

Es wird schwarz vor meinen Augen, außer meinem eigenen Keuchen höre ich nichts mehr. Und dann ist plötzlich alles weg.

Meine Lungen füllen sich mit Sauerstoff. Mir wird klar, dass ich nicht mehr auf dem Bauch liege, unter mir nehme ich eine Matratze wahr und irgendjemand hält meine Hand. Helles Licht umgibt mich und ein Ton hallt nach, als wäre ich tief unter Wasser. Dieses Geräusch wiederholt sich und wird nun deutlicher.

»Jessi, du musst zurück. Bleib nicht hier, sonst beginnt es von vorn.«

Ich kenne diese Stimme, sie weist einen leichten Akzent auf.

Langsam öffne ich die Augen und erkenne, wie jemand sachte mit dem Finger am Tropf des Infusionsbeutels klopft.

»Nein, schließen! Mach deine Augen wieder zu!«, sagt diese Person. Nach der Stimme zu urteilen, ist es ein Mann. Sein Gesicht sehe ich nicht, dazu müsste ich meinen Kopf bewegen, doch ich fühle mich schwer und betäubt.

Chemisch gegrillt, kommen mir Bens Worte dabei in den Sinn. Welche Gifte werden in mich gepumpt? Bin ich deswegen so regungslos?

Die Hand des Mannes legt sich auf meine Augen.

»Tauche wieder ab, Jessi.« Die Stimme ist hektisch und geheimnistuerisch, so als möchte die Person nicht erwischt werden.

Eine Schwere erfasst meinen Körper und dimmt das Licht vor

meinen Augenlidern bis zur Schwärze ab. Auch die Stimme wird leiser, bevor sie ganz verklingt, schon vergesse ich, wem sie gehört.

Das Bett ist das Einzige, das ich noch immer unter mir spüre. Als ich erneut die Augen öffne, bin ich in einem alten Motelzimmer. Lange Zeit starre ich die hässlichen Vorhänge an, bis ich mich erschrocken aufrichte und zu dem Stuhl blicke, den ich in der Ecke vermute. Darauf steht mein Rucksack, den ich bei einem Alptraum im *Königreich der Träume* verloren habe.

Mit rasendem Herzen eile ich dorthin und kippe den Inhalt der Tasche auf dem Boden aus. Trinkflaschen, altes Käsesandwich, Musikplayer, Portemonnaie und – sobald ich das Busticket entdecke, zerknülle ich es und werfe es wütend beiseite.

Dann laufe ich in das winzige Badezimmer. Dort steht mit rotem Lippenstift mein Name auf dem Spiegel geschrieben und darunter das Wort *Sequenzwacht.* Es ist nicht meine Handschrift.

»Nein!«, sage ich.

Ein Hitzefilm bildet sich auf meiner Haut. Ich bin wieder am Anfang meiner Erinnerungslosigkeit. Wie ist das möglich?

Ich verwische mit der Hand den Lippenstift auf dem Spiegel, doch noch immer erkenne ich die Worte. Panisch umschließe ich meinen Kopf mit den Händen, schmiere dabei die Lippenstiftreste auf Wange und Stirn.

»Das ist nicht die Wirklichkeit«, flüstere ich.

Kehr zurück, höre ich die Stimme in meinem Kopf. *Jessica, konzentriere dich auf deine Ebene.*

Meine Ebene?

»Was heißt das?«, schreie ich den Spiegel an und sehe mein vor Schreck verzerrtes Gesicht.

Ich ertrage den Anblick nicht, als hätte ich diese irren Augen und den weit aufgerissenen, weinenden Mund schon viel zu oft gesehen. Die Wut in mir kann ich nicht zuordnen, hier kollidieren verschiedene Realitäten miteinander, so kommt es mir zumindest vor. Ist es das, was der Mann mit Ebene meint?

Ich halte es nicht mehr aus und schlage die Faust gegen den Spiegel, genau auf die Stelle, an der *Jessica Blair* steht.

Die Lippenstiftreste vermischen sich mit meinem Blut, erst dann macht sich der Schmerz in der Hand bemerkbar. Er erinnert mich an eine andere Wunde. Nur war sie nicht an der Hand, sie war …

Ich blicke in den zerbrochenen Spiegel, sehe mich in vielen unterschiedlich großen Splittern. Blut sickert über meine Finger und ich nutze es dazu, mir eine rote Linie auf meinem Hals zu zeichnen. Ich sehe aus, als hätte mir jemand die Kehle durchgeschnitten. Doch es ist kein Schnitt, an den ich mich zu erinnern versuche.

Plötzlich, als wäre es Magie, schießt der Schmerz von meiner Hand in den Hals. Ich spüre, wie ein Riemen meine Kehle zuschnürt, und muss aufgrund des Luftmangels husten. Ich krächze und mir wird erneut schwarz vor Augen.

Rückkehr.

Falls ich in einer verfluchten Zeitreise feststecke, ist mein Zurückkommen ungünstig. Warum musste ich mit meinem Hals ausgerechnet zurück in der Schlinge dieser würgenden Besessenen landen? Hätte ich meine Lage irgendwie verändern können? Unsinn, bei dem Luftmangel habe ich nur halluziniert und muss zusehen, wie ich mich befreie. Ich motiviere all meine Kraft und stoße mich vom Boden ab, ich habe auf eine energische Bewegung gehofft. Die Situation bleibt leider unverändert.

Ich bin nicht durch die Zeit gereist, es war nur mein letzter Wunsch, wieder dort anzufangen, wo ich alles noch verändern konnte. Ich wäre nicht in den Bus gestiegen, wäre nicht in das *Königreich der Träume* gekommen und hätte all diese Alpträume nicht erlebt. Was, wenn ich das hier nicht überlebe?

Erneute Panik kommt über mich und ich stoße wiederholt mit den Schultern gegen die Frau. Dieses Mal klappt es mit Leichtigkeit. Der Druck ihres Körpers verschwindet, die Handtasche baumelt locker um meinen Hals. Mit einem tiefen Atemzug reiße ich mir das Ding über den Kopf und schmeiße es weit von mir, während ich geräuschvoll nach Atem ringe. Meine Knie sind weich, ich kann nicht aufstehen. Ruckartig blicke ich mich nach der irren Frau um und sehe, dass Mia ihr Solvegewehr auf die Brust der Besessenen richtet. Diese bebt, als hätte sie einen Elektroschock erlitten. An dem weißen Kostüm erkenne ich dunkelgrüne, feuchte Flecken – das Solve.

Nicht ich habe mich befreit, Mia kam mir zur Hilfe. Sie und etliche Sequenzwächter in ihren Schutzanzügen eilen auf den Platz herbei und räumen ihn auf.

Mia kommt auf mich zu und hilft mir, aufzustehen. Ihr Blick ist voller Entsetzen.

»Jag mir nie wieder so eine Scheiß-Angst ein!«, schreit sie mich an, als hätte ich mich gerade von einem Hochhaus in die Tiefe stürzen wollen und sie das in letzter Sekunde verhindern konnte. Zu allen Übel boxt sie mich unsanft in die Schulter, was mich zurücktaumeln lässt. Mia fängt mich rechtzeitig an meinem Arm auf und schließt mich in eine Umarmung, weswegen ich erneut nach Luft schnappe. Ich bekomme die absurde Panik, dass auch sie mich gleich zu würgen beginnt, doch dann höre ich sie auflachen und schluchzen. Als sie mich auf Armeslänge von sich hält, sehe ich Freudentränen in ihrem Gesicht. Sie hat wieder die weichen Züge der Jugendlichen, als die ich sie in meiner Erinnerung gesehen habe.

Mia wischt sich über die Augen und setzt ihre ernste Miene auf. »Weißt du, was passiert ist?«

»Das ging alles sehr schnell.«

Sie schultert ihr Gewehr, um aus ihrer kleinen Seitentasche eine Spraydose herauszuholen, die gleiche, die ich noch vor ein paar Stunden befüllt habe. »Nimm.«

Als sich meine Finger um die Dose legen, kommt mir der Befüllungsjob nicht mehr herabstufend vor.

»Es ist eine Sequenz, habe ich recht?«, frage ich.

»Ja, aber etwas stimmt nicht.«

Mia bringt ihr Gewehr wieder in Schießposition und läuft los, wobei ich ihr folge, den Finger auf die Sprühkappe meiner Solve-Spraydose gelegt.

»Inwiefern?«, will ich wissen, obwohl mir meine Schuld genau bewusst ist und die Sequenzwacht vermutlich sofort eine Lösung finden würde, wenn ich meinen Mund endlich aufmache.

»Ehrlich? Ich habe keine Ahnung«, antwortet Mia. »Bleib in meiner Nähe.«

Die Stadt verfällt in den Ausnahmezustand, was die Sonnengardisten wie Pilze aus dem Boden schießen lässt. Das Chaos hat sich auf die Bereiche um den Platz ausgebreitet. Die Besessenen greifen nicht nur Menschen an, sie stecken auch Gebäude in Brand. Schwarzer Rauch steigt zum Himmel, der leider keiner ist. Wenn das Feuer nicht bald gelöscht wird, haben wir ein Problem mit dem Sauerstoff.

Die Lage ist nicht einfach unter Kontrolle zu bringen. Dass Mia die Besessene mit dem Solve geheilt hat, war nur deswegen so erfolgreich, weil die Frau mit mir beschäftigt und somit abgelenkt war.

Andere Traumbefallene sind hartnäckiger. Sie huschen durch die Straßen, als wären sie Spinnen auf LSD. Einigen Sonnengardisten gelingt es, so ein Exemplar zu fangen, doch sobald diese festgehalten werden, wechseln die goldenen Geister ihren Wirtskörper. Die zuvor Besessenen fallen bewusstlos in sich zusammen, während die festhaltenden Gardisten zu Marionetten mutieren – und sie haben Waffen.

»Das ist ein Alptraum«, sagt Mia, nachdem sie einen wild um sich schießenden Gardisten mit einer Solveladung außer Gefecht setzt.

Weil derjenige zuckt, sprühe ich ihn mit noch mehr Solve ein, als sei er eine monströse Fliege, die einfach nicht sterben will. Mia legt ihre Hand auf meine und ich höre sofort damit auf.

»Es ist meine Schuld«, sage ich daraufhin.

»Quatsch. Ist nur ein dummer Zufall.«

Es ist kein Zufall, möchte ich sagen. Das Zeitreiseerlebnis hält mich jedoch davon ab. Die Person, die mich zurückschicken wollte, hat so geheimnisvoll getan; es ist vielleicht besser, nicht über das Erlebnis zu sprechen. Hat Dr. Parker nicht gesagt, ich soll niemandem vertrauen? Zählt Mia auch dazu?

Später treffen wir zwischen zwei Häusern auf Ben und drei weitere Sequenzwächter. »Ich glaube, das war's. Es sind keine mehr unterwegs.«

»Hat sich jemand um den Brand gekümmert?«, fragt Mia.

»Die Feuerwehr hat die Aufgabe übernommen«, antwortet eine Wächterin.

»Ein paar Jungs haben etwas entdeckt. Der Chief und der Hauptmann Malor sehen sich das gerade an«, sagt Ben und zeigt zum Ende der Gasse.

Sofort beschleunige ich meine Schritte. Niemand hält mich zurück, als ich auf eine breitere Straße herauslaufe und auf eine Meute Violettuniformierter stoße. Sie bilden einen Kreis um meinen Vater und den Hauptmann. Also hat man mich wegen Vaters Aufenthaltsort angelogen, er war vermutlich doch in der Grenzwache, warum sollte er sonst mit der Sonnengarde unterwegs sein? Wenn wir voreinander weglaufen und gegenseitig Informationen verbergen, hoffe ich, dass ich keine zwei Jahre auf ein Gespräch mit ihm warten muss.

Nicht ein Mann sieht auf, als ich mich zu ihnen dazustelle, sie starren alle auf den Boden. Ich zwänge mich an ihnen vorbei und gelange in die Mitte. Vor meinen Füßen liegt ein großer, goldener Schmetterling, der mit Solve besprüht wurde und seine Flügel träge bewegt. Darauf erkenne ich ein Kronenmuster, das durch die grüne Flüssigkeit bereits verblasst. Verlustangst überkommt mich, meine Brust schnürt sich abermals zu und ich spüre, wie eine Träne über meine Wange rollt. Irgendwie sehe ich dieses Wesen als einen Teil von mir an, was Schwachsinn ist. Die Schmetterlinge sind zwar aus meinem Haar entsprungen, haben aber nur etwas mit der Traumkontaminierung in mir zu tun. Das da ist nicht mein Schmetterling, nicht meine Schöpfung, er ist Bestandteil eines Alptraumes. Mein Herz hört in dieser Hinsicht nicht auf den Verstand, es fällt mir schwer, die Tränen aufzuhalten.

»Jessica?«, fragt mein Vater.

Ich fahre mit dem Handrücken über mein Gesicht, und als ich auf die Hand sehe, erschrecke ich. Auf der Haut sind Spuren vom roten Lippenstift. Sofort verbinde ich die Farbe mit dem zerbrochenen Spiegel. Ich brauche eine Weile, bis mir wieder einfällt, dass ich mich heute Morgen geschminkt habe. Meine Hand ist aus Versehen an die Lippen gekommen.

»Miss Blair?«, fragt nun auch Hauptmann Malor. »Was ist mit Ihrem Hals?«

Ich bleibe ihm eine Antwort schuldig. Vermutlich stehe ich so unter Schock, dass mich keiner zur Rede stellt. Doch den Blick meines Vaters spüre ich noch lange auf mir. Er ist durchbohrend, prüfend und – ich weiß nicht – schuldzuweisend?

»Ist es das, was ich denke, das es ist?«, fragt Hauptmann Malor besorgt in die Runde.

Mein Vater nimmt einen tiefen Atemzug. »Wir müssen uns der unangenehmen Tatsache stellen, fürchte ich. Das, was wir all die Jahre befürchtet und vermieden haben, ist Realität geworden. Wir haben nun eine wandernde Traumsequenz in der Stadt.«

Die Krisensitzung, die daraufhin in dem Großraumbüro der Sequenzwacht stattfindet, wird von Anspannung begleitet. Die wichtigsten Vertreter der Sonnengarde, unter ihnen Hauptmann Malor, sind ebenfalls dabei, aber die Rollenverteilung ist anders als in der Grenzwache. Es ist nicht weiter eine Angelegenheit der Garde mehr, deswegen haben die kreativen und klugen Köpfe der Sequenzwacht das Kommando. Das Meiste, was sie sagen, klingt kompliziert, für mich bleiben die Zusammenhänge unverständlich. Rick schießt dabei den Vogel ab, weil er schwierig erklärt, sodass ihn mein Vater unterbricht.

»Was ist im Konkreten vorgefallen?«, fragt er ihn.

»Heute Vormittag ist mir eine ungewöhnliche Anomalie in der Freicodierungsliste aufgefallen. Bin aber nicht weiter darauf eingegangen, weil es sich dabei um eine kleine Abspaltung eines größeren Codes handelte. Ich habe vermutet, dass irgendein technisches Gerät kaputtgegangen ist, eine Waschmaschine vielleicht, das sieht dann ähnlich aus.«

»Nur war es keine Waschmaschine«, sagt Roger nachdenklich. »Kannst du die Codes wiederfinden und die Freicodierung rückgängig machen? Die Lokalisierung der Sequenz wäre dann wieder möglich.«

»Das habe ich versucht, aber –« Rick fährt sich über sein Bärtchen. »Es ist unmöglich.«

»Das will ich nicht hören«, sagt mein Vater.

»Chief, es ist eine wandernde Sequenz. Sie nimmt im Millisekundentakt eine andere Freicodierung an. Wir haben keine Technik, um diese Sequenz aufzuspüren.«

Mir wird beim Zuhören schlecht. Es reicht nur, dass jemand bemerkt, wie nervös ich bin, um mit dem Finger auf mich zu deuten. Ich frage mich nicht mehr, wie ich in meine Situation hineingeraten konnte. Die misslichen Zufälle häufen sich zu stark, als dass ich noch mein eigenes Zutun bei der Sache leugnen kann.

»Wieso codieren wir nicht die gesamte Liste auf Sperrmodus?«, fragt ein Sonnengardist.

Von sämtlichen Sequenzwächtern ertönt ein kollektives Aufseufzen. »Das versetzt uns auf den Sicherheitszustand einer *Nullphase.* Dann stufen unsere Sensoren einfach alles als Gefahr ein, den Typen, der nur mal auf dem Balkon rauchen will, dessen Freundin, die einen Nieser unterdrückt, das Würstchen, das ich mir heute Abend in der Mikrowelle warmmachen werde, Ihr klingelnder Wecker, der Sie morgen aus den Federn holt, praktisch alles, was Energie erzeugt, weiterleitet oder umwandelt, wird die Stadt mit einer Dauersirene betäuben. Es hat uns Jahre gekostet, die Sicherheitssensorik an unsere Bedürfnisse anzupassen. *Jahre*!«

»Und was, wenn wir die Sirenen ausschalten?«, fragt der Sonnengardist weiter.

Rick setzt eine ungläubige Miene auf. »Sag mal, verarschst du mich? Unser Sicherheitssystem besteht nicht nur aus einer akustischen Warnung, es ist ein komplexes Konstrukt, das wild spielt und ganze Stadtbereiche und technische Einrichtungen blockieren und lahmlegen kann, weil es Gefahr sieht. Nicht nur, dass wir Dream City in eine Hochsicherheitszone verwandeln, wir finden die wandernde Traumsequenz damit nicht.«

»Raff ich nicht«, sagt der Sonnengardist.

»Ist mir klar«, entgegnet Rick mit einem amüsierten Gesichtsausdruck, der eine Spur zu arrogant wirkt. »Deswegen bestehst du aus Muskelbergen und ich aus Gehirn.«

Es fällt Rick sicherlich nicht leicht, diese Worte auszusprechen. Garantiert ist er neidisch auf die wohldefinierten Muskeln des Sonnengardisten.

»Sind die klugen Fragen durch? Kann ich weitermachen? Danke. Wir stecken – sorry für meine Wortwahl – tief in der Scheiße. Haben wir einmal eine wandernde Traumsequenz freicodiert, frisst sie sich wie ein Virus in unser System. Nicht einmal derjenige, der uns diesen Mist eingebrockt hat, könnte das wieder beheben. Ihr habt das Ergebnis dieser dummen Tat in der Innenstadt bewundern dürfen. Wird nicht bei diesem einzigen Vorfall bleiben.«

»Wirklich nicht? Ich fasse nicht, dass ich das ausspreche«, höre ich Ben sagen, »aber haben wir die putzigen Schmetterlinge nicht kaltgemacht? Problem gelöst!«

»Oh, Mann und ich fasse es nicht, dass du bei der Sequenzwacht bist und nicht –« Rick hält noch rechtzeitig seinen Mund, seine Hand zeigt aber bereits zu der Sonnengarde, deren Mitglieder sich entweder sichtlich anspannen oder einen abwehrenden Kommentar nuscheln.

»Gut. Danke, Rick«, übernimmt mein Vater wieder das Wort. »Sieht nach einer langfristigen Sache aus, Herrschaften. Eine wandernde Sequenz kann man nicht auslöschen, solange niemand weiß, um was es sich dabei handelt. Es ist, wie wir wissen, ein kleines Tor zwischen der schlafenden Prinzessin und ihren Träumen. Wir müssen jetzt mit allem rechnen. So eine Situation gab es noch nie und das Protokoll sieht vor, dass wir ein Entscheidungsgremium bilden, um nach Lösungen zu suchen. Vielleicht reicht es bereits, ein paar neue Sequenzwächter auszubilden, um die Zusatzarbeit auszugleichen. Aber womöglich ist heute der Beginn der Apokalypse.«

Bei diesem Wort zieht sich mein Herz zu einem schwarzen, alle Emotionen einsaugenden, schwarzen Klumpen zusammen. Irgendetwas sagt mir, dass wir schon ewig in einer Apokalypse stecken, sie lediglich ausblenden und uns in einem falschen Königreich vor ihr verstecken.

Nach der Sitzung will ich meinen Vater abpassen, doch wie mit Absicht, umgibt er sich mit Leuten, deren Fragen er ausgiebig beantwortet. Als er bemerkt, dass ich auf ihn warte, entschuldigt er sich bei seinen Gesprächspartnern und kommt auf mich zu.

»Es ist nicht der richtige Zeitpunkt für ein Vater-Tochter-Gespräch. Das hier ist so viel größer, als wir es sind, Jessica.«

»Und was, wenn du dich irrst?«

Er schaut sich verstohlen um und führt mich mehrere Meter aus dem Trubel heraus.

»Falls du etwas über die Vorkommnisse weißt, solltest du mir davon erzählen, ansonsten unterhalten wir uns zu einem geeigneteren Zeitpunkt.«

Ich muss es ihm sagen. Jetzt. Sofort. Ich habe mir doch versprochen, jemanden in die Sache einzuweihen. Aus dem Augenwinkel sehe ich Hauptmann Malor, wie er uns mit Adleraugen beobachtet, deswegen entscheide ich mich dafür, fürs Erste zu schweigen.

»Wie stehe ich in Verbindung zur Träumerin?«, frage ich stattdessen.

Unbehagen schleicht sich auf die Züge meines Vaters. »Du bist ihre Cousine.«

»Das weiß ich schon. Wie ist das passiert? Weswegen wurde sie in das Schlaflabor gesteckt?«

»Jessica«, sagt er besänftigend und schaut zu Boden.

»War es etwa meinetwegen?«

Er sieht mir so plötzlich in die Augen, dass ich erschrocken zurückweiche.

»Wirklich?«, hauche ich.

»Chief Blair?«, fragt Hauptmann Malor, der einige Schritte auf uns zukommt und wartet. Mein Vater wendet sich bereits zu ihm um, als ich ihm instinktiv an beiden Schultern packe und seine Aufmerksamkeit zurück auf mich lenke.

»Er hat mir erzählt, dass ich wegen meiner Mutter weggegangen bin«, flüstere ich. »Louis.«

Jetzt, da ich es ausgesprochen habe, fällt mir wieder ein, dass bei meiner ersten Begegnung mit meinem Vater, er ebenfalls meine Mutter erwähnt hat.

»Louis, ja?«

»So heißt sie doch?«

Er fährt sich mit der Hand über sein Gesicht und sieht eine Weile zu Boden, bevor er wieder zu mir blickt. »Jessica, es ist kein Vorteil, dass dir deine Erinnerungen fehlen.«

»Ist mir bewusst.«

»Du verstehst nicht. Du kannst Gerüchte und Lügen nicht von der Wahrheit unterscheiden. Sie werden dir jeden Dreck erzählen, den du ungefiltert aufnimmst. Hör nicht auf irgendwelche Leute.«

»Das ist wohl das Problem. Ich weiß nicht, wer diese *irgendwelche Leute* sind. Hast du eine Liste?«

»Das ist nicht witzig. Ich habe jetzt zu tun, aber wir werden uns hinsetzen, sobald die Krise vorbei ist. Mach bis dahin keine Verrücktheiten und leg dich nicht mit der Sonnengarde an. Vertraue niemanden.«

Seltsam. Genau das hat mir Dr. Parker auch geraten, bevor er mich mit den Kontaktlinsen illegal in die Stadt geschleust hat.

»Ja, ich schließ mich ein und lese ein paar Bücher«, sage ich.

»Sarkasmus ist unangebracht.«

»Schon klar. Geh nur, *irgendwelche Leute* warten auf dich. Stell nichts Verrücktes an, Dad.«

Er rollt mit den Augen. »Malor weiß nicht, dass du unmöglich deine Mutter hättest finden können, Jessica«, spricht er dann leise. »Sie war nämlich niemals weg.«

Ich brauche zu lange, um diese Information zu verarbeiten, da hat er sich schon von mir gelöst und kehrt zur Gruppe mit Hauptmann Malor zurück.

Ich mache meinen Mund auf, will ihn zurückrufen, doch ich belasse es dabei. Die Stadt braucht ihn jetzt, ich will nicht auffallen. Ich muss zum Schatten werden, damit ich Lyri finden kann. Sie scheint für mich die Antwort auf alles zu sein.

Was für ein Tag, denke ich und mache mich auf den Weg nach Hause.

Das Strategiegespräch verpflichtet nur eine Handvoll ranghöchster und in die Stadtsicherheit involvierter Personen, zu denen unter anderem auch Rick gehört. Deswegen begleitet er mich nicht nach Hause. Die Angst, mein Loft zu betreten, hat sich wegen dem Angriff der Schmetterlinge noch verschlimmert. Wenn die so ein Chaos angerichtet haben, wozu ist dann der Schatten erst in der Lage?

Was, wenn ich mich zu Unrecht vor den Traumerscheinungen fürchte? Falls Lyri meine Aufgabe ist, wird sie mich doch nicht verletzen wollen, sondern zu mir stehen. Leider sprechen die Angriffe der letzten Zeit eine andere Wahrheit.

Mit einem mulmigen Gefühl traue ich mich in meine Wohnung. Durch die Stille empfinde ich meinen Herzschlag als viel zu laut und die Intensität meiner Gänsehaut kann kaum noch gesteigert werden. Entgegen allen gruseligen Erwartungen passiert jedoch nichts.

Erst kurz vor dem Einschlafen entdecke ich einen goldenen Schmetterling, der über meinem Kopf flattert. Ich verkrampfe, die Anspannung legt sich jedoch sofort wieder, sobald der Schmetterling sich auf den Bilderrahmen niederlässt, den ich vor dem Zubettgehen auf den Nachttisch gestellt habe. Dabei handelt es sich um das Bild von Lyri und mir. In der Wohnung gibt es nur dieses eine Foto von uns. Seltsam. Wir sehen aus wie Schwestern. Mein Finger fährt über Lyris Gesicht, das vom goldenen Licht des Schmetterlings angeleuchtet wird. Schuldgefühle und Mitleid überkommen mich.

»Nicht du solltest im Käfig sein«, sage ich.

Konzentrier dich auf deine Ebene. Das waren die Worte des Mannes in meiner – ja was war es eigentlich? Das war keine Erinnerung, das war wie eine kleine Zeitreise zurück an den Tag, an dem ich Dave kennengelernt habe. Es war anders als alles, was ich zuvor an Flashbacks erlebt habe. Irgendwie echt und wie ein Neustart – als hätte jemand den Resetknopf betätigt. Wo zum Teufel stecke ich nur fest? Und was bedeuten diese Ebenen? Wie viele gibt es und auf welcher befinde ich mich gerade?

Ich verberge mein Gesicht in den Händen und möchte schreien. Was bedeutet das alles? Kann Dr. Parker mir Antworten liefern? Ich muss ihn finden. Doch die Männer, die ich vergeblich zu sprechen versuche, halten sich fern von mir.

Die nächsten Tage verlaufen unspektakulär. Ich erhalte keine Antworten und bin mit den erlebten Dingen so beschäftigt, dass sie die wildesten Verschwörungstheorien in meinem Kopf zusammenpuzzeln. Bis hin zu der Annahme, dass ich gar nicht existiere und mein Verstand in einer kleinen Murmel konserviert ist, die von der Träumerin mit vielen anderen Glaskugeln in einer alten Pralinenschachtel aufbewahrt wird. Dieses fantasievolle Grübeln wird durch meine monotone Aufgabe in der Lagerhalle der Sequenzwacht verstärkt – der Befüllungsmaschine ist, wie ich geahnt habe, nichts passiert, seit ich sie neulich verlassen habe.

Selbst Rick bekomme ich wegen dieser Freicodierungssache kaum zu Gesicht, dabei ist er irgendwie der Einzige in dieser Stadt, den ich

Freund nennen kann. Ich lasse mich sogar zum frühmorgendlichen Quälen überreden, nur um ihn häufiger zu sehen. Doch er ist auch beim Laufen in sich gekehrt. Die Beichte bei ihm abzulegen ist nicht so leicht wie gedacht.

Von Dave gibt es weiterhin keine Neuigkeiten, diese Info fange ich bei Josh ab, wenn ich ihm mit immer größeren Kaffeebestellungen seiner netten Kollegen am Fahrstuhl vor der Grenzwache begegne. Es ist fast schon zu unserem kleinen Ritual geworden. So denkt er wohl auch, denn am Tag, an dem die Stadt endlich hochgefahren wird, bringt er mir einen Kaffee mit. Auf dem Becher ist seltsamerweise keine Prinzessinnenkrone abgebildet. Das macht mir Sorgen, weil mir die Zeichen meiner Vergangenheit seitdem mir der sterbende Schmetterling zu Füßen lag, ausbleiben. Glücklicherweise halten sich die Traumerscheinungen brav zurück. Nur gelegentlich flattern die goldenen Schmetterlinge durch meine Wohnung, wenn ich einschlafe, so als wären sie Lyris Gutenachtkuss. Das bestärkt mich in der Annahme, dass meine Cousine und ich auf derselben Seite stehen. Sie drängt mich nicht mehr, irgendetwas zu beenden; ich hoffe, dabei bleibt es auch, nachdem die Stadt hochgefahren wurde.

Ich nehme einen kleinen Schluck Kaffee, während mich Josh anstarrt, als sei ich ein Experiment.

»Hast du was in mein Getränk getan?«, frage ich und drehe den Becher, um zu lesen, was da geschrieben steht. *Jessica Blair.* Mein voller Name, so als würden wir uns nicht weiter kennen. Was für ein sonderbarer Typ er doch ist.

Wir sitzen auf einer Parkbank, unweit des Fahrstuhls, die Palette mit Kaffeebechern zwischen uns und eine Schachtel mit Gebäck auf Joshs Knien. Er bietet mir einen Donut an.

»Ist da etwas Seltsames drin?«, frage ich amüsiert.

Sein Kopf bewegt sich langsam von einer Seite zur anderen und dann zurück. Das sieht aus, als würde er heute das erste Mal das Kopfschütteln üben.

Da ich den Donut ablehne, schließt er die Schachtel wieder, stellt sie auf die Kaffeepalette und erhebt sich mit den Snacks. »Sie warten«, sagt er.

»Danke, Josh«, sage ich und hebe meinen Kaffeebecher.

Er nickt lediglich und geht Richtung Fahrstuhl, bleibt jedoch nach zwei Schritten stehen und wendet sich unbehaglich zu mir um. »War das ein Date?«

Seine Frage verwirrt mich so sehr, dass ich Josh lange Zeit nur perplex ansehe.

»Ähm … nein, war es nicht.«

Erleichterung breitet sich auf seinem Gesicht aus. »Sehr gut.«

Dann geht er und lässt mich verwirrt zurück. Habe ich ihm möglicherweise falsche Signale gesendet? Hat er mein Auflauern als Interesse meinerseits gedeutet? Und was soll das heißen, *sehr gut*? Bin ich in seinen Augen ungeeignet als Partnerin?

Das Denken über Dates macht mich nervös. Vier Uhr nachmittags geht es zurück an die Oberfläche, und morgen wird die Rettungsebene gesichtet. Bald werde ich Dave wiedersehen. Angst vermischt sich mit Vorfreude.

Das Hochfahren der Stadt bringt allen einen verkürzten Arbeitstag. Ich spüre, wie die Luft mit Vorfreude gesättigt ist. Niemand verfällt in Stress, die Leute sind ausgelassen und fröhlich.

»In einer Stunde geht es los. Dann dürfen wir nicht in den Gebäuden sein«, erklärt Rick.

»Warum nicht? Waren die Einwohner nicht in ihren Wohnungen, als das Königreich evakuiert wurde?«

»Nein, sie waren alle auf der Rettungsebene, bis sie die Anweisung bekamen, die Sammelplätze der Untergrundstadt aufzusuchen. Dort werden wir gleich auch hingehen.«

»Das ist kompliziert.«

»Und deswegen müssen die Besucher vor dem Kauf einer Eintrittskarte einen Einweisungskurs absolvieren, die Sean-Corporation hat fast in jeder großen Stadt Kursräume mit ein paar ausgebildeten Coaches. Die Nachfrage ist gewaltig.«

»Wow, die Sicherheit dieser Weltattraktion ist ganz schön aufwendig. Zu viele Instanzen, die ein katastrophales Sicherheitsrisiko darstellen.«

»Ist wie Dominosteine aufstellen, wackelige Angelegenheit.«

»Hier wird mit leichtexplosivem Sprengstoff gespielt«, sage ich.

Rick lächelt mich an. »Ist nicht die Regel. So eine hohe Stufe ist sehr selten.«

»Ja, habe ich gehört.«

»Die meiste Zeit ist es hier schön. Du hattest nur Pech mit Stufe zwölf zu beginnen.«

»Pech, ja?«, frage ich. Daran glaube ich nicht, mir sind zu viele Zufälle widerfahren.

Das Hochfahren der Stadt stellt sich als eine freudige Zeremonie heraus, viele Bewohner ziehen dafür sogar etwas Hübsches an und trinken geringe Mengen an Cocktails oder Bier aus winzigen Fläschchen. Diese Menge ist gut zum Anstoßen und sorgt bei keinem für eine volle Blase, denn der Prozess dauert etwa zwei Stunden.

Rick und ich ziehen uns schick an, er trägt einen coolen dunkeltürkisenen Anzug und ich ein Sommerkleid in Flieder. Doch wir unterscheiden uns von den anderen Versammelten. Die Sequenzwächter tragen einen kleinen Vorrat an Solve-Spraydosen, die ich befüllt habe, bei sich. Dafür haben wir schwarze Umhängetaschen erhalten, die sich mit unseren festlichen Klamotten beißen. Wir erhalten anerkennende Blicke, die mir, wie ich zugeben muss, sehr gefallen. Dabei verdränge ich den Gedanken, dass ich am Auftauchen einiger Traumerscheinungen nicht ganz unschuldig war.

Der Platz, auf dem wir uns zusammenfinden, ist übrigens derselbe, auf dem sich vor wenigen Tagen das Schmetterlingsmassaker ereignet hat. Erstaunlich, wie schnell schlimme Ereignisse in dieser Stadt verdrängt werden. Die Bewohner sind so oft von Traumgestalten umgeben, dass sie diese als keine ernsthafte und nur temporäre Bedrohung ansehen. Im Hintergrund wird an einer Lösung gegen die wandernde Sequenz gearbeitet und alle anderen blicken nach vorn und feiern. Und die Feierlaune ist ausgelassen.

Es sind auch nicht nur die feierlichen Kleider, die dieses Event zu einer Besonderheit machen. Der gesamte Platz ist wie ein Straßenfest geschmückt. Es gibt Lichterketten, Imbissbuden und sogar mehrere Bühnen, auf denen getanzt wird und Bands auftreten. Also gehörten die Gerüste, die ich am Tag der angreifenden Schmetterlinge gesehen habe, zu diesen Veranstaltungsplanern.

Die Lasershow ist mein persönliches Highlight; überdimensional große, horrorartige Wesen laufen hologrammähnlich über den Köpfen der Anwesenden umher, schauen finster nach unten oder vollführen aggressive Angriffsbewegungen. Es ist eine farbenfrohe Rückkehr-zur-Oberstadt-Party. Große Veranstaltungsteams müssen seit der Evakuierung der Stadt an diesem Event gearbeitet haben, während die Sequenzwacht und die Sonnengarde Alpträume bekämpften.

Punkt vier Uhr nachmittags ertönt eine Melodie aus den Lautsprechern und alle Versammelten stoßen mit ihren rationierten Drinks an. Was danach passiert, kann ich nur als *abgefahren* bezeichnen.

Das Hochfahren der Stadt grenzt an ein technologisches Meisterwerk. Die Häuser fahren nicht einfach nach oben, sie folgen einem System, das die einzelnen Gebäude erst hochzieht und dann auf eine andere Position schiebt, bevor es weiter hinaufgeht und die Bauten ihre vorgesehene Position in der Stadt einnehmen. Und das Ganze geschieht so schnell, dass ich mehrfach die Luft anhalte und sogar aufschreie, als ich glaube, zwei Hochhäuser würden jeden Augenblick über unseren Köpfen kollidieren. Jetzt verstehe ich, warum sich niemand darin aufhalten soll, die Menschen würden sonst von einer Wand an die nächste klatschen.

»Was ist mit der Einrichtung?«, frage ich.

»Sind dir nie die Elektromagneten in deinen Sachen aufgefallen? Die sind jetzt aktiv und halten deine Habseligkeiten an Ort und Stelle.«

»Selbst die Gläser?«

»Klar. Ein paar Gegenstände werden es nicht überleben, irgendwelche nicht registrierte Schmuggelware, aber die ist sowieso nicht versichert«, sagt Rick.

»Was ist mit den Textilien? Dem Bettzeug?«

»Deine Kissen wirst du heute vom Boden sammeln müssen. Aber ich verrate dir etwas: Sie gehen dabei nicht kaputt.«

»Diese Stadt ist so unglaublich«, flüstere ich, dann ducke ich mich, weil eine Brücke zu nah an unseren Köpfen vorbeifliegt. Außer mir zuckt keiner zusammen. Dafür, dass Dream City selten evakuiert wird, wirken deren Bewohner auf mich einen Tick zu cool, fast schon gelangweilt. Wurde ich vielleicht doch angelogen, was die Häufigkeit der hohen Stufen angeht? Oder hat es etwas mit meiner Zeitschleifentheorie zu tun?

»Ist toll, was?«, fragt Mia, die zu uns stößt. Sie trägt ihr Haar zu einem festlichen Dutt, was ihrer Strenge treu bleibt. Auch das schwarze, enge Kleid betont ihren taffen Charakter. Das einzige weibliche Element, das man als verspielt bezeichnen könnte, stellen ihre Ohrringe dar, die aus kleinen rosa Schleifen bestehen, die an einer silbernen Kette hängen. Sie wackelt albern mit dem Kopf, als sie bemerkt, dass ich ihren Schmuck betrachte, dabei baumeln die Schleifen wie besoffene Fliegen im Einhornkostüm.

Rick beginnt gerade ein Gespräch mit einem seiner WG-Mädels, die gemeinsam mit uns auf den Platz gekommen sind. Ich nutze den Moment, um Mia endlich die Frage zu stellen, die mir schon länger auf der Seele brennt: »Was war das mit diesem Ryan?«

»Mit *diesem* Ryan? Du sagst das, als wäre er ein Fremder für dich. Hast du denn auch deine Gefühle vergessen?«

Jetzt, da sie es ausspricht, ist da tatsächlich etwas. Nicht ständig, aber gelegentlich habe ich Empfindungen, die ich nicht zu deuten vermag, die viel Tiefe haben, nur weiß ich nie, wie ich diese interpretieren soll.

»Ich glaube, ich kann ihm vertrauen. Er meinte, wir wären …«

»Ja, wart ihr. Gleich nachdem er und ich unsere Beziehung beendet haben.«

»Autsch«, sage ich.

»Du sagst es. Hat dich und mich quasi auseinandergebracht.«

»Wirklich? Ein Kerl hat es geschafft?«

»*DER* Kerl, Jessi. Mein Traummann. Für dich war er immer nur ein Mittel zum Zweck, mir hat er eine Menge bedeutet. Wenn ich ehrlich bin, spukt er weiterhin durch meine Gedanken und ritzt an meinem Herzen herum.«

»Tut mir wirklich leid. Ich habe ihn also ausgenutzt? Wieso?«

»Das ist wohl deine Hauptfrage. Ich weiß es nicht. Wir hatten kaum Kontakt und dann warst du weg. Ryan wollte mir nichts verraten. Ich glaube, dass er ganz genau weiß, wo du die letzten zwei Jahre gesteckt hast.«

»Man sagt, ich hätte meine Mutter gesucht. Was denkst du?«

Mia nickt. »Klingt logisch. Du warst irgendwie immer auf der Suche nach ihr. Es grenzte beinahe schon an Besessenheit.«

»Weißt du mehr über sie?«

»Sie heißt Violet.«

»Ich dachte Louis?«

Mia macht ein irritiertes Gesicht. »Weiß nicht, ich war mir sicher, du hast immer von Violet gesprochen.«

»Mein Vater hat auch so seltsam reagiert, als ich den Namen genannt habe.«

»Woher hast du die Info überhaupt?«

»Von Hauptmann Malor. Er nannte sie so.«

»Ah, ich traue dem Kerl nicht. Der Typ ist hinterhältig. Also wenn das mit dem Namen stimmen sollte, dann hatte deine Mutter vielleicht einen Doppelnamen, so wie du. Auf jeden Fall soll sie irgendetwas damit zu tun haben, dass die Träumerin ihre krasse Fähigkeit überhaupt entwickelt hat.«

»Inwiefern?«

»Deine Mutter hatte wohl eine psychische Krankheit. Deine Cousine Lyri stand ihr sehr nahe, dabei muss sie etwas mitbekommen haben.«

»Lyri? Warum hatte sie so viel Kontakt zu meiner Mutter?«

»Weil deine Cousine eine Vollwaise ist. Du hattest sogar die Vermutung, dass ihr nicht verwandt wärt. Eine Weile warst du so richtig sauer auf sie und hast dir eine Menge eingeredet. Ich habe den Überblick darüber verloren, was wirklich stimmt. Dort drüben ist übrigens Ryan.«

Benebelt von den Infos, die ich gerade erhalten habe, drehe ich mich um und erkenne Ryan etwa zehn Meter von uns entfernt. Sein rotes Haar ist wie eine weiche Flamme. Neben ihm steht eine wunderschöne, kurvige Blondine, die selbst in der Überzahl an schönen Menschen auf dem Platz auffällt. Daran, wie vertraut die beiden miteinander reden, glaube ich, dass sie ein Liebespaar sind.

Bei unserer Begegnung in der Sequenzwacht neulich war er auch mit mir so persönlich. Was hat er nur mit Sicherheitsstatus um die Träumerin gemeint? Ist er vielleicht einer der wenigen, der Zugang zu ihr hat? Habe ich damals versucht, über Ryan an Lyri zu gelangen? Ich frage mich, ob ich es geschafft habe und ob er mir erneut helfen würde.

Er wendet den Kopf zu mir und sieht für einen Moment ertappt aus. Vermutlich hat er mich schon vorher beobachtet und wollte nur kurz wieder zu mir sehen, bevor ich ihn erwischt habe. Sein Gesicht nimmt schnell einen gefassten Ausdruck an und er nickt mir freundlich zu. Diese Geste entgeht seiner Begleiterin nicht, woraufhin sie mich voller Verachtung ansieht. Also hat Ryan eine Freundin. Weiß sie von ihm und mir? Von wegen, er würde meine Zurückweisung nicht ohne ein intensives Gespräch akzeptieren. Trotzdem werde ich auf so eine Unterhaltung bestehen. Nicht weil ich die alberne Teenagerbeziehung wieder aufleben lassen will, sondern wegen den Antworten, die er mir liefern kann.

»Das ist Sissi«, erklärt Mia und bringt mich dazu, meinen Blick von den beiden abzuwenden. »Sie ist Ryans neueste Eroberung. Das reiche Töchterchen von Elen Seans Cousin. Ein großer Fisch, eine Heiratskandidatin.«

»Dann macht sie der Sequenzwacht die Hölle heiß, wenn sie sich von uns bedroht fühlt«, sage ich.

Mia kichert, was nicht zu ihrer selbstsicheren Haltung passt. »Wieso? Willst du ihr zur Bedrohung werden?«

»Ich suche nur Antworten.«

»Wie ist das so ohne Erinnerungen?«

»Ich weiß nicht mehr, wie es so ist, mit welchen zu leben. Es ist verrückt, aber egal, wie viel ich über mein altes Ich erfahre, fühlt es sich trotzdem nicht echt an. Es ist wie eine trübe Realität, in der ich feststecke, wie ein Roman, den ich lese. Glaubst du an Parallelwelten?«

»Für so ein Gespräch habe ich nicht genug getrunken. Du bist ja schon wie Rick, er baut sich auch immer verrückte Verschwörungstheorien zusammen. Bequatsch das lieber mit ihm.«

»Nein wirklich, Mia. Denkst du, es könnte so etwas geben?«

»Früher habe ich nicht an Träume geglaubt, die zu Realität werden. Also falls du eine Parallelweltreisende bist: Willkommen. Ich hoffe nur, unsere Welt ist nicht so schräg für dich.«

Ich schaue erneut zu den Häusern über mir und grinse. »Schräg? Ach, was!«

Wir schweigen eine Weile, doch da ist etwas, das mir noch auf dem Herzen liegt. »Weißt du, ich habe langsam das Gefühl, dass es gut ist, dass ich mich nicht erinnere.«

»Weil du gern als Sonderfall dastehst?«

»Was? Sag mal, war ich früher eine Zicke, die gern im Mittelpunkt stand?«

»So habe ich das nicht gemeint«, sagt sie.

»Aber ich war eine?«

Mia lächelt kopfschüttelnd. »Nein – nein, so warst du nie. Aber du spieltest oft die Rolle eines verwöhnten It-Girls. Ich denke, du hast dich so gegeben, weil du Ryan auf deine Seite bringen wolltest, er steht total auf solche Mädels.« Sie deutet mit dem Daumen über ihre Schulter, direkt in Sissis Richtung.

»Ich war ein Miststück, ich wusste es«, sage ich seufzend.

»Du verstehst mich falsch, Jessi. Das war nur deine Maske nach außen hin. In Wirklichkeit bist du ein empathischer Mensch und eine wahre Freundin. Ich war nur zu verletzt, um das zu erkennen. Ich hätte bei dir sein sollen, du hast dich mit irgendwelchen Dämonen herumgeschlagen und ich war nicht für dich da.« Sie berührt meinen Unterarm. »Aber jetzt bin ich es. Egal, ob du Schuhe kaufen willst, dich deinem Vater stellen musst oder nachhause telefonieren musst, auf mich kannst du zählen.«

Diese Worte lösen in mir eine Woge der Dankbarkeit aus, die tief in mir verborgen war. Sie muss echt sein. Ich glaube, mein Körper zapft gerade mein emotionales Gedächtnis an. Es scheint stärker und intelligenter zu sein als mein Gehirn, in dem nur ein paar einsame Puzzleteile wie in einer leeren Pappschachtel klappern.

»Ich danke dir«, sage ich aufrichtig.

Nach dieser aufregenden Dekonstruktion gleicht die Untergrundstadt einer überdimensionalen Halle, deren Ränder in der Dunkelheit verschwinden. Nur die Hauptzentrale der Grenzwache und der Fahrstuhl zur gläsernen Verbindungsbrücke sind noch zu sehen, der gewaltige Anlagenring, der die Stadt hier unten umkreist, liegt ebenfalls weit im unbeleuchteten Bereich. Das ist der Moment, in dem ich mich winzig und unbedeutend fühle. Wären hier nicht so viele feiernde Menschen, könnte dieser Ort ganz schön gespenstisch sein.

Die Akustik der Bands wirkt durch die fehlenden Häuser grausig, weswegen sie ihre Abschiedsansprache halten und von den Bühnen verschwinden. Kurz darauf fahren große Plattformen aus dem Boden rings um den Versammlungsplatz hoch. Diese bringen uns in mehreren Fuhren in die Oberstadt. Die Sequenzwächter zuerst, damit wir ein paar Restträume mit dem Solve besprühen.

Der Gedanke, gleich den Alpträumen ausgesetzt zu sein, sorgt in mir für ein mulmiges Gefühl. Es verschwindet, sobald ich mit den übrigen Sequenzwächtern oben ankomme und erkenne, was uns tatsächlich erwartet. Die Stadt sieht bunt und glitzernd aus.

Wenn ich mir die Restsequenz so ansehe, verstehe ich nicht, wie ich mich jemals davor ängstigen konnte. So stelle ich mir ein Frühstück im Sommer vor, wenn die Morgensonne durch das Fenster knallt, und ich mir gelangweilt einen Horrorfilm anschaue. Die Magie geht flöten, als ich etwas Solve auf ein verirrtes Monster sprühe, das sich nur zum Ausruhen auf eine Parkbank hingelegt hat. Die schlaffen Knochententakel, die träge von den Wolken herabhängen, erinnern mich an ungewaschenes, strähniges Haar, das traurig im Wind schaukelt. Einige der Tentakel liegen zuckend auf der Straße. Das wirkt eher peinlich als beängstigend.

»Lass die aktiven Träume da, spray nur auf das Zeug, das unappetitlich und verfault aussieht«, sagt Mia.

»Also das, was sich schlecht an die Touristen verkaufen lässt?

»Gut kombiniert, Blair.«

Sobald alle Spraydosen leer sind, werden wir angewiesen, unsere Wohnungen aufzusuchen, damit sich das Solve über Nacht verteilen kann.

Als Rick mich zu unserem Haus begleitet, das sich im zweiten Stadtring, fast außerhalb der Stadt befindet, laufen wir an einer größeren Menge Personen vorbei, die neben einem Haus mit dem Schild *Notunterkunft* warten.

Die Wartenden sind nicht schick angezogen, die meisten tragen die Einheitskleidung der Grenzwache. Sie sehen nicht gestresst aus, im Gegenteil, sie führen die Party fort.

»Was ist mit diesen Menschen?«, will ich wissen.

»Du hast doch von den zusammenstürzenden Gebäuden bei der Evakuierung erzählt.«

»In einem steckte ich drin. Sind das die ehemaligen Besitzer?«

»Ja. Viele von ihnen hatten unten keinen Platz in einer Notunterkunft gefunden und durften in der Grenzwache hausen. Jetzt gibt es ein bürokratisches Problem.«

»Sie sehen nicht aus, als hätten sie Schwierigkeiten.«

»Warum auch? Der Alptraum ist vorbei. Außerdem wissen sie, dass die Sean-Corporation großzügige Entschädigungen parat hat. Sie bekommen nicht nur eine neue, leerstehende Wohnung, sondern auch ein fettes Sümmchen auf die Kralle.«

»Ich verstehe, die meisten grinsen ja regelrecht. Passiert so etwas häufiger?«

»Jedes Mal. Ist wie ein Lottogewinn.«

»Kann ich dir eine Sache anvertrauen?«, frage ich Rick, als wir im Fahrstuhl zu unseren Wohnungen stehen.

»Entschuldige, aber ich bin nicht scharf auf deine Geheimnisse.«

Das trifft mich wie ein Schlag.

»Ich dachte, wir sind Freunde.«

»Und Freunde belasten einen nicht.«

»Aber sie entlasten einen.«

»Jessi, die Geheimnisse dieser Stadt können einen umbringen. Nichts für ungut, teilst du deinen Kram mit mir, bringst du mich in Schwierigkeiten.«

»Auch wenn es dir hilft?«

»Ich glaube, dass du dich dadurch selbst bremst. Vertraue mir, behalte es für dich.«

»Damit habe ich nicht gerechnet. Weißt du irgendetwas?«

Rick formt ein Zeichen in der Luft.

Als der Fahrstuhl anhält und ich hinausgehe, überkommt mich ein kleiner Schockmoment, ähnlich dem, den man kurz vorm Einschlafen bekommt und man vor Schreck zusammenzuckt. Ich begreife, was Rick da mit den Fingern geformt hat. Es ist ein Kronensymbol, das er vor ein paar Tagen erst als *Hinweise* bezeichnet hat.

Ich will zurück in den Fahrstuhl, aber die Türen gehen bereits zu und mein Freund sieht mich mit diesem wissenden Blick an.

»Wir sehen uns morgen«, sagt er, dann verschwindet er hinter den Metalltüren.

Entsetzt starre ich darauf, noch immer in diesem seltsamen Schockmoment gefangen.

»Hallo, Jey«, höre ich plötzlich *seine* Stimme.

Ich blinzle und schaue zu meiner Wohnungstür, an der Dave lehnt. Er trägt ein Shirt aus der Rettungsebene und dazu seine violette Uniformhose, sein Jackett hält er dabei lässig an der Kragenschlaufe.

»Dave«, flüstere ich. Ich habe Angst, ich könnte ihn mit meiner Stimme wieder vertreiben.

Wie eine Schlaftrunkene taumele ich auf ihn zu, ungläubig, dass er wirklich da ist. Als er mir dann sein typisches Grübchenlächeln schenkt, überwinde ich die letzten Schritte und werfe mich ihm um den Hals.

Er ist es tatsächlich! Ich spüre seinen Körper, rieche seinen angenehmen Duft. »Bist du real?«, frage ich ihn.

»Das ist genau die Frage, die ich nach der ganzen Sache hören wollte«, sagt er grinsend.

Ich taste ihn ungläubig ab. Er fühlt sich echt an, Dave ist kein Traum. Weil ich Angst habe, er könnte sich in Luft auflösen, umarme ich ihn noch fester.

»Was ist da nur geschehen?«, frage ich. »Wir hatten keinen Kontakt zu dir.«

»Ich dachte, du könntest mir sagen, was da los war. Alles ist eines Tages ausgefallen. Da gab es diese Explosion, sie hat die Rettungsebene durchgerüttelt und dann ist die Kommunikation zusammengebrochen, war einfach weg.«

Ich sehe ihm von unten in die Augen. »Du hast die Detonation gespürt?«

»Ihr nicht?«

Kopfschüttelnd lasse ich ihn los und nehme seine Hand in meine, während ich mit der anderen den Wohnungsschlüssel suche. »Dann ist bei dir in der Nähe etwas explodiert, man hat vermutet, dass da Gegner des Königreiches die Finger im Spiel hatten. Das muss der Grund für den Kommunikationsausfall gewesen sein. Irgendetwas wurde dabei beschädigt, oder nicht?«

Ich schließe die Wohnung auf und ziehe Dave hinein. »Licht an«, sage ich mit einer etwas zittrigen Stimme, doch das Smartsystem des Lofts reagiert auf meinen Befehl und erhellt die gesamten Räume. Erstaunlich, aber die heftige Hochfahraktion der Häuser hat meine Möbel und selbst die Bilderrahmen nicht einen Millimeter verrückt. Ein paar Äpfel sind von der Küchenanrichte auf den Boden gefallen und müssen wohl so herumgeschleudert worden sein, dass sie ganz braun und zerplatzt aussehen und überall ihren Saft verteilt haben. Mal sehen, wo ich in den nächsten Tagen durch das klebrige Zeug klebenbleibe.

»Der Kommunikationsausfall hat mich sehr lange beschäftigt«, sagt Dave erschöpft. Jetzt erst bemerke ich, wie müde er aussieht. Unter den Augen hat er dunkle Schatten und seine Haut ist blass.

Er schließt die Wohnungstür hinter uns und rahmt dann mein Gesicht mit seinen warmen Händen ein. »Du warst die ganze Zeit mein Lichtblick, Jey«, flüstert er und legt seine Stirn auf meine.

»Ich hatte solche Angst um dich«, hauche ich. »Man hat mir erzählt, dass die Rettungsebene erst morgen gesichtet wird. Wie bist du da rausgekommen?«

»Ich habe die Melodie gehört«, sagt Dave.

»Welche Melodie?«

»Die jedes Mal gespielt wird, wenn die Stadt die untere Position verlässt. Auch in den Rettungskabinen erklingt sie. Es ist ein eindeutiges Zeichen, dass die Gefahr größtenteils gebannt ist. Deswegen bin ich da raus und habe dich gesucht.« Dave hat nach den Tagen in der Isolation einen ansehnlichen Dreitagebart bekommen, was jedoch nicht seine Grübchen verdeckt.

»Da waren keine Zombies mehr?«, frage ich. Mein Herz schlägt wild gegen meine Brust. Allein die Vorstellung, dass Dave diese Entscheidung getroffen hat, lässt mich zittern. Was, wenn er sich geirrt hätte und die Melodie ein Teil der Traumsequenz gewesen wäre? Dann wäre er direkt in die Alpträume hineingerannt – in seinen sicheren Tod! »Da waren so viele …« Meine Stimme knackst weg.

»Die Rettungsebene besteht aus einem widerwärtigen Schleim, gespickt mit Zombieteilen.«

»Zombieteilen?«

»Beine, Kopf, Fingerknöchel …«

»Schon gut, schon gut«, sage ich und verziehe angewidert mein Gesicht. »Warte – Finger*knöchel*? Wie konntest du das erkennen?«

»Sollte ein Scherz werden.«

Dave nimmt mich erneut in den Arm. Seine Wärme zu spüren beruhigt mich. Es ist, als ob wir nie voneinander getrennt waren und uns gleichzeitig eine gefühlte Ewigkeit nicht mehr gesehen haben.

»Wie hast du mich überhaupt gefunden?«, frage ich leise.

»Habe dich im Wohnverzeichnis entdeckt.« Er tippt sich hinter sein linkes Ohr. »Der Datenschutz der Stadt ist miserabel.«

»Da steht meine Adresse?«

»Und zwar für die Ober- und Unterstadt. Habe gehofft, dass du wieder deine alte Wohnung bezogen hast. Glück gehabt.« Er wirft einen Blick auf die Wand hinter mir. »Sehr viele Fotos hast du hier, helfen sie dir bei den Erinnerungen?«

Ich denke an das Kinderfoto mit Lyri und mir. »Ein wenig.«

Mein Blick taucht in diese unergründlichen grauen Augen ab, das Einzige an Dave, das nicht erschöpft zu sein scheint. In ihnen erkenne ich die Neugier des Jungen, der er früher einmal gewesen sein muss, ein Junge, der plötzlich in meinen Erinnerungen ein Bild hinterlässt, das entweder meiner Fantasie oder meinen tatsächlichen Erlebnissen entspringt. Ein kleiner Dave, der von seinem Bruder Steven ständig mit Horrorgeschichten schikaniert wurde, seine

Jugend oft bei Psychotherapeuten verbracht hat und in mir die beste Freundin fand. Es ist keine dieser blitzhaften Erinnerungen, die mich überfallen, diese baut sich sanft auf und breitet ihre Wärme in meiner Brust aus wie ein Tintentropfen im Wasser. Ich wünsche mir, dass das die Wahrheit ist, deswegen frage ich Dave nicht, ob es tatsächlich so war – er könnte mir ja widersprechen.

»Ich bin froh, dass du in Sicherheit bist«, flüstere ich. Auch wenn der Traumsplitter verräterisch gegen meine Kontaktlinsen zu klopfen scheint, will ich jetzt an meine eigenen Worte glauben. Für Dave bin ich bereit, eine Lüge zu leben.

Ihn bei mir zu haben, ist surreal, ich bin wie in einem Videofiltermodus. Wenn ich daran denke, wie wir uns im Bus begegnet sind, im Alptraum wiedergesehen und verloren haben, ist dieses Aufeinandertreffen nun wie ein wahrgewordener Traum. Und mit solchen Träumen sollte man im *Königreich* vorsichtig sein.

»Ich kann kaum glauben, dass du hier bist! Vielleicht sollte ich Hauptmann Malors Wunsch entsprechen und zum Psychiater gehen, jemand sollte dringend meine Zahnrädchen ölen. Du bist tatsächlich hier!«

Daves Augenbrauen schieben sich zusammen. »Malor will, dass du zum Seelenklempner gehst?«

»Ja. Aber Ben meinte, ich soll es nicht tun.«

»Wer auch immer das ist, er hat recht. Du brauchst das nicht. Ich helfe dir, dich zu erinnern. Egal, wie lange das dauert.«

»Im Moment ist die Zeit so unwichtig, denn jetzt bist du außer Gefahr. Ich möchte dir etwas Gutes tun.«

Er macht einen genüsslichen Atemzug, wobei er sich leicht dehnt. »Ich will nicht aufdringlich sein, aber kann ich heute bei dir schlafen?«

»Normalerweise lasse ich keine Männer vor dem dritten Date in meine Wohnung, ich weiß aber nicht, ob ich das in meiner Vergangenheit wirklich so gehandhabt oder diesen Spruch nur irgendwo aufgeschnappt habe. Also darfst du bleiben. Hast du Hunger?«

»Ein wenig. Auf die Schnelle konnte ich leider keine Krönchenkekse organisieren«, sagt er. »Dafür habe ich das hier.« Er hebt seine Hand, in der Innenfläche hat er eine schiefe, dreizackige Krone gezeichnet, die inzwischen halb verwischt ist.

Lächelnd lege ich meine Finger auf sein Gekritzel, als mich plötzlich eine heftige Erinnerung aus der Realität reißt.

Ich sitze an einem Tisch in einem schlichten, hellen Krankenzimmer. Hier riecht es nach Medikamenten und dem sterilen Bettzeug. An der Wand hängt ein Kätzchenkalender mit einem motivierenden Genesungsspruch; die Jahreszahl verschwimmt vor meinem Auge, sobald ich mich auf sie konzentriere. Ich versuche es nicht weiter, ich weiß, die Zeit in einer Erinnerung ist knapp bemessen.

Mit ist schwindelig, weswegen ich mir an den Kopf greife. An dem linken Handgelenk trage ich ein Plastikband mit der Nummer *7/13* darauf. Mein Daumen der rechten Hand fährt über die Zahlen, die jemand mit dem Kugelschreiber in Eile hingekritzelt hat, ebenso wie Dave die Krone auf seine Handfläche. Meine Finger sind dünn, beinahe dürr, die Haut so blass, aber meine Fingernägel sind erstaunlicherweise gepflegt.

Auf einmal geht die Tür auf. Ich hebe ruckartig den Kopf, dabei verschiebt sich die Umgebung träge, als folge sie einer eigenen Zeit. Verschwommen sehe ich zwei Gestalten in den Raum treten, beide männlich. Der eine setzt sich mir gegenüber an den Tisch und öffnet seinen Laptop, der zweite hockt sich neben mich hin und berührt liebevoll meine Hand.

»Jey«, flüstert er sanft. Es ist Dave.

Mein Blick wird deutlicher, die Umgebung schwankt nicht mehr bei jeder kleinsten Bewegung. Dave sieht etwas anders aus, seine Uniform ist in einer sandigen Tarnfarbe gehalten und sein Haar ist kürzer. Aber die Augen sind genauso, wie ich sie kenne; dieses hoffnungsvolle Grau. Er küsst meine Finger und sieht mich zuversichtlich an, obwohl ich sehe, dass sein Gesicht voller Zweifel ist.

»Warst du im Glasschloss?«, fragt der zweite Mann mit einem spanischen Akzent und mein Kopf fährt ruckartig herum, denn es ist Rick, der da spricht!

Ihn erkenne ich beinahe nicht wieder. In seinem Gesicht sind keinerlei Piercings, er trägt auch kein Bärtchen, was ihn fünf Jahre jünger aussehen lässt. Er sieht aus wie ein Teenager, höchstens siebzehn. Ohne aufzusehen tippt er an einem uralten, klapprig aussehenden Laptop, der ebenso aus dem Technikmuseum stammen könnte wie die Einrichtung aus dem falschen Büro der Sequenzwacht. Jetzt wird mir erst bewusst, wem die Stimme gehört hat, die ich in der Erinnerung gesehen habe, während mich die irre Besessene mit ihrer Tasche gewürgt hat. Rick war es, der mich am Aufwachen zu hindern versucht hat. Ist das dasselbe Zimmer aus der anderen Erinnerung? Welches Jahr haben wir? Ein erneuter Blick zum Kätzchenkalender verwischt wieder die Zahl, so als wäre eine Blockade in meinem Kopf, die mich an der Orientierung hindert.

Weil ich nicht antworte, hebt Rick nur die Augen, während seine Finger unablässig auf die lauten Tasten hauen.

»Also was? Hast du den Anker gesetzt?«, fragt er hektisch nach.

»Ja«, antworte ich mit schwacher, belegter Stimme.

»Hoffentlich nicht wieder mit Kreide?«

»Diesmal hineingeritzt.«

»Super. Wo in etwa?«

»In Ryans Büro. An der Tischkante.«

Er tippt wild in seinen Laptop, dann klappt er ihn zu und springt auf. »War niemals hier«, sagt er und schlüpft aus dem Raum.

Was geht hier vor? Ist das die Zukunft oder die Vergangenheit? Und weiß der Rick in meiner Zeit oder meiner Welt von all dem? Ist das der Grund, warum er nicht wollte, dass ich ihm mein Geheimnis mit dem Traumsplitter verrate? War die in die Luft gezeichnete Krone sein Erkennungsmerkmal?

Ich wende mich Dave zu, der jetzt aufsteht und sich auf das Krankenbett setzt.

»Er ist nah an der Lösung. Halte durch, Jey.«

Und schon verblasst die Erinnerung. Ich stehe wieder in meiner Wohnung mit dem echten Dave.

Echter Dave? Woher weiß ich, dass das stimmt? Ich schau zu ihm und sehe ihn in sich hineinlächeln. Ahnt er, was ich gerade gesehen habe oder hängt er noch immer dem Glück nach, weil wir uns endlich wiederhaben?

Als ich seine Hand schließlich loslasse und erneut die gezeichnete Krone darin anstarre, schieben sich unzählige Fragen in mein Bewusstsein. Die wichtigste: Was haben Dave und Rick mit meiner Vergangenheit zu tun? Was wollte Rick mir erzählen? Das mit der Träumerin? Hat er Zugang zu ihr, oder gehört er zu den Leuten, die versucht haben, Lyri zu entführen – oder gar zu retten? Ist er auf meiner Seite? Er hat mir zu Beginn gesagt, dass es Menschen gibt, die die Träumerin aus dem Schlaflabor zu befreien versuchen. Ist er einer von ihnen? Hört er mich deswegen nicht an? Je weniger er weiß, desto besser kann er wegsehen, wenn ich zu Lyri gehe? Er hat im Fahrstuhl eindeutig das Kronenzeichen gemacht. Und bei diesem Symbol tauche ich andauernd in meine Erinnerung ab. Ist es überhaupt eine Erinnerung oder läuft die Zeit parallel ab?

»Bist du real?«, frage ich Dave erneut, dieses Mal mit ernster Stimme.

Er streicht eine Haarsträhne hinter mein Ohr und legt seine warmen Lippen auf meine Schläfe, bevor er mir zuflüstert: »Haben wir nicht beschlossen, dass wir beide träumen?«

Löschen der Traumsequenz eingeleitet …

Nachwort

Liebe Leserin, lieber Leser,

es freut mich außerordentlich, dass du ein Teil der Träumergemeinschaft bist, denn gemeinsam träumt es sich am besten. Fragen über Fragen und so wenige Antworten. Das ist vielleicht das, was du nach dem Lesen dieser drei Sequenzen denkst. Aber keine Sorge, es wird noch viele weitere Folgen geben, in denen ich alles beantworte. Um deine Wartezeit auf den nächsten Teil zu versüßen, möchte ich dir ein kleines Geheimnis verraten. Dir sind sicherlich ein paar nicht ganz ernst zu nehmende Hinweise auf meine anderen Bücher aufgefallen. Ich liebe es, meine Geschichten miteinander zu verweben und ihnen eine feste Einheit zu bieten. Allerdings verstecken sich in dem Text nicht nur Hinweise auf die Phönixakademie und den Nebelring, sondern vor allem auf den weiteren Verlauf von Königreich der Träume. Wenn die Serie zu Ende ist, empfehle ich dir, die Folgen noch einmal zu lesen, um die vielen Aha-Momente zu erleben.
Es lohnt sich.

Wenn dir der erste Sammelband gefallen hat, wäre es wundervoll, wenn du mir eine **positive Bewertung auf Amazon** hinterlässt. Solltest du Fragen und Anregungen haben, kannst du mir gerne eine **Mail an anna.moffey@gmail**.com oder eine Nachricht auf Facebook und Instagram schreiben.

Möchtest du die Traumwelt nicht verlassen und noch länger in ihr verweilen, dann tritt unbedingt meiner Facebookgruppe **Silberphönix-Akademie – Welt von Nebelring und Phönixakademie** bei. In dieser Gruppe verpasst du nie wieder Informationen, Gewinnspiele, Veranstaltungen und Buchveröffentlichungen.

Auch möchte ich dir meinen **#bowifiziert WhatsApp-Newsletter** ans Herz legen. So kannst du dich in den Verteiler eintragen:

Schritt 1: Speichere die Handy-Nummer **+49 162 5606508** in dein Smartphone.
Schritt 2: Sende mir eine WhatsApp-Nachricht mit dem Codewort „START" und schon nehme ich dich in meinen Verteiler auf.

Rechtliches zum WhatsApp-Newsletter findest du unter www.ireenbow.de/datenschutzerklaerung

Hier bin ich auch hier zu finden
Facebook: I. Reen Bow
Facebook zur Serie: Königreich der Träume
Instagram: i_reen_bow
Web: www.ireenbow.de

Träumen ist wie fliegen durch die Wolken.
Deine Träumerin I. Reen Bow

Covergalerie

I. Reen Bow
Die schlafende Prinzessin
Königreich der Träume
Sequenz 1

I. Reen Bow
Die gefangene Prinzessin
Königreich der Träume
Sequenz 2

I. Reen Bow
Die träumende Prinzessin
Königreich der Träume
Sequenz 3

Weiter Serien der Greenlight Press

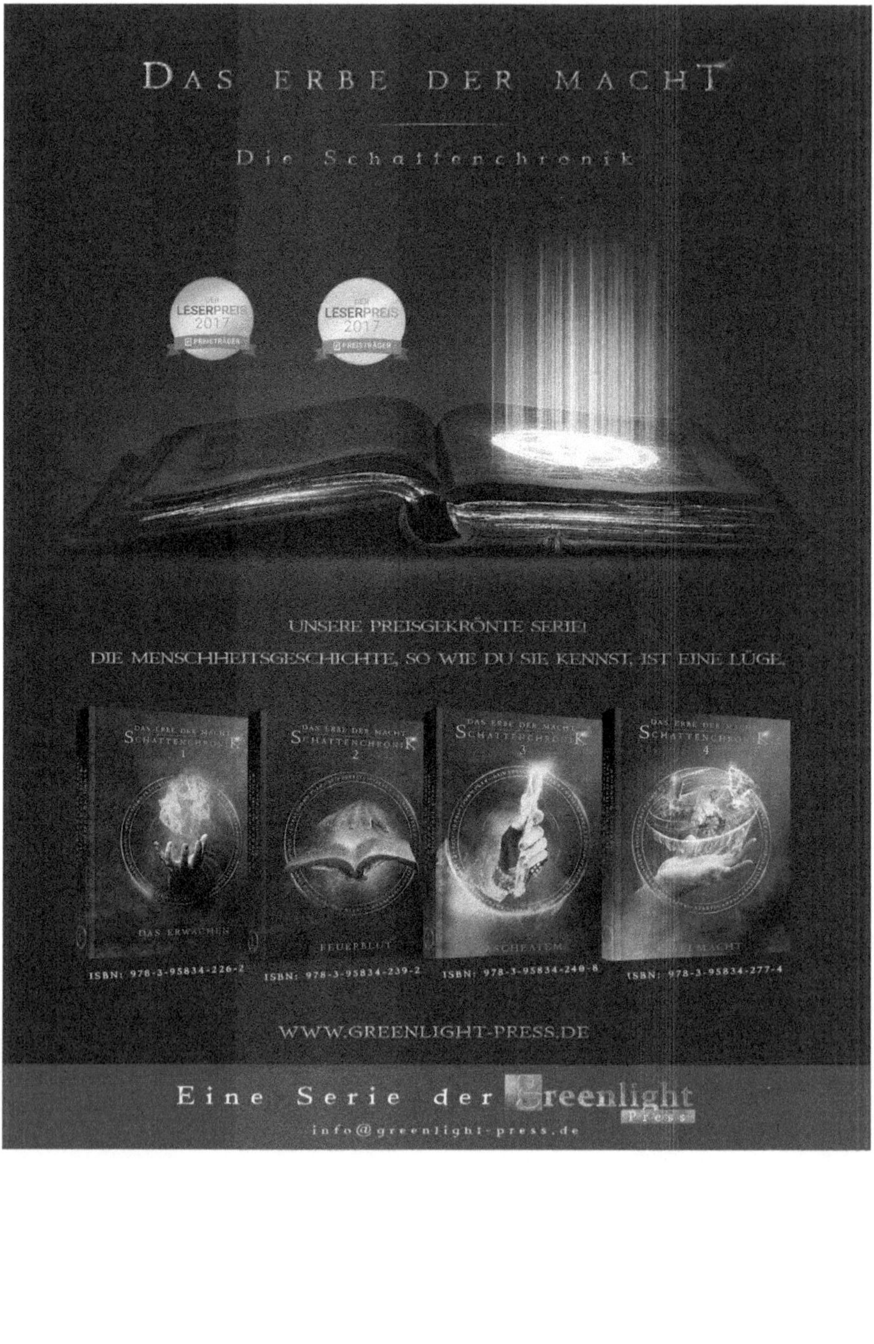
DAS ERBE DER MACHT
Die Schattenchronik
LESERPREIS 2017 PREISTRÄGER
LESERPREIS 2017 PREISTRÄGER
UNSERE PREISGEKRÖNTE SERIE!
DIE MENSCHHEITSGESCHICHTE, SO WIE DU SIE KENNST, IST EINE LÜGE.
DAS ERWACHEN
FEUERBLUT
ISBN: 978-3-95834-226-2
ISBN: 978-3-95834-239-2
ISBN: 978-3-95834-240-8
ISBN: 978-3-95834-277-4
WWW.GREENLIGHT-PRESS.DE
Eine Serie der Greenlight Press
info@greenlight-press.de

EIN MORDS-TEAM
WER TÖTETE MARIETTA KING?
EIN MORDS-TEAM
DIE VERGESSENEN AKTEN
EIN MORDS-TEAM
SPIEL IM SCHATTEN
ANDREAS SUCHANEK
EIN MORDS-TEAM
IN DEN TRÜMMERN
ANDREAS SUCHANEK
WWW.EINMORDSTEAM.DE
EINE SERIE DER Greenlight Press

CYBERWORLD
NADINE ERDMANN
CYBERWORLD 1.0
MIND RIPPER
NADINE ERDMANN
CYBERWORLD 2.0
HOUSE OF NIGHTMARES
NADINE ERDMANN
CYBERWORLD 3.0
EVIL INTENTIONS
NADINE ERDMANN
WWW.GREENLIGHT-PRESS.DE
EINE SERIE DER Greenlight Press

Die Chroniken der Seelenwächter
Ein Vermächtnis aus tiefster Vergangenheit
Als ein magisches Ritual anders endet als erwartet, wird die junge Jess nicht nur mit den gefährlichen Schattendämonen konfrontiert, auch die geheime Loge der Seelenwächtergreift in ihr Leben ein
Eine Serie der greenlight Press
www.greenlight-press.de

Das Königreich der Träume kommt wieder!